William Hussey
Letztendlich waren wir auch nur verliebt

William Hussey

LETZTENDLICH WAREN WIR AUCH NUR VERLIEBT

Roman

Aus dem Englischen
von Alexandra Rak

dtv

Die Arbeit der Übersetzerin an diesem Buch
wurde vom Deutschen Übersetzerfonds mit dem
Johann-Joachim-Christoph-Bode-Stipendium gefördert.

Das Zitat auf S. 124 aus Lewis Caroll, Alice im Wunderland,
in der Übersetzung von Christian Enzensberger
erfolgt mit freundlicher Genehmigung des Insel Verlag Berlin.
Das Zitat auf S. 55 aus Edgar Allan Poe, Der Rabe,
in der Übersetzung von Christa Schuenke
erfolgt mit freundlicher Genehmigung der Übersetzerin.

Deutsche Erstausgabe
Copyright © William Hussey, 2022
Titel der englischen Originalausgabe: »Hideous Beauty«,
2020 erschienen bei Usborne Publishing
© für die deutschsprachige Ausgabe:
2022 dtv Verlagsgesellschaft mbH & Co. KG, München
Das Werk ist urheberrechtlich geschützt. Jede Verwertung ist nur
mit Zustimmung des Verlages zulässig. Das gilt insbesondere
für Vervielfältigungen, Übersetzungen und die Einspeicherung und
Verarbeitung in elektronischen Systemen.
Lektorat: Janika Krichtel
Umschlaggestaltung: buxdesign | München
unter Verwendung einer Illustration von Ruth Botzenhardt
Satz: Greiner & Reichel, Köln
Gesetzt aus der Plantin MT Pro
Druck und Bindung: CPI books GmbH, Leck
Printed in Germany · ISBN 978-3-423-74080-7

HEUTE:
Donnerstag, 2. April

1

Als El mir den Vorschlag macht, vergrabe ich mein Gesicht in den Händen.

»Willst du mich eigentlich umbringen? Das wäre echt gut zu wissen, dann kann ich nämlich entscheiden, wer nach meinem Tod mein Zeug bekommt. Dir, Ellis Bell, vermache ich meine komplette Comicsammlung und diesen hübschen Mittelfinger hier. Außerdem gebe ich dir alle Zeichnungen zurück, die du mir je geschenkt hast. Die *richtig* versaute klebt unter meiner Schreibtischschublade.«

Ich nehme meine Hände runter und grinse El von der Seite an. Er grinst zurück. Und da weiß ich, dass ich unsere Diskussion verloren habe. Sein Grinsen hat einfach eine andere Klasse als meins und diese riesigen braunen Augen zwingen einen zum Aufgeben.

»Ach, komm.« Er schüttelt mich an der Schulter. »Spiel nicht die Dramaqueen. Vielleicht wird es ja ganz spaßig.«

»Alter, ich hatte genug ›Spaß‹ für heute.«

Das ist wahrscheinlich die größte Untertreibung der Menschheitsgeschichte.

El seufzt und fährt mit seinem zerbeulten Nissan Micra aus unserer Ausfahrt. Seine langen Finger gleiten geschickt über das Lenkrad. Als er es dann wieder packt, macht mein Magen einen Satz. Aber nur einen kleinen.

»El«, ermahne ich ihn, »da geht's zur Schule.«

»Also, ich fand jedenfalls, dass deine Eltern es ziemlich gut aufgenommen haben«, sagt er und lenkt ab wie ein Profi. »Deine Mum hat gelacht und in die Hände geklatscht, als hättest du gerade eine Ladung Feenstaub gefurzt, und dein Vater hat dich sogar umarmt. Irgendwie. Mal ehrlich, war das eine Umarmung oder wollte er, dass du ein Bäuerchen machst? Ich glaube, ich habe noch nie etwas Unbeholfeneres gesehen. Ach, und übrigens, mir ist aufgefallen, dass dein Bruderherz *schon wieder* ein Auge auf mich geworfen hat. Ich weiß nicht, was ich gruseliger finde. Die lüsternen Blicke von Chris oder dieses riesige Schamhaarteil deiner Mutter auf dem Esstisch.«

»Erstens« – ich hebe den Finger – »ist das eine von Mums Skulpturen. Sie hat sie letzte Woche in ihrem Kunstkurs gemacht und ist sehr stolz darauf.«

»Hey, ich erlaube mir da kein Urteil. Für ein riesiges Schamhaarteil ist das echt super.«

»Zweitens«, sage ich und unterdrücke ein Lächeln, »steht Chris ganz bestimmt *nicht* auf dich. Du hast ihn beim Grillen bei den Berringtons nur ziemlich blamiert, schon vergessen? Außerdem hat er eine Freundin. Seine dritte dieses Jahr, um genau zu sein.«

El zuckt mit den Schultern und fährt weiter Richtung Schule. »Zugegeben«, sagt er schnell und wischt meine letzten Einwände beiseite, »deine Eltern haben mit ›Chris‹ für ihren Erstgeborenen den unschwulsten Namen ausgesucht, den es gibt. Aber drei Freundinnen in zwölf Monaten? Das ist eindeutig viel zu viel.«

»Und dein Schwulenradar irrt sich nie, oder?«

»Nicht, wenn es um die McKees geht. Wo wir gerade von Namen sprechen: Mit ›Dylan Lemuel Jaspers‹ haben sie den

Ärger regelrecht heraufbeschworen. Aber wahrscheinlich sind sie einfach so hip und tolerant und alles, dass sie sich ihren zweiten Sohn etwas extrovertierter gewünscht haben.«

»Extrovertierter?« Ich schüttle den Kopf. »Das sagst ausgerechnet *du?*«

Ganz plötzlich schlägt die Stimmung um. Es ist wie eine Hundertachtziggradwende, von der jeder andere ein Schleudertrauma bekäme. Aber nachdem wir uns nun all die Monate heimlich getroffen haben, bin ich mittlerweile an Els Stimmungsschwankungen gewöhnt. Sein hinreißendes Lächeln verschwindet kurz, doch dann greift er mit seiner starken, sanften Hand nach mir und schiebt seine Finger zwischen meine. Er zieht meine Hand an seine Lippen und küsst sie. Eine Nanosekunde davor beschließe ich, dass mein Magen *keinen* Satz machen wird. Diesmal nicht. Nicht *jedes* Mal. Also wirklich, das wird langsam lächerlich.

Er hüpft.

»Ich meine es ernst, Dylan. Deine Mum und dein Dad. Das war ziemlich genial. Ich glaube, dir ist gar nicht klar, wie genial. Du hast deinen Eltern erzählt, wer du bist, und hast noch immer alle Zähne im Mund. Das ist besser gelaufen als bei mir.«

Ich muss blinzeln und lege die Hand an Ellis' Wange. Er schmiegt sein Gesicht hinein. El weint nur selten, selbst wenn er allen Grund dazu hätte.

»Du weißt«, sage ich, »dass ich immer für dich da bin …«

»Weiß ich. Aber ich habe dir ohnehin schon das meiste erzählt, und meine Zähne habe ich am selben Tag richten lassen, als ich in dieses idyllische Städtchen gezogen bin. Und inzwischen, Dee McKee, ist eine Menge ranziges Wasser unter dieser speziellen Brücke durchgeflossen, und ich habe keine große Lust, da noch mal reinzuwaten.«

Er grinst. Sein aufgesetztes Lächeln ist so breit, dass ich sogar noch seine Backenzähne weiß aufblitzen sehe, als wäre er eine wandelnde Werbefigur für die Zahnchirurgie von Ferrivale. Seine Zähne sind perfekt. Selbstverständlich sind sie das. Er ist Ellis Maximillian Bell. Apropos Maximillian. Das ist eines der wenigen Dinge an meinem Freund, auf die ich mir noch keinen Reim machen kann. Bei allem, was ich von seinen Eltern weiß, erscheint es mir eher unwahrscheinlich, dass sie sich mit seinem zweiten Vornamen *so* viel Mühe gegeben haben. Vermutlich empfanden sie schon die Wahl seines ersten Vornamens als lästige Pflicht, die sie ihm nie verziehen haben. Meiner Theorie zufolge hat El sich den Namen Maximillian selbst ausgesucht, hat ihn für sich reklamiert und ihn sich einverleibt, und das auch erst letzten Dezember, als Mr Morris uns die wichtigsten Personen der Französischen Revolution vorgestellt und El sich ziemlich für den Revolutionsführer Maximilien Robespierre begeistert hat. Zumindest ganze zwei Wochen lang. Els Leidenschaften sind intensiv, aber kurzlebig.

Zum Glück mit Ausnahme von mir.

Mein Freund. Eigenartig, wie neu das nach wie vor klingt. Der Gedanke geht mir noch eine Weile im Kopf herum. Ich mag das Gefühl, meine Gedanken fließen ganz ruhig und selbstverständlich. Zugegeben, El und ich sind schon seit geraumer Zeit zusammen, aber seit heute Abend ist es offiziell. Mein Bruder weiß Bescheid. Meine Eltern wissen Bescheid. Die Welt, oder zumindest mein kleiner Teil davon in Ferrivale, weiß Bescheid. Und zu verdanken haben wir das einem lüsternen Perversling an unserer Schule, der uns heimlich mit dem Smartphone aufgenommen und es dann auf Instagram gepostet hat. Wahrscheinlich sollte ich dem netten Pornotyp aus unserer Nachbarschaft wirklich dankbar sein.

Seine schäbige Aufnahme hat mir den letzten Schubser gegeben, der noch gefehlt hat. Ich musste in den sauren Apfel beißen und meiner Familie alles gestehen.

El hat nie verstanden, warum es mir so schwerfiel, es meinen Leuten zu erzählen. Für einen Außenstehenden – besonders für einen mit Els Familiengeschichte – muss das schrecklich feige gewirkt haben. Aber die Dinge sind nun mal nicht immer so, wie andere glauben. Da ist zum Beispiel der Blick, den sich meine Eltern zugeworfen haben und von dem El nichts mitbekommen hat.

Tja.

»Aaaaal-sooooo«, bohrt er nach, »können-wir-können-wir-können-wir-können-wir?«

Ich reibe mir verzweifelt übers Gesicht und stöhne. Wenn ich mich jetzt querstellen würde, würde er umdrehen, da bin ich mir sicher, aber es ist nun mal so: Obwohl ich Angst habe – und es ist eine verdammt *lähmende* Angst –, bin ich irgendwie auch neugierig. Also gebe ich mich geschlagen und nicke.

»Juhu!« Wir stehen gerade an einer Kreuzung und El trommelt mit den Handballen aufs Lenkrad. Dann wühlt er in der Tasche seiner perfekt geschnittenen Secondhandjacke, holt einen Lippenstift raus und macht einen Kussmund. »Ellis geht zum Schulball!«

Wenig später fahren wir mit quietschenden Reifen auf den Schulparkplatz. El ist fast fünf Monate älter als ich und beherrscht sein Auto wie ein Formel-1-Pilot. Er hat dem »unbelehrbaren Dussel« (meiner Wenigkeit) sogar ein paar überdrehte Fahrstunden gegeben. Zu meiner Verteidigung nur so viel: Er ist nicht unbedingt der gewissenhafteste Lehrer. Ich habe noch immer keine Ahnung, wie man seitwärts einparkt oder geschmeidig die Gänge wechselt, aber er hat sein Bestes gegeben und mir gezeigt, wie man mit Handbremse wendet oder von null auf hundert beschleunigt. Unter anderem. Da fällt mir unsere erste Fahrstunde auf dem leeren Supermarktparkplatz am Stadtrand wieder ein und meine Wangen fangen an zu glühen. In jener Nacht habe ich ein paar Dinge gelernt, die in keiner Straßenverkehrsordnung stehen.

Wir rasen durch das Tor und dann legt El einen lässigen Neunziggraddrift hin und hält vor Miss Harper, unserer Grand-High-Dementorin für Geografie. Sie wirft dem Auto einen Blick zu, der einem Muggel auf fünfzig Schritt Entfernung die Seele aussaugen könnte. Doch als sie sieht, wer hinterm Lenkrad sitzt, lächelt sie, als hätte ihr gerade jemand einen Korb voller Kätzchen gereicht. Ich bin mir noch nicht sicher, ob sie die Kleinen hätscheln oder auffressen würde, aber trotzdem.

»Sie sehen *hiiiin*-reißend aus, Miss H!« Als wir an ihr vorbeigehen, tänzelt El praktisch um sie herum und sie kichert. Wirklich wahr, sie kichert! Herrje. »Sie haben was mit Ihren Haaren gemacht. *Zissssch!* Echt heiß.«

Das wilde Gewirr auf ihrem Kopf gehört seit meiner Ankunft an der Ferrivale High vor sieben Jahren zu ihrem Inventar. Wahrscheinlich reicht es sogar noch länger zurück und seine Wurzeln liegen im geheimnisvollen Nebel ihrer Anfänge als Superschurkin.

Wir haben keine Eintrittskarten, aber solche Formalitäten gelten nur für Normalsterbliche. Als wir uns den Türen der Turnhalle nähern, zeigt El sein strahlendes Gigawatt-Grinsen, bei dessen Anblick Katie Linton, Suzie Ford und der Rest des Organisationskomitees vom Osterball fast in Ohnmacht fallen. Selbst Gemma Argyle schenkt ihm ein nachsichtiges Lächeln. Als sie uns durchlassen, verdrehe ich die Augen. Mensch, sehen die denn nicht die ach so subtilen Signale, die El aussendet und die ganz, ganz leise SCHWUUUUL raunen?!

Als wir uns durch die Schwingtüren schieben, wummern uns die Bässe entgegen. Der abgestandene Mief der Halle wird heute Abend von übertrieben gut gelaunter Popmusik abgerundet. Ellis kennt wahrscheinlich den Namen der Band, Alter und Sternzeichen der einzelnen Mitglieder, ihr Lieblingsjunkfood und jede Skandalgeschichte, die über sie die Runde macht. Ich hingegen habe den Musikgeschmack eines Urgroßvaters, und alles nach Madonnas Hits der 80er könnte, was mich betrifft, auch Altsumerisch sein. Obwohl El das weiß und auch, wie abgrundtief es mich demütigen würde, wenn ich diese unbekannte Sprache tänzerisch ausdrücken müsste, schnappt er mich am Kragen meines schwarzen T-Shirts – ich wähle immer schwarz, das erspart mir das Nachgrübeln über Mode – und zieht mich durch die Menge.

»Ellis, was zum Geier?«, zische ich in seinen Nacken.

»Lass das«, sagt er und schlägt lachend meinen Atem weg, »das kitzelt.«

»Ich mach gleich noch was ganz anderes als kitzeln!«

Er stürmt mit mir auf die spärlich bevölkerte Tanzfläche, legt seine Hände auf meine Hüften, dreht mich, bis ich ihn anschaue, und zieht mich zu sich. »Versprochen?«

Ach, scheiß auf Ellis Nervbold Bell und sein nervig großartiges Grinsen.

Mein Magen macht wieder einen Satz.

Okay, Dylan, du schaffst das. Keine Rückzieher mehr. Die Geheimniskrämerei hat ein Ende, die Tür ist fest verschlossen und verriegelt. Kein Wiedereintritt, keine Rückerstattung. Von jetzt an heißt es, schwul sein. Inzwischen dürfte mindestens die Hälfte meiner Klassenkameraden gesehen haben, wie ich mit einem

Typen unverblümt einen Balztanz aufs Parkett lege, also kann ich nicht mehr so tun, als würde mich Catwoman heiß machen, auch wenn sie wirklich scharf ist. Mir wird plötzlich ganz leicht und flatterig ums Herz, als hätte es sich nahezu in Luft aufgelöst, aber Els Hände liegen fest und zuverlässig auf meinen Hüften. Ich sehe mich nicht um, richte meinen Blick ausschließlich auf ihn.

Tief Luft holen.

Los geht's.

Zeit herauszufinden, was Ferrivale High von dem neuen (verbesserten?) Dylan McKee hält.

2

»Du willst es wirklich, oder?«, flüstere ich an seinem Hals. »Du versuchst, mich umzubringen.«

»Entspann dich«, flüstert er zurück. »Aber falls du vorhast, abzuhauen, werde ich dir ein Bein stellen, verstanden?«

Das Ganze passiert so schnell, dass ich irgendwie vergesse, in Schockstarre zu verfallen. Wir sind in der Schule, mein Geheimnis ist gelüftet, und El hat mir keine Zeit gelassen, in Panik zu geraten. Plötzlich wird mir klar, dass er das von Anfang an so geplant hat. Es ist der letzte Tag vor den Osterferien. Wenn er nicht darauf beharrt hätte, zum Ball zu gehen, und mit mir in die Turnhalle gestürmt wäre, bevor ich auch nur durchatmen konnte, hätte ich mir die ganzen Ferien über einen Riesenkopf gemacht. Wenigstens bringen wir es jetzt einfach hinter uns. Eins muss ich meinem Freund daher lassen: Er ist schon ziemlich genial.

Wir tanzen weiter. Von der Discokugel fällt Stroboskoplicht auf Els Markenzeichen, seine Perlenkette, und lässt sie grün und blau und gelb aufleuchten. Ich glaube, ich habe ihn noch nie ohne sie gesehen. Diese Perlen sind sein hartnäckiger Fingerzeig: sein kleiner Hinweis an die Welt, der verrät, dass er ist, wie er ist, egal, ob es den anderen gefällt oder nicht. Außerdem sind sie verdammt cool! Ich liebe diese Perlen. Ich liebe seinen langen, anmutigen Hals und die dunklen Stoppeln an seinem Kinn, seine ausgeprägten Wangenknochen, seine weichen schwarzen Locken und seine starken Hände in meinem Kreuz und ...

Ihn. Ich liebe ihn.

Ich liebe dich, Ellis.

Ich liebe ihn so sehr, dass meine Angst verschwindet. Sie wissen alle Bescheid. Selbst wenn sie das Video auf Instagram nicht gesehen haben, bevor die Moderatoren es heute früh gelöscht haben, wurde es bis dahin bestimmt bereits unzählige Male heruntergeladen und geteilt. Wenn das Internet erst mal von deinem linken Nippel, einem Stück deiner rechten Pobacke und deinem entweder vor Verzückung oder wegen chronischer Verstopfung verzogenen Gesicht Besitz ergreift, lässt es dich nie wieder los.

Aber wir tanzen und ich schaue in die wissenden Gesichter, die an uns vorbeiziehen, und sie sind mir vollkommen egal.

»Jetzt darfst du mich ruhig umbringen«, sage ich, obwohl ich das überhaupt nicht so meine.

»Warum sollte ich das tun?«, murmelt er. »Ich habe dich doch gerade erst gefunden.«

Der Rhythmus wird schneller, das Tempo zieht an und er löst sich behutsam von mir. Er tanzt weiter, aber ich höre mit meinem Gehampel auf – das nach menschlichem Ermessen schlichtweg nicht unter ›Tanzen‹ fällt. Ich stehe bloß schwankend da.

»Wie meinst du das?«, hauche ich. Ich kann ihn wunderbar hören, aber ich habe das Gefühl, als müsste ich meine Wörter mit Gesten unterstreichen, weil ich sonst nicht gegen die Musik ankomme. »Du hast mich doch schon vor einer Ewigkeit gefunden. Letzten November. Am Lagerfeuer. Mit Diätpepsi und Schulband und Alistair Pardue, der auf dem Hintern gelandet ist. Schon vergessen?«

»Das werde ich nie vergessen. Aber heute Abend habe ich dich erst richtig gefunden, Sprosse.«

Die Musik wird wieder langsamer und er zieht mich noch enger an sich als vorhin. El ist gut einen Kopf größer als ich, und mir gefällt, dass unsere Körper irgendwie zusammenpassen, als wären sie extra dafür gemacht. Und plötzlich denke ich: *Zum Teufel mit all den bigotten Dummköpfen, die ›Gott hasst Schwuchteln!‹ skandieren. Wenn es einen Gott gibt, dann hat er dafür gesorgt, dass El und ich so gut zusammenpassen.*

Sein Kinn streift meine Wange und meine unzähligen Sommersprossen, denen ich einen meiner El-spezifischen Spitznamen verdanke. Sprosse, unbelehrbarer Dussel, Prof, Dee McKee – den letzten hat er mir wegen meiner (in Els Augen) berüchtigten Vorliebe für jegliche Art von Junkfood gegeben.

»Ich habe dich erst heute Abend gefunden, als du zu dem wurdest, der du bist«, fährt er fort. »Als du es ihnen erzählt hast.«

Er hat recht. Ich hole tief Luft. *Ich bin ich selbst.* So sehr ich selbst, wie ich es nie für möglich gehalten hätte. Und es ist mir egal, dass ich nicht tanzen kann oder manche Leute an den Sprossenwänden lehnen und hinter vorgehaltener Hand über uns tuscheln und lachen und plötzlich ein hervorgestoßenes »Schwuchteln« zu hören ist, als das Lied leiser wird. Eigentlich ist das Wort eine Aufforderung, und ich tue etwas, das ich vor vierundzwanzig Stunden noch für unmöglich gehalten hätte.

Ich stelle mich auf die Zehenspitzen, werfe Ellis die Arme um den Hals und küsse ihn.

Mitten in der Turnhalle der Ferrivale High knutsche ich vor unseren Mitschülern und Lehrern meinen hinreißenden

Freund ab. Jemanden zu küssen ist noch so neu für mich, dass ich im ersten Augenblick vergesse, die Augen zu schließen, und sehe, wie sich Els Mundwinkel nach oben ziehen. Aber dann verliert auch er sich in dem Kuss. Er lächelt nicht länger, ich schließe die Augen und er hält meinen Hinterkopf und ich küsse ihn, bis mir die Zehenspitzen wehtun. Und ja, ich höre immer noch das Gekicher, aber es ist nur Begleitmusik zur Begleitmusik. Es ist leise. Unbedeutend. Hass in Atomgröße. Es spielt keine Rolle. Außerdem ruft da auch noch jemand:

»Wuhuuu! Schnapp ihn dir, McKeeeeee! Küss den sexy Mittelstürmer!«

Die Aufforderung wird von ein paar Rufen und einer Runde Applaus begrüßt, doch dann legt sich eine Hand auf meine Schulter.

»Das reicht, meine Herren.«

Mr Robarts, unser Schulleiter, sieht uns ultrastreng an. Blinzelnd schaue ich auf, er hat sein lausiges »Dieses Verhalten kann ich ganz und gar nicht gutheißen«-Gesicht aufgesetzt. Lausig, weil der Gesichtsausdruck im nächsten Moment schon wieder verschwindet und er ein kleines Lächeln partout nicht unterdrücken kann. Er tätschelt uns beiden den Rücken.

»Hört mal, Jungs, tanzt ruhig weiter, aber haltet es jugendfrei, ja? Ich hätte am Montagmorgen gerne noch meinen Job, und falls ein paar von den Jungfrauen eifersüchtig werden, rufen mich bestimmt deren Eltern an.«

»Danke, Sir«, murmle ich, und selbst El weiß, dass er mich jetzt besser nicht noch einmal küsst, wo wir gerade so fair behandelt wurden. Stattdessen wirbelt er mich einmal herum, wir nehmen eine formelle Tanzpose ein und ich lehne den Kopf an seine Brust.

Ich kann noch immer nicht glauben, dass das wirklich passiert. Noch gestern hätte ich das für unmöglich gehalten. Wir beide ganz offen als stolzes Paar vor der gesamten Schule auf der Tanzfläche. Mein Herz pocht einmal tief und dankbar. Danke, du geheimnisvoller, perverser Pornoposter, du hast mir tatsächlich einen Gefallen getan.

Plötzlich fällt mir auf, dass El mindestens fünf Minuten lang geschwiegen hat. Das ist beunruhigend. Ungefähr so, als würde ein Politiker vergessen zu lügen oder Michael Bay einen Film drehen, der nicht zum Kotzen ist.

»Was ist los?«, frage ich.

»Nichts«, knurrt er und dreht seinen Kopf plötzlich zur Seite. »Mich würde einfach nur ...«

»Ellis?«

»Na schön.« Er sieht mich wieder an und seufzt theatralisch. »Mich würde einfach nur interessieren, wer dir beigebracht hat, so zu küssen.«

Ich grinse. »Willst du das wirklich wissen?«

»Ja, will ich.«

»Womöglich gefällt es dir nicht.«

»Ich bin Manns genug, um damit klarzukommen.«

»Bist du dir absolut sicher ...?«

»Sprosse.«

»Also gut.« Ich lasse ihn einen Moment lang zappeln. »Es war Julia. Wir hatten von Anfang an diese heimliche Affäre. In Wirklichkeit oute ich mich heute Abend nämlich als Hetero, der total auf Tanten abfährt.«

»Diese niederträchtige alte Kuh«, erwidert er todernst. »Mit der werde ich mal ein Wörtchen reden, sobald ich nach Hause komme.«

Dann dreht er mich noch einmal im Kreis und ich nehme die Turnhalle zum ersten Mal richtig wahr. Ich muss zugeben, dass die Mädchen aus dem Schulballkomitee (die gleichzeitig dem Debattier- und dem Geschichtsclub angehören und außerdem noch für die Öffentlichkeitsarbeit und diesen LGBTQ-Schutzraum verantwortlich sind, obwohl sie mit queer nie näher in Berührung gekommen sind als damals, als Katie im Speisesaal auf einem Stück Quiche ausgerutscht und mit dem Kopf auf Gemma Argyles Schoß gelandet ist) sich selbst übertroffen haben. Die Wände sind mit kitschig rosafarbenen Stoffbahnen bespannt und von der Decke baumeln gigantische Ostereier aus Pappmaschee, die wie riesige Piñata-Kothaufen aussehen.

Und dann sehe ich ihr Glanzstück und bleibe stehen.

»Oh, fuck, das ist jetzt nicht wahr«, murmle ich.

»Was denn?«, fragt El.

Und während ich noch auf diese unvorstellbare Scheußlichkeit auf der anderen Seite der Halle starre, spüre ich, wie sich ein heißes Schuldgefühl in meinen Bauch bohrt. Klar, hinter mir liegt nicht gerade ein einfacher Tag, der mit dem wilden Zirpen meines Handys um sieben Uhr früh begonnen hat:

Warst du schon auf Instagram, Alter? Vielleicht solltest du mal nachschauen. Netter Hintern, übrigens ...

Dylan, mein Freund! Ich wusste gar nicht, was alles in dir steckt – aber jetzt weiß ich, wie du es am liebsten magst!!!

Lieber Dyl, es tut mir total leid, was du gerade durchmachst.
Ich wollte dich nur wissen lassen, dass es Gemma und Suze und mir VOLLKOMMEN egal ist, dass du jetzt schwul bist xxx

Und so weiter und so fort ...

Ich hatte es so eilig, herauszubekommen, wovon all diese wohlmeinenden Freunde sprachen, dass ich beinahe meinen Laptop geschrottet hätte. Natürlich ahnte ich es, aber selbst als ich das verschwommene Standbild angeklickt und das Video abgespielt habe, habe ich noch in Gedanken geflüstert: *Bitte nicht, bitte nicht, bitte nicht, bitte nicht.* Und dann hörte ich wie zum Hohn meine eigene Stimme blechern und demütigend aus den Lautsprechern: »*Oh ja. Ja, El, ja!*«

Also jep, der Tag war erst schrecklich und dann sonderbar herrlich gewesen. Was nichts entschuldigt.

»Mike«, hauche ich. »Oh mein Gott, Mike.«

Ich löse mich von El und schlängle mich durch die Zuschauer, die sich versammelt haben, um sich unseren ersten öffentlichen Tanz anzusehen. Ich fühle mich in Menschenansammlungen unwohl, aber im Moment fällt es mir leicht, die Blicke zu ignorieren, die mir durch die Turnhalle folgen. Ein paar von Els Fußballkumpeln klopfen mir freundschaftlich auf die Schulter. Ich arbeite mich vorwärts und die Geste scheint sich in eine Art Meme zu verwandeln. Als ich das megavergrößerte Foto meines besten Freundes erreiche, tut mir tatsächlich die Schulter weh.

Mike Berringtons leicht verpeiltes, aber hübsches Gesicht grinst mir riesig von der Wand entgegen. Da ist die Narbe, die ich ihm im Kindergarten verpasst habe, als ich ihn aus Versehen mit dem Ellbogen in den Ententeich gestoßen habe – ein spiegelverkehrtes, aufgeblähtes S, das wie ein Brandzeichen auf seinem Kinn prangt. Ich spüre, wie El seine Hand in meine schiebt.

»Was ist los?«

Ich drehe mich zu ihm, Tränen brennen in meinen Augen.

»Mensch, Ellis, ich hab's vergessen. Er hat seine verdammte vierte Sitzung und ich hab's vergessen.« Als es bei El klick macht, verschwindet sein Stirnrunzeln. »Heute ist Chemotag.«

Und ich bin offiziell der schlechteste beste Freund aller Zeiten.

3

»Gefällt es euch?«, fragt Gemma Argyle und stolpert dabei praktisch in uns hinein. Mit einer Hand deutet sie auf das gigantisch vergrößerte Bild von Mike.

»Was zum Teufel soll das sein?«, murmle ich.

Sie sieht mich an, als hätte ich gerade ihre Großmutter umgebracht. Oder schlimmer noch, als hätte ich sie im Englischunterricht gefragt, ob sie mir ihren Louis-Vuitton-Kugelschreiber ausleiht.

»Das Komitee hat beschlossen, dass der diesjährige Ball zu Ehren unseres tapferen Mitschülers Michael Berrington stattfindet. Wenn Mike erst einmal mit der Behandlung durch ist, kaufen wir ihm vom kompletten Erlös aus den heutigen Eintrittskarten ein ganz besonderes Geschenk.«

»Aha«, sagt El, »lieb von euch. Aber was zum Teufel habt ihr mit ihm angestellt?« Er zeigt auf das goldene Licht, das aus Mikes Kopf zu strahlen scheint.

»Es ist der Osterball«, erklärt Gemma.

»Und deshalb ist er ...« El runzelt die Stirn. »Jesus?«

El konnte Mike schon immer gut leiden. Er schätzt ihn sehr, weil, und ich zitiere ihn jetzt, »Mikey klug, witzig und hübsch anzusehen ist und er mein Liebesleben in keinster Weise bedroht«. Das stimmt. An einem guten Tag könnte Mike dem Schauspieler Ansel Elgort schwer Konkurrenz machen, und trotzdem habe ich nie für ihn geschwärmt. Das wäre, als würde ich meinen eigenen Bruder begehren.

»Es ist die Zeit der Erneuerungen, des neuen Lebens, der Wiederauferstehung und der Wunder«, sagt Gemma schnippisch. Sie ignoriert mein Stöhnen. »Und der arme Mike kann jede Hilfe gut gebrauchen.«

Fick dich!!!, würde ich am liebsten sagen, was ich aber nicht tue. Ich glaube, tief in ihrem Herzen meint sie das teilweise wirklich ernst und gut. Außerdem ist sie hier nicht der Schuft. Sondern ich.

Ich laufe Richtung Tür, aber da holt El mich auch schon ein. Ich strecke ihm abwehrend eine Hand entgegen. »Gib mir einen Moment, okay?«

Er nickt verständnisvoll. »Sag der faulen Socke, dass ich morgen vorbeikomme und wir zusammen das Spiel schauen, wenn er Lust hat.«

Das bringt mich beinahe zum Lächeln. Mike und Ellis und Fußball. Mir spuken Erinnerungen an den letzten Herbst und das Schullagerfeuer und Els Fußballpetition und das erste Mal, als ich einen Blick auf diesen wunderschönen jungen Mann geworfen habe, durch den Kopf. Ich winke Ellis eigenartig mit beiden Händen und schiebe mich durch die Schwingtür nach draußen auf den Parkplatz. Dort ist es kühl und ruhig. Der Asphalt schimmert im Mondschein blauschwarz. In der Dämmerung drängen sich Schüler, die rauchen, knutschen und andere Dinge tun. Ich lehne mich an Els Auto und öffne meine Kontakte.

Während sich der Anruf aufbaut, schaue ich kurz zum Schuldach hoch: der Ort des gestrigen Überraschungspicknicks, das mein wunderbarer Freund für mich vorbereitet hatte – und wo wir mitten beim Rumschmusen heimlich gefilmt wurden (›Rumschmusen‹? Ach, herrje, Dylan!). Ich frage mich gerade zum tausendsten Mal, wer das gewesen sein könnte, als Mike abnimmt.

»Hey, Pornostar«, seufzt er.

Er klingt müde. Gott, er klingt so verdammt müde. Mir wird plötzlich ganz kalt und ich fühle mich fast so verängstigt wie damals, als er mir zum ersten Mal davon erzählt hat.

»Bitte nicht«, stöhne ich. »Erzähl mir nicht, dass du es dir angeschaut hast!«

Mike gluckst wie ein alter Mann. »Ernsthaft? Nein. Ihr zwei seid so überhaupt nicht mein Typ.«

»Ach, komm schon. Wenn du zwischen mir und Gemma Argyle wählen müsstest?«

»Also, wenn ich mich zwischen euch entscheiden müsste«, sagt er grübelnd. »Unter diesen *absolut* besonderen Umständen könntest du vielleicht Glück haben.«

»Ich fühle mich geehrt«, sage ich lachend. »Bitch.«

»Stricher.«

Neue Spitznamen, die wir uns um Weihnachten herum gegeben haben, nachdem ich es ihm erzählt hatte. Er war der Erste, der davon erfuhr, abgesehen von El natürlich. Er hat sich mir offenbart und ich mich ihm, quid pro quo: *Ich habe Leukämie. Ich bin schwul.* Unter einer funkelnden Lichterkette haben wir uns fest in den Arm genommen.

»Ich habe versucht, dich anzurufen. Und hab dir ein paar Nachrichten geschickt«, sagt er.

»Also, nach dem tausendsten *Ich würde mir mal den Leberfleck auf deinem Hintern untersuchen lassen*, habe ich mein Handy ausgestellt. Aber das ist jetzt egal. Wie geht es dir, Mike?«

»Zu meinem Elend kommen wir gleich, Dylan.« Er atmet hörbar aus. »Ich schätze mal, dass du einen beschissenen Tag hinter dir hast. Weißt du, wer das gepostet hat?«

»Keinen Schimmer. Aber El ist fest entschlossen, es herauszufinden.«

»Ich kann mir überhaupt nicht vorstellen, warum irgendjemand so etwas tut«, brummt Mike. »Aber ich bin ganz Els Meinung. Wir *werden* herausfinden, wer das war, Dylan, versprochen.«

Jetzt muss ich trotz allem lächeln. Die zwei wichtigsten Menschen in meinem Leben sind El und Mike. Bei ihnen fühle ich mich sicher und erwünscht, und das ist eine Menge wert.

»Ich habe bei dir zu Hause angerufen«, fährt Mike fort. »Deine Mum hat mir erzählt, dass du zum Ball wolltest. Alter, ernsthaft? Reden wir hier vom Ferrivale High Osterball? Du weißt, dass ich El mag, aber manchmal glaube ich echt, er hat einen schlechten Einfluss auf dich und macht meine jahrelange Arbeit zunichte. Weißt du noch, wie wir diese Veranstaltung immer genannt haben?«

»Den Idiotenball«, sage ich lachend. »Klar, und er ist genauso idiotisch, wie wir ihn uns vorgestellt haben. Von der Decke hängen riesige glänzende Kothaufen und die Turnhalle ist so rosa, als hätten sie dort alle Türen verriegelt und einen Schwarm Flamingos abgemetzelt. Spaß beiseite, Mike, wusstest du, dass sie ein riesiges Bild von dir an die Wand geklebt haben?«

Er stöhnt. »Ja, eine der drei Hexen hat mir einen mit Herzen und weinenden Emojis verzierten Screenshot geschickt.«

»Die haben dich übelst gephotoshopt, Kumpel. Es sieht aus, als hätte jemand deine Fürze angezündet und du würdest dich in der Nachglut sonnen.«

»Es sieht aus, als wäre ich tot«, sagt er kichernd.

Das sollte ein Witz sein, doch einen Moment lang starre ich nur auf meine Hand, und ja, ich weiß, das klingt lächerlich, aber ich schwöre, dass ich unsere kleinen, verschränkten Kinderhände vor mir sehe. Mike und Dylan, Lauffreunde, die ordentlich aufgereiht von der Grundschule zum öffentlichen Schwimmbad gehen. Mike und Dylan, Karaokefreunde, Hand in Hand auf Tamsin Carlisles vierzehnter Geburtstagsfeier, als wir »I Got You Babe« schmetterten und unsere Mikros wie Feuerzeuge in der Luft schwenkten. Mike und Dylan, vergangenes Weihnachten, als wir uns an den Händen hielten und uns auf die ein oder andere Weise outeten.

»Weiß deine Familie denn jetzt Bescheid?«, platzt Mike in meine Gedanken. »Wie haben sie es aufgenommen?«

»Gut.« Ich nicke, obwohl er mich nicht sehen kann. »Doch. Sie fanden es in Ordnung.«

»Wirklich?«

Er wartet ab. Manchmal vergesse ich einfach, dass Mike meine Familie fast schon genauso lange kennt wie ich.

»Doch, doch.«

»Das ist ja dann toll …«, sagt er. »Bist du dir sicher?«

»Warum sollte ich mir nicht sicher sein?«

»Dylan. Ich bin's.«

»Na gut«, seufze ich. »Ich denke, Chris hätte ruhig ein wenig kommunikativer sein können. Im Grunde hat er mich in den Schwitzkasten genommen und mir mit den Fingerknöcheln über den Schädel gerieben, aber es ist ein Wunder, dass er überhaupt sprechen gelernt hat, daher war seine Reaktion vermutlich ganz okay. Und Mum und Dad? So ziemlich, wie man es von ihnen erwarten würde.«

»Also sehen sie das mit El entspannt?«

»Wie geht es dir, Mike?«, platze ich heraus.

»Mir geht's gut, Dylan. Wirklich.«

»Und deine Chemo? Bist du noch im Krankenhaus?«

»Oh, die wundersame Welt der Chemo? Also heute war

ein ziemlich verrückter Tag. Zu guter Letzt mussten sie ... Ah, Mist. Warte mal.« Ich höre Mikes Mutter – nicht, was sie sagt, aber ihr leises Murmeln, das ich überall erkennen würde. Carol ist wie eine Godzilla-Mutter – beängstigend, aber auf eine geniale und kultige Weise, und wenn du eins ihrer schuppigen Eidechsenbabys bist, würde sie dich bis aufs Messer verteidigen. Glücklicherweise werde ich als ein Ehren-Berrington betrachtet, seit ich Mike auf seiner vierten Geburtstagsfeier einen Kuss gegeben habe, weil er hingefallen war und zu heulen anfing. Ich kann es ehrlicherweise kaum abwarten, Carol meine Neuigkeiten zu erzählen, obwohl ich mir recht sicher bin, dass sie es längst ahnt. Mike kommt wieder ans Handy. »Sorry, mein Lieber. Ja, war ein total verrückter Tag. Ich erzähle dir später alles. Könnte dich zum Schmunzeln bringen oder vielleicht zum Platzen. Mein Vater hätte fast jemandem den Kopf abgerissen. Hör mal, Dylan, ich muss jetzt echt Schluss machen. Komm morgen vorbei, ja? Ich hab Mum und Dad noch nichts verraten, aber ich bin mir ziemlich sicher, dass sie dir einen verdammten Kuchen backen oder uns alle bei der Pride anmelden oder so.«

»Abgemacht.«

»Nacht, Stricher.«

»Nacht, Bitch.«

Er legt auf. Er hört sich in Ordnung an. Wirklich. Nur ein bisschen müde.

Ich gehe zurück zum Ball.

Einen Augenblick lang beobachte ich einfach nur Ellis. Mein Herz ist immer noch ganz voll von Mike, voller Ängste, die wir nie ausgesprochen haben, seit er mir seine Diagnose mitgeteilt hat, und es hilft mir ein bisschen, El zuzuschauen. Ganz gleich, was als Nächstes mit meinem ältesten Freund geschieht, ich weiß, dass dieser Mensch uns beistehen wird, einfach nur, indem er da ist.

Inzwischen sind mehr Leute auf der Tanzfläche. Ich kann mir kaum ein Grinsen verkneifen, als ein paar aus der Fußballmannschaft miteinander tanzen und El und mich nachahmen. Da schwingt nichts Boshaftes mit. Sie lachen und tun so, als wollten sie knutschen, es ist fast eine Art Huldigung. Irgendwie fühle ich mich sogar eigenartig stolz. Das ist doch schon einmal ein Fortschritt, oder? Ein kleiner Schritt für Ferrivale High. Vielleicht werden nächstes Jahr schon mehr geoutete Schüler miteinander tanzen, und dann ganz ohne eine Spur von Parodie.

Ich lenke meine Aufmerksamkeit von den Jungs, die sich gespieltes Liebesgeflüster zusäuseln, auf El. Er nimmt auf seine gewohnt lässige Art die Leute für sich ein. Es erstaunt mich immer wieder, wie problemlos er zwischen diesen Gruppen hin- und herwechselt und von den meisten akzeptiert wird. Gerade scherzt und spaßt er mit Gemma und den Komiteehexen. Jetzt steht er dicht bei den Rugbyspielern und kichert über irgendeine Sportanspielung, die ich nie kapieren würde. Jetzt ist er bei den Büchernerds, unterhält sich wahrscheinlich über die neuesten Queer-Romane und rätselt, ob Jane Austen ein ganz kleines bisschen bi war. Dann klatscht er die grinsende Lehrerparade ab – Dementorin Harper, Schweißring Robarts, die kleine Miss Buchanan mit ihrem hinreißenden Damenbart, Mr Morris, unseren Geschichtslehrer. Nur Mr Denman, unseren Kunstlehrer, der gerade erst aus dem Krankenstand zurück ist, überspringt er, weil er zu spät aufgestanden ist. Natürlich erntet er hier und da auch ein paar schräge Blicke, aber El geht damit um, wie er immer damit umgeht – mit seinem großen Herzen bringt er alle beschämt zum Schweigen.

Ich lehne mich an die Sprossenwand und denke: *Was jetzt?* Die letzten vier Monate hat sich alles um mich und El gedreht und darum, dass niemand etwas erfährt. Ich mache mir nichts vor, das war aufreibend. Doch das ist nicht mehr nötig. Ich denke, wir können einfach *wir selbst* sein. Die Abschlussprüfungen stehen an, und wenn wir die richtigen Noten haben (bitte, lieber Gott!), geht es im September nach Bristol. Wir haben schon vor langer Zeit beschlossen, dass wir die Studentenwohnheime außen vor lassen und uns stattdessen lieber eine kleine Wohnung suchen. Ein gemütliches Zuhause für zwei. Vielleicht adoptieren wir eine streunende Katze oder versuchen, ein, zwei Monate einen Goldfisch am Leben zu halten, wir werden uns megakontaktfreudig in Uniclubs und ähnlichen Veranstaltungen tümmeln, aber wir werden auch zum ersten Mal die Chance haben, richtig als Paar zusammenzuleben. Allein beim Gedanken daran werde ich ganz aufgeregt. Aber erst einmal kommt der Sommer mit den unendlichen Möglichkeiten eines Sommers: El, der mich zu Konzerten und in Galerien schleift; und ich, der ihn zu Comic-Cons und zu meinen mittelalterlichen Lieblingsschlössern und Schlachtfeldern schleife. Lange Nächte, lange Vormittage, Frühstück im Bett, lesen, zeichnen, berühren.

Ich und El.

»Lass uns von hier verschwinden.«

Und wieder einer von Els Stimmungsumschwüngen. Ich habe gerade Mitchell Harrison und Joe Cotterill zugeschaut und mich kaputtgelacht, weil sie zu »Uptown Funk« einen langsamen Walzer tanzen, da steht er plötzlich direkt vor mir. Und ist verändert. Ellis ohne die Spur eines Lächelns ist immer beunruhigend. Man gewinnt den Eindruck, als könnte man doch endlich die Dunkelheit sehen, die er vor so vielen Monaten aus Birmingham mitgeschleppt hat.

»Was ist los?«, frage ich und zupfe ihn am Ärmel.

»Nichts. Lass uns einfach gehen, okay?«

Er schaut über seine Schulter, aber ich kann nicht genau sagen, worauf er seinen Blick richtet: auf die Komiteemädchen, die Fußballspieler, die Büchernerds, die Lehrer? Was ich allerdings genau weiß, ist Folgendes: Als er wieder zu mir schaut, zittern diese perfekten rosafarbenen Lippen.

»Können wir bitte gehen?«, wiederholt er.

Um mein Herz legt sich eine unbeschreibliche Angst, ganz fremd ist sie, aber auch schrecklich vertraut. Ich habe Ellis schon einmal so erlebt – in jenen dunklen Tagen über Weihnachten, als er sich ohne ersichtlichen Grund vor mir zurückgezogen hat. Ich werde nicht noch einmal durch den Schmerz und die Angst dieser fürchterlichen Wochen gehen. Nein. Wir müssen reden.

4

Wir sitzen im Auto und rühren uns nicht. El verharrt schweigend hinterm Lenkrad und zupft und dreht an seinen Perlen. Er sieht ... ich weiß nicht ... verloren aus? Ja, das trifft es vielleicht noch am besten. Seine Augen sind riesig und leer, und ich habe den Eindruck, als würde er mich überhaupt nicht wahrnehmen.

Als ich meinen Arm ausstrecke, um ihn zu berühren, zuckt er zusammen, als hätte ich ihn mit einer Zigarette verbrannt. Er schaut auf meine Hand und dreht sich von mir weg, dabei drückt er den Rücken durch, bis seine Schultern fast die Decke berühren, als würde meine Nähe ihn irgendwie anwidern.

»Himmel, El, was zum Teufel ist los?«

In meiner Stimme schwingt ein eigenartiges Flehen mit, was mir nicht gefällt. Die Vorstellung, dass ich etwas getan haben könnte, weswegen er mich hasst, und das ausgerechnet heute, macht mir Angst. Allerdings habe ich keine Ahnung, was zum Henker das sein soll. Im Geist gehe ich die letzte halbe Stunde durch. Es lag bestimmt nicht daran, dass ich rausgegangen bin, um mit Mike zu reden, deswegen kann er unmöglich eifersüchtig sein. El hat die Sache zwischen Mike und mir immer verstanden. Hat vielleicht jemand etwas zu ihm gesagt? Ihm etwas Schreckliches über mich erzählt? Auf der Jagd nach einem dunklen, verborgenen Geheimnis, das ich El nie anvertraut habe, stürme ich durch meine gesamte Schullaufbahn. Aber das ist ausgeschlossen. Mein einziges Geheimnis und der Grund für meine verborgene Scham wurde heute Morgen enthüllt, und, Herrgott noch mal, El war derjenige, der mir überhaupt erst beigebracht hat, dass man sich deswegen absolut nicht zu schämen braucht.

Okay, also ist es vielleicht gar kein Geheimnis. Vielleicht ist es eine Lüge. Habe ich mir etwas vorgemacht? Das ganze Schultergeklopfe und das gespielte Geknutsche der Fußballmannschaft auf der Tanzfläche – waren das *doch* Sticheleien und ich einfach so sehr in diesem schwindelerregenden, schrecklich wundervollen Tag gefangen, dass ich das falsch interpretiert habe? Wurden irgendwelche hässlichen Gerüchte gestreut?

Mein Hirn würgt einen wahren Schatz an vergifteten Glanzstücken hervor:

Dir ist schon klar, dass McKee eigentlich ein ganz schönes Flittchen ist, oder, Ellis? Hat der halben Fußballmannschaft einen geblasen, bevor du in der Stadt aufgetaucht bist.

Ich habe gehört, dass er mit [hier bitte Namen einsetzen] *fremdgegangen ist und sie es dir bald verklickern wollen.*

Ellis, Mensch, wach auf. Er ist nicht einmal schwul. Er hat es nur aus Jux ausprobiert. Es ist eine Phase, verstehst du?

Komisch, wie das Gehirn arbeitet. Tief in meinem Inneren weiß ich, dass das alles völliger Blödsinn ist, aber jede der ausgedachten Unterhaltungen erscheint mir einleuchtender als die vorherige. Ich überlege sogar schon, was ich darauf erwidern könnte:

Ach, du lieber Himmel, Ellis, ich ein Flittchen? Gab es irgendjemanden auf dem Planeten, der mich entjungfert haben könnte, bevor wir uns kennengelernt haben?

Fremdgegangen? Als wäre ich in der Lage, zwischen Hausaufgaben, Geschichtsclub, Unibewerbungen und unseren wilden Pausenknutschereien irgendwo eine heimliche Affäre unterzubringen.

Nicht schwul? Ernsthaft?! Nicht schwul? Das Einzige, was an mir nicht schwul ist, ist mein Tanzstil.

Aber alles, was ich herausbekomme, ist: »Ellis. Bitte rede mit mir.«

Mein Herz wirft sich wie ein gefangener Vogel gegen meinen Brustkorb. Aber ich beschließe, dass ich mutig sein muss. Ich strecke wieder meinen Arm nach ihm aus.

Seine Reaktion macht mir Angst. Er schiebt mir seine flache Hand entgegen, um mich abzublocken, und ich denke: *Das war's. Es gibt kein Zurück mehr. Ich habe keine Ahnung, was passiert ist, keine Ahnung, was gesagt wurde, aber wenn er mich tatsächlich von sich stößt, wird mein Herz brechen und ich werde wieder zu dem Dylan von vor einem halben Jahr. Vergesst es, es wird noch viel schlimmer werden, denn wenn man sich erst einmal geoutet hat, gibt es kein Zurück mehr, und ich bin jetzt dort draußen allein. Nicht einfach nur allein. Ich war siebzehn Jahre lang allein, aber damals wusste ich wenigstens nicht, wie es sich auch anfühlen kann. In meinem Leben gab es noch nicht diese … diese Fülle* – das ist eine lausige Beschreibung, aber besser bekomme ich es nicht hin –, *was also wird wohl von mir übrig bleiben, wenn er geht?*

Leere Menschen begreifen nicht, dass sie leer sind. Ich schätze, sie leben in einer glückseligen Unwissenheit. Wir können versuchen, uns in etwas Fremdes hineinzuversetzen – romantische Filme, schmalzige Liebeslieder, andere Jugendliche, die Händchen halten und sich auf diese völlig schräge Art anlächeln –, wir können so tun, als würden wir das alles verstehen. Aber das tun wir nicht. Nicht wirklich. Nicht, bis wir es erleben.

Plötzlich spüre ich, wie El seine Finger unter meine Hand schiebt, bis unsere Handflächen aufeinanderliegen. So verharren wir ein paar Sekunden, die sich wie das weite Meer erstrecken. Dann schaut er mich durch diese ewig langen Wimpern endlich an, und der Schmerz in seinen schwarzteedunklen Augen ist kaum auszuhalten. Schmerz, aber keine Wut, keine Abscheu. Ich drehe mein Handgelenk und schiebe meine Finger zwischen seine.

»El, du hast mir Angst gemacht. Du *machst* mir Angst.«

»Tut mir leid.«

Seine Stimme klingt normal oder zumindest äußerst kontrolliert. Das ist die Sache, die niemand an El versteht: Alle glauben, er ist ein impulsiver, unverschämter Typ, der tut und sagt, was er will, und vermutlich stimmt das teilweise sogar. Aber wir sind alle voller Widersprüche, nicht wahr? Mein Freund hat Dinge durchgemacht, die die Seele jedes sogenannten Helden aus meinen geliebten Comics brechen würde, nur würde man das nie vermuten. Nicht, bis man ihn kennt. Wirklich kennt. Deshalb lasse ich mich auch nicht von seiner Stimme täuschen.

»Also ...« Er dreht sich um, bis er wieder gerade hinterm Lenkrad sitzt. »Wie geht es Mike? Hast du ihm meinen Vorschlag ausgerichtet? Er sollte sich wirklich komplett den Kopf rasieren. Dann sieht er aus wie ein elegant gekleideter Professor X.«

Obwohl wir uns nun schon so lange kennen, bin ich noch

immer beeindruckt. Ich habe keine Ahnung, wie er dieses Steuerung-Alt-Entfernen-Ding mit seinen Gefühlen hinkriegt. Aber diesmal lasse ich ihn nicht damit durchkommen. Nicht heute Abend.

»Hör auf, El.«

»Womit?«

»Mit ablenken.«

»Wenn du es nicht aushältst, dass ich deinem besten Freund ein Kompliment mache, Schatz, dann ist das *dein* Problem.«

»Himmelherrgott!« Ich werfe meinen Kopf gegen die Nackenstütze. »Kannst du mal einen Moment lang ernst bleiben? Mike geht's gut, okay? Und ich weiß, dass du dir wirklich Sorgen machst und dich auf jeden Fall erkundigt hättest, aber es ist trotzdem ein wenig respektlos, weißt du?«

Er blinzelt, als hätte ich ihn noch einmal verbrannt. »Dylan, es tut mir leid. Ich wollte nicht ...«

»Das weiß ich doch, aber ich finde es nicht in Ordnung, dass du Mike benutzt, um dich aus der Sache herauszuwinden. Also gut, haken wir deine Frage ab, damit wir endlich darüber reden können, was zum Teufel mit dir los ist.« Ich schließe die Augen. »Mike hatte seine Chemo und ist müde. Und er ist mutig und lustig und liebevoll, und er hat sich Sorgen um uns gemacht. Und Carol wird uns einen Kuchen backen und gemeinsam mit uns zum Christopher-Street-Day gehen, und *verdammt!*«

Ich breche in Tränen aus. So richtig volle Kanne mit Atemnot und Schnodder und Schluckauf, das komplette Programm. Im Gegensatz zu El weine *ich* durchaus. Was völlig absurd und verdammt lächerlich ist. Pixarfilme, Oscarreden, Werbung mit Erdmännchen – ich laufe nahezu ständig Gefahr, zu dehydrieren. Aber das gerade fühlt sich anders an.

»Liebling.« El kämmt mit seinen langen Fingern durch meine Locken. Er legt seine Hand in meinem Nacken und zieht mich zu sich und ich rieche hinter seinem Deo seinen starken, süßen Duft.

»Erzähl mir einfach, was passiert ist«, sage ich. »Sag es mir dieses Mal.«

»Da gibt es nichts.«

»El ...«

Er schaut mich fest an. »Also gut. Gibt es doch. Aber ich möchte dich nicht mit hineinziehen. Außerdem ist es vorbei.«

Okay, ich habe es lange genug vermieden – weil mir allein schon beim Gedanken an diese Zeit schlecht wird –, aber diesmal muss ich etwas sagen.

»Hat es irgendetwas mit dem zu tun, was im Dezember passiert ist?«

El hat sich während der Weihnachtsferien vor mir zurückgezogen. Komplett zurückgezogen. Keine Anrufe, keine Nachrichten, nichts. Wir waren erst seit einer Woche richtig zusammen, und ich habe mir das Gehirn zermartert, um herauszufinden, was ich falsch gemacht hatte. Als er im neuen Jahr wieder bei mir auftauchte, war ich so erleichtert, ihn wieder zurück in meinem Leben zu haben, dass ich all seine dürftigen Entschuldigungen akzeptierte. Aber ehrlich gesagt habe ich die Beweggründe für sein Verschwinden nie geglaubt.

Ich möchte diese Zeit nicht wieder aufwärmen – ich kann mir nichts Schlimmeres vorstellen –, aber diese Angst heute an ihm? Das alles fühlt sich wie ein schreckliches Nachbeben von Weihnachten an.

El schüttelt entschieden den Kopf. »Nein, Dylan. Es hat nichts mit dem zu tun, was damals passiert ist.«

Ich will nicht zu sehr drängen, aber ich muss. »Du hast mir

versprochen, dass du mich nie mehr so ausschließt. Du hast es *versprochen*, El.«

»Ich schließe dich nicht aus«, beharrt er. »Das heute, das ist anders.«

»Also gut ...« Mir ist schwindelig. Ich atme tief ein. »Hast du einen anderen?«

»*Nein*, Dylan.« Als ich wegschauen will, nimmt er mein Kinn und dreht mich zu sich. »Es gibt keinen anderen. Es wird *niemals* einen anderen geben. Du Dussel.« Er lächelt sein schiefes Ellis-Lächeln, das strahlender ist als jede Leuchtreklame auf dem Broadway, und der Schmerz in seinen Augen ist fast nur noch eine Erinnerung. »Weißt du das denn noch immer nicht? In Ordnung, jetzt kommt's ... Ich kann gar nicht glauben, dass ich das jetzt wirklich sage.« Er lacht und kitzelt mich überfallartig. »Du bist der Richtige, Dylan. Du und deine wunderbaren Sommersprossen und dein rötliches Haar und deine Leberflecken auf dem Hintern und dein dämliches Geschichtszeug und dein Comicbücher-Quatsch und deine unheimlich süße Schüchternheit, die fast schon wieder nervt, und deine ständige Tollpatschigkeit und deine Vorliebe für Maoam und DU.

Er lässt mich los und ich falle lachend in meinen Sitz zurück und strahle.

El lacht auch, aber dann wird wieder einmal der berüchtigte Schalter umgelegt. »Es gibt nur dich, Dylan«, sagt er, wobei seine Stimme beinahe bricht. »Und ich weiß, dass du aus irgendeinem irrsinnigen Grund glaubst, dass du nicht verdienst, von mir geliebt zu werden. Was dich so ziemlich zum intelligentesten Idioten macht, der mir je begegnet ist. Ich liebe dich, Sprosse. Und was jetzt kommt, ist Märchen-Schwachsinn, ich weiß, aber irgendwie liebe ich dich, seit ich dich zum ersten Mal gesehen habe.«

Ich sitze benommen da.

»Das ist unmöglich«, sage ich leise. »Ich habe doch nur rumgestanden und dich angegafft.«

El schüttelt den Kopf. »Du solltest dich mal sehen. Dein Gaffen ist eins der besten Dinge an dir. Weißt du noch, wie mich an diesem ersten Abend am Lagerfeuer alle angestarrt haben? Da kam er hereinstolziert, der neue Schüler, ganz selbstgerecht und kampfeslustig, und mir begegneten diese schockierten Blicke und das Gelächter und der unmittelbare Hass und die seltsame Bewunderung – die übliche bunte Palette. Aber du? Du hast mich ohne Vorurteile oder Erwartungen angeschaut. Du hast einfach so ausgesehen, als wolltest du gerne Hallo sagen.«

»Was ich getan habe.«

»Was du getan hast.«

An den beschlagenen Scheiben huschen Schatten vorbei. Schwankende Schüler, die sich gegenseitig huckepack tragen, Siebzehnjährige, die Fangen spielen.

»Du hast mich an dem Abend gerettet. Vielleicht kannst du dir das nicht vorstellen, aber genau das hast du getan. Die Art und Weise, wie es mit meiner Familie endete. Die Schreie und Flüche und der ganze Mist, den sie mir an den Kopf geworfen haben, nachdem ich es ihnen erzählt habe. ›Beruhigt euch‹, hab ich gesagt, ›ich bin noch immer ich. Ich bin noch immer Ellis. Noch immer euer Sohn.‹ Und dann hat mein Vater mich niedergeschlagen und meine Mutter ist kurzerhand über mich gestiegen und hat angefangen, meine Sachen zu packen. Und ich bin einfach dort liegen geblieben und habe zu meiner kleinen Schwester in ihrem Laufstall geschaut. Sie hat nicht geweint oder so. Sie ist einfach mit ihrer Windel in die Hocke gegangen, hat mit ihrem kleinen, speckigen Armen durch die Gitterstäbe gegriffen und meinen

Zahn vom Teppich aufgesammelt und sie ...« Er atmete tief ein. »Sie hat ihn mir entgegengestreckt. ›Ellis seins‹, sagte sie. Und dann stand ich auf der Straße und Dad hat mir Zehner ins Gesicht geschleudert und Mum war hinter ihm und brüllte: ›Komm bloß nie wieder nach Hause!‹« El schaut mich an und wirkt so unendlich traurig, dass es mir das Herz zerreißt. »Und weißt du, wie man damit fertigwird, Dylan? Entweder wirst du noch stärker, als du es jemals warst, oder du rollst dich zusammen und stirbst. Aber das ist ziemlich anstrengend, verstehst du? Wenn man sich die ganze Zeit bemüht, der zu sein, der man sein muss. Und dann kam ich hierher und habe diese blöde Petition aufgesetzt ...«

»Die war nicht blöd«, erkläre ich ihm.

»Und entdecke diesen süßen Comic-Nerd«, fährt er fort, »dessen Gesicht im Lagerfeuerschein leuchtet. Ich bitte ihn, meine Petition zu unterschreiben. Was er tut. Und während er unterschreibt, fällt mir auf, dass er einfach nur Hallo sagen will. Weil er mich wirklich gern kennenlernen möchte ... Ha! Weißt du eigentlich, dass du mir total Angst eingejagt hast?«

»Moment mal. *Ich* habe *dir* Angst eingejagt?«

Er lacht und stupst mit dem Zeigefinger auf meine Nase. »Ja, Sprosse. Weil ich mir dachte, was ist, wenn er mich kennenlernt und ich ihn enttäusche?«

»Du bist so ein Idiot«, sage ich lachend.

»Ich weiß nicht.« Er dreht sich um und malt einen perfekten Kreis ans Fahrerfenster. »Ich bin ziemlich gut darin, Leute zu enttäuschen.«

»Das wirst du nicht.« Ich fasse ihn an der Schulter, aber er hat mir noch immer den Rücken zugewandt. »Wir zwei gehören jetzt zusammen. Nur wir. Du und ich, El, für immer.«

Er seufzt. »Für immer gibt es nicht, Sprosse.«

5

Wir fahren seit ungefähr fünf Minuten, als ich auf die Angst zurückkomme, die immer noch an mir nagt. Doch sobald ich ihn wieder mit Fragen löchere, unterbricht er mich ...

»Bitte, Dylan«, seufzt er. »Ich verspreche dir, eine ganze Woche lang dein Diener zu sein. *Wenn* du das Thema fallen lässt, mache ich deine Hausaufgaben, gehe mit dem Hund spazieren oder massiere dich ohne zu meckern und erwarte auch keine Massage im Gegenzug.«

»Ich habe keinen Hund, den du spazieren führen könntest, Ellis, an meine Hausaufgaben würde ich dich nicht mal in die Nähe lassen und ... also schön, zugegeben, mit deinem Massageangebot hättest du mich beinah rumgekriegt, aber du bist mir wichtiger als Aromaöle und Erektionen.«

Er wedelt mit der Hand über seinem Herzen. »Das ist das Süßeste, was jemals jemand zu mir gesagt hat.«

Aber jetzt bin ich dran mit der stahlharten Stimme. »Ich will wissen, was passiert ist«, sage ich mit Nachdruck. »Hör mal, wenn dich dort irgendein Dreckskerl aus der Fassung gebracht hat ...«

»Es reicht.« Er wird nicht laut, aber in seinen Worten liegt eine entschiedene Entschlossenheit. »Ich bitte dich nicht um viel, Dylan. Abgesehen von dem gelegentlichen Schulterreiben bitte ich dich genau genommen nie wirklich um etwas, aber eins wünsche ich mir wirklich: Lass es gut sein. Es ist vorbei. Endgültig. Es betrifft uns nicht mehr.«

»Natürlich betrifft uns das verdammt noch mal noch«, schieße ich zurück. »Erinnerst du dich überhaupt daran, in was für einem Zustand du vor zehn Minuten warst? Normalerweise bist du furchtlos, El, aber zu dem Zeitpunkt hast du gewirkt, als wärst du in einem Albtraum oder so etwas gefangen.«

»Ach, komm schon. So dramatisch war es auch nicht.«

Er meint es ernst, das weiß ich. Er hat mich jetzt schon fünf Minuten lang nicht mehr Sprosse oder Prof oder Dee McKee genannt.

»Ich will dich einfach nie wieder so erleben«, erkläre ich ihm. »Und wenn ich weiß, warum du dichtgemacht hast, warum du dich vor mir zurückgezogen hast, warum du scheinbar nicht einmal mehr gewusst hast, wer ich war, nun, dann …«

»Was ist dann? Wirst du mich dann für immer beschützen? Mein Ritter in glänzender Rüstung?«

In seinen Worten liegt nichts Abfälliges. Eigentlich klingt er beinahe hoffnungsvoll.

»Wenn du so möchtest«, sage ich. »Sieh mal, ich weiß, dass ich nicht Daredevil oder der Punisher oder sonst wer bin. Im Grunde genommen bin ich mehr wie Steve Rogers, *bevor* er sein Supersoldatenserum bekommen hat und zu Captain America wurde. Aber ich würde für dich kämpfen, El.«

»Und das glaube ich dir«, sagt er schlicht. Was mich aus irgendeinem Grund wütend macht.

»Es hat doch damit zu tun, oder?« Ich starre ihn an. »Was auch immer heute Abend passiert ist, hängt mit deinem Verschwinden im Dezember zusammen. Warum erzählst du es mir nicht einfach? Egal, was es ist, ich würde es verstehen.«

Er nickt. »Ich weiß, dass du das würdest, Sprosse. Natürlich würdest du das. Aber es ist folgendermaßen: Du musst mir *nichts* beweisen und ich muss dir auch nicht alles erzählen. Denn ungeachtet dessen, was in deiner *Teen Vogue* steht, geht es in Beziehungen nicht immer um absolute Offenheit. Was zählt, ist Vertrauen. Deshalb vertrau mir – die Geschichte damals war ein Aussetzer. Eine Dummheit, und zusammen mit allem, was heute passiert ist, haben meine Nerven verrücktgespielt. Weißt du noch, was ich dir über das trübe Abwasser erzählt habe, das unter meiner Brücke durchfloss, bevor ich nach Ferrivale gekommen bin? Nun, vielleicht schwappt mir immer noch ein wenig davon um die Knöchel. Es wird nicht wieder passieren.«

»Das hast du schon einmal versprochen«, murmle ich.

Wir fahren schweigend weiter. Es sieht so aus, als würde El sich in unserer Beziehung zum zweiten Mal vor mir verschließen und es ist ganz egal, was ich sage. Und da wird mir etwas Schreckliches klar: Ich kenne meinen Freund nicht. Nicht vollständig. Vielleicht werde ich das auch nie.

Ich kurble mein Fenster einen Spaltbreit runter. Ein Hauch von Waldluft. Bäume wogen in der früh einsetzenden Dunkelheit und verströmen üppig ihren Geruch nach neuem Leben. Unsere Schule liegt mitten in der Stadt, genau dort, wo Ferrivales idyllische Kopfsteinpflasterstraßen und bilderbuchmäßigen Lädchen dem halbmondförmigen See und dem Wald weichen, die eine Grenze zwischen Häusern wie denen von mir und Mike und der Wohnsiedlung bilden, in der El mit seiner Tante Julia lebt.

Während die Bäume an uns vorbeirauschen, führe ich Selbstgespräche. Im Moment lese ich sehr viel; dieses Buch über das Osmanische Reich, eins über den japanischen Isolationismus und dann noch eins über den Amerikanischen

Unabhängigkeitskrieg, und alle in meiner Freizeit. Weil ich momentan mit den bevorstehenden Abschlussprüfungen und Aufsätzen auch *richtig viel* Zeit habe. Mr Morris meint, dass meine »lobenswerte, aber wenig zielorientierte« Begeisterung für Geschichte womöglich dazu führt, dass ich in dem Fach durchfalle, und das nur, weil ich den unerbittlichen Drang verspüre, meine Neugierde zu befriedigen. Als ich El davon erzählt habe, hat er das Gesicht verzogen. Er findet, dass es in der Schule genau darum gehen sollte – unerbittliche Neugierde beflügeln. Er hat recht, aber wenn ich das Fach eines Tages selbst unterrichten will, muss ich die Prüfungen bestehen.

Wie auch immer, die Amerikanische Revolution, die Schlacht von Monmouth, 1778 (was Daten betrifft, bin ich ziemlich pingelig): dieser Typ, Generalmajor Charles Lee, zwingt die Briten zum Rückzug. Alles läuft mehr oder weniger wunderbar, nur dann befiehlt Lee aus unerfindlichen Gründen *seinen* Männern den Rückzug. Er verwandelt den Sieg in eine Katastrophe und General George Washington verpasst ihm vor den Augen seiner eigenen Truppen ein paar saftige Ohrfeigen. Das trifft genau den Nerv. *Ich bin Lee.* In meiner Beziehung zu El bin ich immer ein bisschen vorgerückt und habe mich dann zurückgezogen. Ich weiß nicht genau, warum. Vielleicht hat El recht, vielleicht liegt es daran, dass ich glaube, ich verdiene ihn nicht. Vergesst es, ich *verdiene* ihn nicht. Himmel, schaut ihn euch doch nur mal an. Aber ich habe lange genug die Schlacht von Monmouth nachgespielt.

Ich ziehe mich nicht mehr zurück.

»Okay.« Ich nicke. »Ich werde nicht weiter nachbohren.«

El dreht sich zu mir und lächelt erleichtert.

»*Aber*«, füge ich hinzu, »das ist das letzte Mal. Du hast mir nie erzählt, was mit dir an Weihnachten los war, zumindest nicht wirklich, und jetzt hältst du wieder etwas zurück. Daher versprich mir: keine weiteren Geheimnisse.«

»In Ordnung«, sagt er leise. »Versprochen.«

Els Scheinwerferlichter ergießen sich über die Waldstraße und ich lasse sein Versprechen einen Moment lang wirken.

»Und wo fahren wir jetzt hin?«, frage ich seufzend und lockere meinen steifen Nacken.

»Nach Hause natürlich.«

»Oh. Zu dir oder zu mir?« Ich kann meine Enttäuschung nicht verbergen. Es ist ein warmer Abend mit einer Fülle an Möglichkeiten, die es zu Hause nicht geben wird.

»Weder noch«, sagt er. »Zu unserem.«

Ich grinse. »Zur düsteren Schönheit?«

Er nickt. »Schau mal auf den Rücksitz.«

Ich schaue über die Nackenstütze. Dort steht der Weidenkorb vom gestrigen Überraschungspicknick, auf einer Seite ist der Deckel hochgeklappt und eine Flasche Rotwein lugt heraus. Die erstaunlichste Nacht meines Lebens steht gerade im Begriff, noch viel erstaunlicher zu werden! Ich kann es mir jetzt schon vorstellen.

Mondenschein im Glockenturm, die Flasche leer, unsere Lippen verfärbt und mit einer Spur von Nachgeschmack. Die karierte Decke auf den knarzenden Holzdielen hat sich unter uns verschoben und verdreht. Küsse, Liebkosungen, fest, sanft und neckend, zärtliche Versprechungen, und das alles unter den Augen des Wasserspeiers, den El immer wieder skizziert hat, seitdem ich ihn zum ersten Mal in die verfallene Feldkirche mitgenommen habe. Stanley, das ist Els Spitzname für unseren steinernen Beschützer, wird Wache halten und alles Böse von uns abwehren.

Ich drehe mich grinsend zu El. »Du hast das alles geplant, oder? Wann?«

Er zuckt mit den Schultern. »Ich dachte mir, dass du das gebrauchen könntest, ganz egal, wie es heute läuft.«

Gott, er ist genial. Erst der Schulball und jetzt das.

»Woher hast du den Wein?«

»Ich habe meine Beziehungen.« Er zwinkert mir zu. »Und meine Lektion habe ich übrigens auch gelernt. Das komplette Essen ist diesmal schrecklich ungesunder Kram. Pizzastücke, Chips, Cola, Schokoladenkuchen. Kein einziges Fruchtstückchen für den Junkfood-Junkie.«

Er lächelt. Dann nimmt er eine Hand vom Lenkrad und zeichnet mit seinen Fingern lebhafte Bilder in die Luft. Er erzählt mir, was heute Abend passieren wird. Er malt mit seinen Worten Sehnsüchte und lässt zwischen den Worten bedeutungsschwere Pausen, in denen seine Finger plötzlich wieder hochschnellen und das Gesagte unterstreichen. Mir fällt auf, wie armselig meine Vorstellungskraft im Vergleich zu seiner ist. Die Bilder von uns beiden im Glockenturm werden lebendig, die Stimmen lebhafter, die Versprechungen süßer, die Berührungen tausendmal abwechslungsreicher. Ich höre ihm zu und beobachte ihn und meine Kehle wird ganz trocken. Hoffentlich kann ich all dem gerecht werden.

Ich bemerke, dass Ellis von seinen eigenen Worten angetörnt wird. Er fasst schnell zum Radio und bringt George Ezra zum Schweigen, was er sonst nie tut. Mit der Zunge befeuchtet er seine Lippen. Ich habe Mühe, zu schlucken. Und jetzt liegt seine Hand auf meiner Nackenstütze. In meinen Haaren. Ich lasse mich in die Berührung fallen, schließe die Augen, mein Atem stockt. Mit dem Fingerknöchel fährt er die Umrisse meines Gesichts entlang. Er presst seine Hand gegen meine Brust. Ich drücke meinen Rücken durch, komme ihn entgegen, dann schiebt er seine Hand unter mein

T-Shirt, und als er mir über die Brustwarze streicht, stöhne ich.

Seine Hand ist verschwunden. *Nein, du verdammter Verführer!* Aber dann ist sie wieder da. Auf meinem rechten Knie ... Ellis schiebt seine Finger ausgespreizt dort entlang. An der Stelle werde ich schwach; bevor El das vor einem Monat herausfand, hatte ich keine Ahnung. Er bewegt die Finger ganz, ganz langsam weiter, bis sie auf der Innenseite meines Oberschenkels landen, von wo er seine warme Hand mit einem gewissen Druck nach oben schiebt.

»Ellis«, flüstere ich. »El, ich ...«

Und dann reißt er seine Hand fort und schreit, und das Auto heult auf und die Bäume rasen auf uns zu.

6

Irgendetwas kam blitzschnell auf die Straße gelaufen – schwarz auf weiß – wie ein Komet, der über das dunkle Stück Asphalt saust. Menschen, Tiere? Keine Ahnung. Ich habe nur etwas Verschwommenes wahrgenommen, bevor El das Lenkrad herumreißt und das Auto sich mit quietschenden Hinterrädern um neunzig Grad dreht.

Die Fliehkraft schleudert mich zur Seite und ich knalle mit der Schulter gegen die von El. Er sitzt kerzengerade da, seine Hände sind ans Lenkrad zementiert und er rammt seinen Fuß auf die Bremse. Die Ärmel seines Hemdes sind nach oben gerutscht und ich kann die wunderschönen, selbst entworfenen Tattoos sehen, die sich seinen Arm hinabwinden.

Er packt die Handbremse und reißt sie nach oben. Hey, er ist der Meister der Drifts, richtig? Aber das ist für den alten Nissan der eine zu viel. El hat sein Glück wahrscheinlich einmal zu oft herausgefordert, und wenn das Auto jetzt auf dem Schrottplatz landet, will es nicht allein dorthin. Einen Sekundenbruchteil später schauen wir in die entgegengesetzte Richtung, wir befinden uns halb auf der Straße und halb auf dem Grünstreifen und die Räder auf meiner Seite heben ab.

Was als fast sanfte Bewegung beginnt, gewinnt auf einmal an Fahrt. Plötzlich dreht der Nissan sich auf sein Dach, kommt komplett von der Straße ab und katapultiert uns in den Wald. In dem Moment, als die Windschutzscheibe nachgibt und bricht, stemme ich meine Hände gegen die Decke. Tausend Risse ziehen sich wie Eisblumen über das Glas. Mein Beifahrerfenster zersplittert ebenfalls, durch den Aufprall rieselt das Sicherheitsglas ins Auto. Es ist eine eigentümlich leise Implosion, ein wenig wie ein überraschendes Schneegestöber, und ich weiß nicht, ob mich ein Stück vom Fenster oder etwas von dem wahllosen Gerümpel erwischt hat – umherfliegende CDs, Stifte, Bücher, die kleine Schneekugel, die ich El geschenkt habe, als wir das erste Mal miteinander geschlafen haben –, aber ich wurde von etwas geschnitten und mir läuft ein Schwall Blut über die Augen.

Die Welt dreht sich abwärts. Mein Körper pendelt von El weg und schlägt dumpf gegen die Beifahrertür. In den kurzen klaren Momenten wird mir bewusst, dass ich Glück hatte. Wenn mein Arm aus dem zerbrochenen Fenster gehangen hätte, wäre er zerquetscht worden, als der Nissan umkippte. Das Fenster wird jetzt von einem Rechteck aus feuchtem Frühlingsgras ausgefüllt und ich strecke meinen Hals zur Seite, während wir uns weiter überschlagen. Ich erhasche einen Blick auf El, der kopfüber von seinem Gurt gehalten wird und wie eine Fliege im Netz baumelt.

Ich versuche, meine Hand nach ihm auszustrecken. Er sieht so erschrocken aus. El erschrickt nicht so leicht. Er fasst auch nach mir. Dann steht das Auto wieder auf seinen Rädern und unsere Arme fallen durch die Schwerkraft nach unten. Durch die zersplitterte Windschutzscheibe erkenne ich verschwommen die zusammengeschobene Motorhaube, die einer Bergkette ähnelt. Aus den zerklüfteten Gipfeln steigt zischend Rauch auf. Aber das Auto scheint zum Stillstand gekommen zu sein. *Das war's*, denke ich. *Gott sei Dank, es ist vorbei.* Ein paar Schnitte und Prellungen, vielleicht ein zwei gebrochene Knochen, doch in ein paar Stunden werden wir in unseren nebeneinanderliegenden Krankenhausbetten sitzen und die Beinahekatastrophe noch einmal Revue passieren lassen und über die Vergänglichkeit lachen. Nebeneinanderliegende Betten. Ich frage mich, ob wir sie wohl in einem unbeobachteten Moment unbemerkt zusammenschieben können? Beinahe lächle ich.

El holt Luft. Er ist verletzt. Aber nicht schwer.

Es kann keine schwere Verletzung sein.

Aber dann ist es wie dieser Moment, wenn dich deine Waschmaschine hereinlegt. Wenn sie den scheinbar letzten ultraschnellen Schleudergang beendet und immer langsamer wird, aber genau in dem Augenblick wieder loslegt, in dem du die Tür öffnen willst. Als El plötzlich gegen die Fahrertür geschleudert wird, rufe ich seinen Namen und mein Blut rauscht mir in den Ohren.

Wir überschlagen uns wieder, nehmen Fahrt auf und werden sogar noch schneller. Mein Gurt schneidet mir in die Schulter und mein Kopf knallt gegen die Decke, trotzdem sehe ich die Schneise, die wir durchs hohe Gras geschnitten haben, hinter uns zieht sich eine Spur aus Müll und zerbrochenen Gegenständen. Die Weinflasche wurde nach draußen geschleudert und kullert jetzt die Böschung hinab. Nur ist es gar keine richtige Böschung. Wir sind in dem Teil des Waldes von der Straße abgekommen, wo kaum Bäume stehen und das Land nach unten abfällt, bis es nach einer steilen Lichtung an einem Kiesstrand endet.

Der Hunters Lake.

»Nein!«, brülle ich, als mir das klar wird. »NEIN!«

Als ich jetzt nämlich zu El schaue, hat er die Augen zu. Nicht vor Angst zusammengepresst, sondern nur ganz leicht geschlossen, als wäre er gerade eingeschlafen. Er ist verletzt. Schwer. Sein halbes Gesicht ist blutüberströmt und wirkt wie eine rot angestrahlte Maske vom Phantom der Oper.

»El!« Ich versuche, nach ihm zu greifen, aber der Wirbelsturm braust weiter und er baumelt verdreht in seinem Sicherheitsgurtnetz. »EL, WACH AUF!«

Während wir uns überschlagen, sehe ich erst durch mein Fenster und dann durch seins den dunkel glitzernden See. Im Sommer kann man hier Stechkahn und Tretboot fahren. El und ich haben noch keinen Sommer zusammen verbracht. Am Hunters Lake abzuhängen war ein kleiner Teil unseres Plans, den wir gestern Abend beim Picknick geschmiedet haben. Der See ist größer, als ich ihn in Erinnerung habe. Es wird erzählt, dass einmal ein kleines Kind darin ertrunken ist. Das Mädchen jagte einem Schmetterling nach und ihre Eltern haben nicht aufgepasst. Sie flatterte dem Tier bis ans Ende des Stegs hinterher und dann darüber hinaus.

Ich weiß nicht, wann wir im Wasser gelandet sind. Vielleicht liegt es am Blutverlust, auf jeden Fall verliere ich ein, zwei Minuten lang das Bewusstsein. Viel länger war das bestimmt nicht, denn als ich wieder zu mir komme, überschlagen wir uns endlich nicht mehr. Wir stehen aufrecht und das dunkle Wasser schwappt gerade erst um meine Knöchel. Es sickert und sprudelt durch tausend verschiedene Stellen ins Auto, große und kleine, sichtbare und unsichtbare Öffnungen, und ich bin mir hundertprozentig sicher, dass es mich auslacht.

Du dachtest also, das wäre für immer?, gluckst es. *Es gibt kein für immer, Dylan. Nicht für dich und ihn. Das gab es nie.*

Die Nacht ist warm, aber das Wasser ist kalt und schlammig und stinkt. Als es langsam schmeichelnd mein Bein hinaufsteigt, dann mein Knie erreicht und schließlich meinen

Oberschenkel, wird meine Haut zu Eis. Es bewegt sich wie ein Anti-Ellis, diese Berührung ist intim und widerlich. Ich versuche mich abzuschnallen, aber der Gurt hält mich fest. Er ist eingeklemmt und aus irgendeinem Grund habe ich nicht genügend Kraft, ihn zu öffnen. Meine Finger bewegen sich, als würden sie von einem betrunkenen Puppenspieler geführt. Ich sehe dabei zu, wie sie an dem Verschluss herumfummeln, während mein Blick die ganze Zeit vom ansteigenden Wasser zu El und wieder zurück wandert.

Ironischerweise ist sein Sicherheitsgurt an der Schnalle gerissen. Er ist frei und liegt reglos nach vorn gesackt überm Lenkrad. Zwanzig schreckliche Sekunden lang glaube ich, dass er nicht atmet. Dann holt er flach und abgehackt Luft. Ich rufe und flehe ihn an, versuche irgendetwas in die Finger zu bekommen und nach ihm zu werfen, aber meine Hände tun nicht, was ich ihnen sage, und er wacht einfach nicht auf. Rote Tropfen fallen von seinem Kinn ins Wasser und ich schreie auf. Sie breiten sich wolkig um seine Hüfte aus und schieben ihre Tentakeln zu mir.

Ich drehe mich zu dem zerbrochenen Fenster und dem Ufer. Wir sind nur ein paar Schwimmzüge davon entfernt, aber der Hunters Lake ist berüchtigt für seine Untiefen und seine unerwarteten Abbruchkanten. Gerade als ich um Hilfe rufen will, kippt der Nissan zur Seite. Der Seegrund besteht aus einer Art lockerem schwarzen Torf, der einem wie Treibsand durch die Zehen quillt, sich festsaugt und Anspruch auf einen erhebt. Es ist ein eifersüchtiger See und er will Ellis und mich.

Wir rutschen tiefer und tiefer. Auf Ellis' Seite wird das Auto bald ganz unter Wasser stehen, aber sein Fenster ist intakt. Durch die Ritzen sprudeln trotzdem neue Rinnsale, spritzen auf sein regloses Gesicht und waschen das Blut fort. Wir kippen weiter nach vorn, vierzig Grad vielleicht, und das plätschernde Wasser erreicht jetzt Ellis' Kinn. Mein Herz schlägt laut. Ich trete Wasser und reiße mir die Hand am Sicherheitsgurtverschluss auf. Meine Finger gehorchen mir noch immer nicht. Ich schaue nach rechts. Schwarzes, schmutziges, schäumendes Wasser berührt jetzt Els wunderschöne Unterlippe – die Lippe, an der ich immer spielerisch geknabbert habe. Die Wasseroberfläche zittert dort einen Moment lang und tröpfelt dann ohne Gegenwehr in Ellis' Mund.

»Nein! Bitte, NEIN!«

Ich kann ihm nicht beim Ertrinken zuschauen. Ich will zuerst sterben. *Bitte, Gott, lass mich zuerst sterben.*

Und dann ein Wunder. Das Heck des Autos dreht sich langsam im Schlamm und schiebt uns herum, bis die zerknautschte Motorhaube nach oben ragt und wir Richtung Ufer schauen. Als das Wasser von Els Gesicht läuft und über seine Schulter nach hinten zum Rücksitz fließt, keucht er immer noch bewusstlos auf. Ich lache, obwohl mir die Zähne klappern.

»Wir kommen hier raus«, verspreche ich ihm. »Wir kommen hier raus.«

Aber der See gibt nicht auf. Vielleicht spielt er ja mit uns, ich habe keine Ahnung.

Das Heck des Nissan stöhnt wie ein Urzeittier, das in einer Teergrube gefangen ist, und dann sinken wir weiter. Mein T-Shirt bläht sich auf, als das Wasser wieder vorne ins Auto eindringt. Während es weiterkriecht, gluckst es wie ein freches Kind, das nicht in seinem Kindersitz angeschnallt bleiben will. Obwohl ich noch immer in meinem Gurt festsitze, gelingt es mir, ein Bein aus dem Fußraum zu ziehen, es anzuspannen und seitlich über den Schaltknüppel zu treten. Ich treffe El mit dem Turnschuh in den Rippen.

»Wach auf! El, bitte, wenn du mich liebst, dann WACH AUF!«

Aber er wacht nicht auf. Ich trete, bis mir ein Krampf in die tiefgefrorene Wade schießt und ich aufbrülle. Widerstrebend ziehe ich mein Bein zurück. Womöglich habe ich ihm eine Rippe gebrochen. Ich schaue ihn durch einen Tränenschleier hindurch an.

»Bitte, El. Bitte. Bitte, ich liebe dich. Ich liebe dich so sehr …«, flüstere ich. Dann schreie ich: »Verdammt, Ellis! Untersteh dich, zu sterben! Untersteh dich, auch nur daran zu denken! BITTE! BITTE, BITTE, BITTE! Du bringst mich um. Du bringst mich um!«

Ich brülle gegen diese neue Emotion an. Ich hasse ihn. Warum wacht er nicht auf? Wenn er mich wirklich lieben würde, müsste er das doch.

Das Auto ruckt nach hinten. Das Wasser plätschert gegen meine Kehle. Gegen seine Lippen. Mein Kopf schwimmt. Ich schüttle mich. Mir ist so kalt. Im Auto wird es dunkler. Meine Wut verraucht allmählich. Es spielt keine Rolle. Nicht wirklich. Ich ziehe meine zerfetzte Hand von dem vergeblichen Kampf mit dem Gurt zurück und schiebe sie durch den See. Das fällt mir unheimlich schwer und erfordert meine volle Konzentration. Sie ist nichts weiter als ein Klumpen nutzloses Fleisch, ich spüre fast nichts mehr darin. Aber ich bete, dass ich wenigstens noch ein kleines bisschen Gefühl in ihr habe. Damit ich ihn noch ein letztes Mal berühren kann.

Meine Hand taucht auf und ich bewege sie vorsichtig zu ihm. Der See versucht wieder, ihn zum Trinken zu bringen. Ich blende das aus. *Ich kann dich nicht retten, El. Ich kann nur das tun.* Mit meinen eisigen Fingern berühre ich sein Gesicht; seine wundervolle hellbraune Haut, sein markantes Kinn, seine perfekten Wangen. Es gibt keinen Millimeter in seinem Gesicht, den ich nicht geküsst habe. *Danke, Ellis. Danke, dass du mein Erster warst. Danke, dass du mein Freund warst. Danke, dass du mir gezeigt hast, wer ich bin.*

Wer ich war.

Hinter der zerbrochenen Windschutzscheibe bewegt sich etwas. Ein schwimmender, spritzender Schatten. Vor meinen Augen flimmert es. Ich will nicht aufhören, El zu berühren, aber ich habe keine Kraft mehr. Meine Finger schweben mit der Strömung, während meine Gedanken auf dem See treiben. Falls es ein Leben nach dem Tod gibt, dann lass mich mit El zusammen sein. Falls nur das Nichts existiert, ist das auch in Ordnung. Aber trenne uns nicht …

Plötzlich fasst ein warmer Arm, ein unglaublich warmer Arm über mein Gesicht und meinen Körper. Er drückt gegen mich und ich atme seine Wärme wie Sauerstoff. Einen Moment lang tastet jemand herum, und dann bin ich befreit. Der Gurt saust an meinen Augen vorbei und ich kann dieses unglaubliche Freiheitsgefühl kaum fassen. Es ist wie der Moment, nachdem ich meiner Familie erzählt habe, wer ich bin. Mir wird ganz schwindelig von den vor mir liegenden Möglichkeiten.

Ich drehe mich um, will nach El greifen, aber meine Freiheit verschwindet. Derselbe Arm, der mich gerettet hat, vernichtet mich jetzt. Er bekommt mich irgendwie zu fassen und innerhalb weniger Sekunden werde ich nach hinten durch das zerbrochene Fenster gezogen. Ich trete um mich und wehre mich, aber ich habe bereits jedes Quäntchen Kraft verbraucht. Ich schreie, würge, versuche, mit meinem Retter zu reden. Ich weiß nicht, was ich sage, vielleicht gebe ich nur Laute von mir, auf jeden Fall werde ich ignoriert. Wahrscheinlich ist es von Vorteil, dass ich so dünn bin, es scheint recht einfach, mich durchs Fenster zu bekommen.

Ich schwebe zurück, zurück, zurück, und bevor die Dunkelheit mich umfängt sehe ich nur ...

El.

Ich liebe dich, sage ich zu ihm. Sein Gesicht treibt kurz über dem Wasser und dreht sich wie bei einem lauschenden Kind scheinbar zu mir. *Hörst du mich, Ellis? Ich liebe dich. Mein El. Meine Liebe. Meine Antriebskraft. Meine Zukunft.*

Meine Vergangenheit.

7

Sah nur dunkel, sah nicht mehr.

Das ist ein Vers aus einem Gedicht von Edgar Allan Poe, das wir in Englisch durchgenommen haben. »Der Rabe«. Es geht um einen Typen, der vor Trauer verrückt wird, weil er die Frau verliert, die er liebt. Alles, was er sieht und hört, erinnert ihn an diese faszinierende Person, und er ist so besessen von ihrem Andenken, dass er lieber verrückt wird, als sich für immer von ihr zur verabschieden.

Poe kannte sich aus.

Ich setze mich in meinem Krankenhausbett auf und starre auf das leere Bett auf der anderen Seite. Das gehört Ellis. Da sollte sich besser niemand reinlegen. Eine Krankenschwester klebt meinen Kopf zusammen – zumindest fühlt es sich so an. Sie hat es mir erklärt. Ich habe es vergessen. Auf jeden Fall ist sie echt nett und sehr vorsichtig und fragt ständig, ob sie mir wehtut. Ich sage Nein, aber ganz ehrlich? Ich weiß es nicht. Als sie fertig ist, bedanke ich mich. Vielleicht mache ich das nicht richtig. Ich weiß nur, dass sie mir diesen langen Blick zuwirft, und als ich zurückschaue, schnieft sie kurz, als wäre es ihr peinlich, dass sie feuchte Augen hat. Ich habe keine Ahnung, aber gelten feuchte Augen als unprofessionell?

Bevor sie geht, sagt sie mir, dass ich richtig Glück habe, weil ich der Einzige auf der Station bin. Es ist eine Art Aufwachstation und es gab heute diesen wirklich ärgerlichen Cyberangriff auf den Gesundheitsdienst und die Computer sind abgestürzt, woraufhin alle geplanten Behandlungen abgesagt wurden. Sie hofft, dass für diesen Hacker ein Ehrenplatz in der Hölle reserviert ist.

»So einen Platz gibt es nicht«, sage ich, und sie nickt, verbeugt sich halb und geht.

Himmel, denke ich, ich hab sie total erschreckt. Und das, nachdem sie alle meine Wehwehchen versorgt hat. Ich bin kein guter Mensch, oder? Eigentlich eher ein Monster. Ja. Ein heulendes, kleines, putzmunteres Monster in einem hübschen neuen Schlafanzug direkt von zu Hause. Wisst ihr noch, wie El erzählte, dass er als Kind in seiner Unterwäsche geschlafen hat? Nacht für Nacht in derselben dreckigen Unterwäsche, bis er irgendwann so wund war, dass selbst sein Vater sagte, dass vielleicht mal jemand die Hose waschen sollte.

Aber Dylan McKee? Tja, ich hatte immer alles, was ich wollte, und bin trotzdem eine kleine Heulsuse geworden. Hätte El nur einen Bruchteil von dem bekommen, was ich für selbstverständlich hielt, was hätte er dann wohl alles erreicht. Aber die Welt meint es nicht gut mit Leuten wie Ellis Bell, stimmt's? Gerade als sich sein Leben änderte, stößt ihm so etwas zu. Und das nur, weil er mich aufmuntern wollte, nachdem ich ihn mit dummen Fragen und Verdächtigungen bedrängt habe. Hätte er doch bloß auf die Straße geachtet, dann hätte er dieses Mistviech – was auch immer das war – aus den Bäumen flitzen sehen. Aber nein. Weil der arme kleine Dylan mal wieder beruhigt werden musste, ist Ellis Bell jetzt tot.

»Es tut mir leid, dir das mitteilen zu müssen, Dylan, aber dein Freund wurde tot am Unfallort geborgen. Und nun will dich die Polizei befragen ...«

Ich blicke meine leere linke Hand an. Die Hand, die meine Mutter gehalten hat, weil meine Rechte geflickt und verbunden ist. Ich sehe ihre Hand so klar vor mir wie den Arzt am Fußende meines Bettes, auch wenn meine Mutter sich gerade einen Kaffee holt und der Doc sich wahrscheinlich irgendwo Notizen macht. Der Doc hatte echt dicke Brillengläser und einen großen, kahlen Schädel, wodurch er wie ein nerdiger Lex Luthor aussah.

»Ach, mein Schatz«, hatte meine Mutter gesagt und meine Hand gedrückt. »Zum Glück geht's dir gut.«

»Er kommt schon wieder in Ordnung«, sagte mein Vater auf der anderen Seite des Zimmers.

Mein Bruder stand einfach nur da und wirkte müde und verwirrt. Ich schaute ihn kurz an und dachte: *Hatte El recht mit dir? Drei Freundinnen, klar, aber Els Schwulenradar ist ziemlich spektakulär. War. Nein, ist. Mir egal, was Dr. Luthor sagt.*

»Bevor mein Sohn irgendwelche Fragen beantwortet, will ich eine Sache unmissverständlich klarstellen«, sagte mein Vater mit seiner aufgeblasenen Anwaltsstimme, obwohl er eigentlich immer nur Testamente aufsetzt. Ich stellte mir vor, wie er meins aufsetzten würde, nachdem ich beschlossen hätte, all meine irdischen Besitztümer El zu vermachen. Wann hat diese Unterhaltung überhaupt stattgefunden? Vor einer Woche? Einem Monat? Dad unterbrach meine Gedanken: »Dylan wird *nicht* ohne Rechtsbeistand befragt.«

»Nun«, sagte der Arzt irritiert, »dafür bin ich eigentlich nicht zuständig, aber ich glaube, die Polizei wollte nur kurz mit ihm reden. Befragt wird er heute Abend nicht.«

»Oh. Na dann«, schnaufte Dad. »Ich schätze, das geht in Ordnung.«

»Armer Ellis«, sagte Mum und drückte wieder meine Hand. »Wir mochten ihn wirklich. Stimmt's, Liebling?«

»Was?«, brummte Dad.

»Ellis. Er war ein netter Junge, nicht wahr?«

»Oh. Ja. Interessant. Ein interessanter Junge. Sehr …«

»Interessant«, pflichtete ich ihm bei und mein Vater entspannte sich dermaßen, dass ich mich fragte, ob Dr. Luthor ihm einen Einlauf verpasst hatte.

»Und ausgesprochen komisch. War er nicht komisch, Chris?

Mein Bruder kämpfte sich aus seinem Dämmerzustand. »Was? Oh, ja. Komisch. Er war wirklich komisch.« Ich kann fast hören, wie er knirschend den Rückwärtsgang einlegt. »Ich meine lustig komisch. Nicht seltsam komisch. Ihr wart nicht seltsam. Schwulsein ist überhaupt nicht seltsam. Hannah hat erst heute Abend noch gesagt, dass ihr beide ein schönes Paar wart. Süß.« Er klammert sich an das Wort wie an eine Schwimmweste. »Richtig süß.«

Hannah ist seine Ex-Freundin. Nummer zwei seit Weihnachten. Die aktuelle heißt Izzy.

Mir fiel auf, dass der Arzt mich beobachtete, und ich war mir nicht sicher – diese Gläser waren zu dick –, aber lag in seinem Blick nicht so was wie Mitleid? Er schaute in meine Akte und seufzte.

»War Ellis dein Freund, Dylan?«

»Ja. Er ist … er ist mein Freund.«

Dr. Luthor nickte mit seinem großen Glatzkopf. »Dann hast du einen besonderen Menschen verloren. Folgendes: Sobald wir deinen Kopf versorgt haben, erlaube ich dem Polizisten, der dort draußen wartet, ein paar Minuten mit dir zu reden, aber danach verschreibe ich dir ein Beruhigungsmittel, okay? Nur, damit du schlafen kannst.«

Der Doc kontrollierte meinen Puls, fragte, ob mir warm genug sei, maß meine Temperatur, hörte meine Brust ab, brummte irgendetwas und machte ein paar Notizen. Währenddessen sagte Mum, Dad und Chris würden nach Hause fahren und sie würde sich rasch einen Kaffee aus der Kantine holen und gleich wieder da sein. Dad sagte, er lasse mir sein Handy da und würde morgen früh als Erstes anrufen. Chris wirkte ratlos. Dann streckte er die Daumen hoch und machte einen sehr zufriedenen Eindruck.

Ich blieb mit Dr. Luthor allein. Er bewegte eine Stiftlampe vor meinen Augen.

»Ist dir bewusst, dass du unter Schock stehst, Dylan?« Er schnalzte missbilligend mit der Zunge. »Tut mir leid, dumme Frage. Hör mal, ich kann das nicht schönreden, auch wenn ich wünschte, es wäre anders. Was du heute Abend erlebt hast ...« Er blickte kurz zur Tür und schenkte mir dann das traurigste Lächeln, das ich je gesehen habe. Und plötzlich wurde mir klar, wer dieser Mann war. Dadurch kam ich halbwegs zu mir. »Für deine Generation ist es besser, als es das für meine war«, teilte er mir mit. »Wenn wir einen geliebten Menschen verloren haben, war es nicht immer einfach, unsere Trauer zu zeigen. Nicht, dass irgendetwas davon heute Abend oder überhaupt eine Rolle spielt. Die Trauer bleibt immer dieselbe. Aber, Dylan, es ist wichtig, *dass* du trauerst. Verstehst du?«

»Ja«, sagte ich. »Klar.«

Er wirkte nicht überzeugt. »In Ordnung«, sagte er schließlich. »Während die Schwester sich deinen Kopf anschaut, erledige ich ein wenig Papierkram und dann schicke ich den Polizeibeamten zu dir.«

Plötzlich befand sich mein Verstand im freien Fall. Mir geriet irgendwie die Zeit durcheinander. Gerade noch verarztet mir eine nette Schwester den Kopf und ich mache sie ganz verrückt, und in dem Moment, als ich an meine Unterhaltung mit dem Doc denke, kommt der Polizist herein. Ehrlich gesagt habe ich keine Ahnung, wie der Polizist aussieht oder was er sagt.

»Tja. Das reicht wohl für heute«, murmelt er, als ich wieder zu mir komme. »Ein schrecklicher Unfall. Tut mir wirklich leid um deinen Freund.«

Meinen Freund? Meint er El? Ich schüttle den Kopf. »Was ist denn nun mit dem Typ, der mich gerettet hat?« Ich überlege, warum ich das nicht schon früher gefragt habe. Wahrscheinlich der Schock, genau wie der Doc meinte.

»Wie bitte?«

»Die Person, die mich aus dem Auto gezogen hat? Hat sie Ellis nicht geholfen?«

Die Falten auf der Stirn des Polizisten werden tiefer. Das ist seltsam, denn selbst jetzt, wo ich mich konzentriere, kann ich noch immer nicht richtig erkennen, wie er aussieht.

»Ich verstehe nicht.«

Gott. Warum ist der Mann so schwer von Begriff? Er soll mir doch nicht die sozioökonomischen Ursachen der Französischen Revolution erklären. Es ist eine ganz simple Frage.

»Wer«, sage ich langsam, »hat mich gerettet?«

Dabei taucht in meinem Kopf mit schrecklicher Zwangsläufigkeit schon die nächste Frage auf: *Wer hat mich gerettet ... und warum hat die Person El sterben lassen?* Denn es war genug Zeit. Garantiert. Das Auto war nicht allzu weit vom Ufer entfernt. Wer immer mich durch das Fenster gezogen hat, musste nur ein kleines Stück zum Ufer waten, mich dort ablegen und dann zu El zurückkehren. Eigentlich völlig unkompliziert. El klemmte nicht in seinem Sicherheitsgurt fest. Daher wäre es genauso einfach – nein, *noch einfacher* – gewesen, zuerst ihn rauszuziehen und danach mich loszumachen.

Aber derjenige hat es nicht getan. Was bedeutet, dass die Person eine Wahl getroffen hat.

Ellis, jemand hat dich absichtlich *ertrinken lassen.*

»Wer war es?«, schreie ich.

Weil ich diesen Menschen finden will und dann werde ich ihn töten. Es ist mir egal, dass er mein Leben gerettet hat.

Dieses Leben will ich nicht. Ellis ist tot, da bin ich mir inzwischen sicher, und es ist genau wie in dem Gedicht: *Sah nur dunkel, sah nicht mehr.* Wer hat sich also meiner erbarmt und ihn verdammt? Wer stand tatenlos da und hat zugelassen, dass der See sich meinen El holt? Alles steht und fällt mit diesen Fragen und ich zerre die Bettlaken von mir. Ich werfe alles Mögliche durch die Gegend und zerkratze mein Gesicht, bis das Klammerpflaster, das meine Wange zusammenhält, zerreißt.

»WER WAR DAS? WER HAT MICH GERETTET? DERJENIGE HAT IHN GETÖTET. ER HAT IHN UMGEBRACHT!!!«

Und dann sehe ich, wie Dr. Luthor in mein Blickfeld schwebt. Ich liege auf dem Boden. Hat der Polizist mich niedergeschlagen? Bin ich gefallen? Ich habe keine Ahnung. Wirklich gar keine. Der Doc kniet über mir, legt den Arm um meine Schulter und wischt mir das Blut aus dem Gesicht. Seine Stimme wechselt hin und her: sanft zu mir, scharfe Befehle für die Krankenschwester. Er nennt Medikamente, die sich wie Figuren aus einem Comic anhören.

»Er hat zu mir gehört«, sage ich schluchzend und er nickt.

»Ich weiß, Dylan. Ich weiß.«

»Er fehlt mir.«

»Ich weiß. Das wird er noch lange.«

Ich spüre ein winziges Kratzen.

Die Welt rückt wieder in weite Ferne. Verschwimmt an den Rändern. Das ist wie ertrinken, denke ich.

»Ich habe ihn geliebt. Er hat zu mir gehört. Er fehlt mir, ich liebe ihn.«

»Ist ja gut. Ist ja gut.«

Ich werde hochgehoben, irgendwer streicht die Bettlaken um mich glatt.

»Jemand hat mich gerettet. Und ihn im Stich gelassen. Warum?«

Luthor schüttelt den Kopf. Er ist jetzt ganz weit weg. Seine Brillengläser schimmern wie die Schweinwerfer eines Autos, die sich in der Dunkelheit des Sees verlieren.

»Aber da war niemand«, sagt der Polizist. »Ein vorbeikommender Autofahrer hat auf der Straße ein paar Trümmer gesehen und es gemeldet. Als wir den Jungen am Ufer gefunden haben, war er allein. Er wurde nicht gerettet, Doktor. Er hat sich selbst aus dem Auto befreit. Also warum …?«

»Schuldgefühle«, flüstert der Arzt. »Wahrscheinlich das Überlebensschuldsyndrom. Mit der Zeit wird er die Wahrheit begreifen …«

DAMALS:
Donnerstag, 5. November

Das Lagerfeuer

Mr Morris wirft mir halbherzig einen missbilligenden Blick zu, seufzt dann und lässt sich auf den Stuhl hinter seinem Schreibtisch sinken.

»Deine Noten sind gut, Dylan, das bestreitet niemand. Genau genommen hatte ich noch nie einen besseren Schüler ... Oh, nichts für ungut, Mr Berrington.«

Mike schaut von seinem Tisch auf, wo er verschiedene Spielzüge seines Fußballteams mit Radiergummibröseln als Spieler durchgeht.

»Hm? Oh, schon gut, Mr M., krittlen Sie ruhig weiter an dem erstaunlichen McKee herum.«

Ich werfe Mike einen bösen Blick zu. Wir haben unsere Leistungsbeurteilung gemeinsam, weil wir nun mal Dylan und Mike sind. Alle sehen uns immer als Zweiergespann, so wie Caesar und Brutus, Batman und Robin, Social Media und geringes Selbstwertgefühl.

»In deinen anderen Fächern bist du auch ziemlich gut«, fährt Morris fort, während in meinem Kopf Bilder von Mikes Batcave aufblitzen. Mike wäre in dieser Kombi eindeutig der dunkle Ritter und ich der Unglücksrabe Dick Grayson. Der Tölpel. »*Aber*« – mein Lieblingslehrer merkt mir sicher an, dass meine Gedanken gerade abschweifen – »es gibt, wie schon gesagt, diese eine Schwachstelle.«

»Meinen Sie seine Knöchel?«, fragt Mike. »Denn das ist wirklich nicht seine Schuld, Sir. Er hatte immer schon schwache Knöchel. Was jammerschade ist. Sie hätten ihn als Hirschkalb sehen sollen, als noch die Fruchtblase an ihm klebte und er versuchte, aufzustehen. Er war ganz zittrig und niedlich und dann kam ein Jäger und erschoss seine Mutter und ... Nein, Moment mal, das ist *Bambi*. Entschuldigung, ich halt schon den Mund.«

»Besser wär's.« Morris lehnt sich zurück und streicht mit Daumen und Zeigefinger seinen nikotinverfärbten Schnauzer glatt. »Nun, du solltest wissen, dass ich durchaus eine *gewisse* Sympathie für diesen ganzen ›Schulgemeinschaftsgeist‹ hege, und die schlichte Tatsache ist nun mal, McKee, dass du keinerlei Interesse an irgendwelchen außerschulischen Aktivitäten zeigst.«

Ich sehe ihn an, als hätte er mir gerade erzählt, dass er Geschichte insgeheim nicht ausstehen kann.

»Ich verstehe nicht ganz, Sir?«

»Keine AGs, keine Schulgruppen, nichts. Und du genauso, Mr Berrington. Obwohl in deinem Fall der Vorwurf durch deine vorzüglichen Leistungen auf dem Fußballplatz abgemildert wird.«

»O Gott.« Mike lässt seinen Kopf auf den Tisch sinken und seine Gummimitspieler stieben auseinander. »Kommen Sie schon, Mr Morris, Sie hassen diesen Scheiß genauso wie wir.«

»Achte auf deine Wortwahl.«

»Aber, Sir, Mike hat recht«, sage ich. »Das ist alles auf Gemma Argyles Mist gewachsen. Bedruckte Sweatshirts, Schulbälle, Benefiz-Radtouren, Heldenverehrung der Fußballmannschaft ...«

»Hey«, schaltet Mike sich ein, »ab und zu hat sie auch mal 'ne gute Idee.«

Ich übergehe ihn. »Sie hat eindeutig zu viele schlechte amerikanische Teenagerfilme gesehen. Jetzt ist sie wie die skrupellose Leiterin eines Sozialexperiments, die unsere Schule unbedingt in ihren persönlichen Hollywood-Highschool-Albtraum verwandeln will. Ach, kommen Sie, Mr Morris, reichen meinen guten Noten als Beitrag nicht aus? Mike und ich tragen doch allein schon die Hälfte Ihres Unterrichts.«

Mr Morris schlägt mit der Hand auf den Schreibtisch. »Das ist Mist, Jungs, ihr habt recht. Aber ihr werdet schon bald herausfinden, dass ihr neunundneunzig Prozent eures Erwachsenenlebens damit verbringen werdet, durch den Mist anderer Leute zu waten, und euch nichts anderes übrig bleibt, als zu nicken und zu lächeln, als stündet ihr an einem herrlich frischen Sommerbach. Das Guy-Fawkes-Lagerfeuer. Seid dort.«

»Ich kann diesen Scheiß echt nicht glauben«, sagt Mike, als wir den Flur entlanggehen. Überall hängen Plakate für das heutige Abendprogramm – im Wesentlichen bestehen sie aus einer gezeichneten, von Flammen umzüngelten Vogelscheuche. Es sieht aus wie ein Menschenopfer und fühlt sich auch so ähnlich an. »Ich sollte wohl dankbar sein. Der gesamte Gewinn geht in neue Trikots für die Mannschaft. Aber ›Ein Feuer für unsere heißen Jungs‹? Mensch, wer denkt sich denn so was aus?«

Mike macht einen auf sexy Homo und hüpft beim Weitergehen um mich herum.

»Jep.« Ich lächle gezwungen. »Laaangweilig.«

Warum kann ich es ihm nicht einfach erzählen? Mike würde es locker nehmen, das weiß ich genau. Jedenfalls lockerer als meine Eltern, obwohl die von sich behaupten, sie seien *total* liberal. Ich glaube, meine Mutter käme damit sogar zurecht, vielleicht aber auch nur, weil ihr Erstgeborener so ein Alphamännchen ist. Wenn es Chris nicht gäbe und ich ihr einziges Kind wäre? Ich weiß nicht. Der Gedanke macht mich nervös, also vermeide ich ihn. Aber Mike? Ich bin mir ziemlich sicher, dass mein persönlicher Batman sein breites Bat-Grinsen grinsen würde, mich in eine feste Bat-Umarmung zöge und auf seinen Bat-Schultern herumtrüge, um allen zu zeigen, wie Bat-stolz er auf mich ist. Eins weiß ich genau – er würde sich wegen all der Schwulenwitze schämen. Fairerweise muss ich sagen, dass er nur selten welche reißt, und trotzdem macht mich das jedes Mal fertig.

Als würde ich durch tausend Bat-Schnitte sterben.

In der Schule ist es ruhig, wahrscheinlich sind wir die Letzten, die noch da sind. Ich schnappe mir meine Tasche aus dem Aufenthaltsraum der Oberstufenschüler und wir gehen zum Ausgang. Als wir uns durch den Haupteingang schieben, holt Mike plötzlich tief Luft und stützt sich an der Wand ab.

»Hey.« Ich packe ihn am Ellbogen. »Alles in Ordnung?«

»Ja. Mir geht's gut.« Er schaut mich an. Ich kenne sein Gesicht besser als mein eigenes. Zumindest sehe ich es öfter. Er kann nichts vor mir verbergen. »Keine Sorge.«

»Mann, ich hab dir schon mal gesagt: Geh – verdammt – noch mal – zum Arzt. Das ist jetzt schon das dritte Mal, dass das passiert. Bestimmt ist alles in Ordnung, aber wenn du nicht gehst, schleppe ich deinen hübschen Arsch höchstpersönlich dorthin. Verstanden?«

»Du findest meinen Hintern also hübsch? Wie würdest du ihn auf einer Skala von eins bis zehn bewerten?«

Ich verdrehe die Augen. Das ist ein altes Spiel. »Ich würde dir derart EINS draufgeben, dass du ins Schwärmen gerätst.«

Er kichert und sagt mir, dass ich unmöglich bin, und dann hüpft er auch schon zum Fahrradschuppen.

Das ist das Seltsame: Ich fühle mich zu Mike *nicht* hingezogen. Das war noch nie so. Aber wir veranstalten dieses dumme Schwulengeplänkel, und das macht ihn blind dafür, was wirklich mit mir los ist. Die Technik wende ich seit unserem zwölften Lebensjahr an. Inzwischen habe ich sie weiterentwickelt und sie hat sechs Jahre lang wunderbar funktioniert.

Na gut, und wie oft habe ich mir schon gewünscht, dass er mich wenigstens einmal drauf anspricht?

»Hey! Was ist mit dem lahmen Lagerfeuer heute Abend?«, rufe ich ihm nach.

»Wir sehen uns dort, Knackarsch!«

Er wirft mir einen Luftkuss zu, den ich mit der Hand fange.

∽ ∽ ∽

Zu Hause kann ich hören, wie mein Bruder in seinem Zimmer Zombies schlachtet. Das gehört zu seinem Tagesablauf: Frühstück gegen Mittag, gefolgt von einer Stunde in der Badewanne, gefolgt von einer Apokalypse der Untoten. Er ist einundzwanzig, studiert nicht, arbeitet nicht. Was meinen Dad leicht irritiert, aber meine Mutter mag es, ihn als ihren ergebenen Privatdiener um sich zu haben. Er fährt sie zum Einkaufen, trägt ihre Tüten und lobt ihre neuesten Werke aus den Abendkursen. Schätze, sie ist einsam.

Ich werfe meine Sachen aufs Bett und schließe die Tür ab. Ich stehe nicht auf Mike, aber dieser blöde Luftkuss? Ich weiß auch nicht. Ich fläze mich auf meinen Sitzsack, öffne den Laptop und rufe ein paar meiner Lieblingspornocomics auf. Aus »richtigen« Pornos mache ich mir nichts. Ich verstehe nicht, was die Leute daran finden. Zwei unglaublich gebaute Kerle, die fröhlich vor sich hin vögeln? Da komme ich mir pervers und minderwertig vor. Aber Albernes im Comicstil? Ja, das ist meine Welt. Und während Deadpool und Joker und Mister Fantastic von der Wand auf mich herabschauen, hole ich mir einen zu dem echt gut gezeichneten Piratenpornocomic runter. Trotz der schauderhaften historischen Ungenauigkeiten (ich bin mir ziemlich sicher, dass Hotpants im siebzehnten Jahrhundert auf hoher See nicht der letzte Schrei waren), erfüllt die Geschichte um Kapitän Colossus und seine lüsterne Mannschaft ihren Zweck.

Als ich fertig bin, lösche ich meine Browser-Chronik und benutze ein Feuchttuch, um alle Spuren zu beseitigen. Zu viel Information? Tut mir leid. Aber meine Mutter schnüffelt gern herum und mein Vater leiht sich manchmal, ohne zu fragen, meinen Computer. Ich ziehe mir gerade die Hose hoch, als besagte Dame mit der Schulter gegen die Tür stößt. Ich weiß, dass ich abgeschlossen habe, mein Penis schrumpft trotzdem sofort.

»Was ist los?«, ruft sie.

»Die Tür ist abgeschlossen!«

»Warum?«

»Ähm. Weil ich siebzehn bin?«

»Oh.« Das muss erst mal sacken. »Stimmt. Entschuldige, Schatz. Wäsche?«

Eine Stunde später sitze ich auf einem Stuhl in unserer absurd großen Küche, schaufle mir Chili in den Mund und schaue auf die Uhr. Ich bin spät dran. Ich stehe auf, werfe mein Geschirr in die Spüle und laufe zur Tür.

»Dieses Lagerfeuer-Jamboree hört sich spannend an!«, ruft Mum mir nach.

»Das ist kein Jamboree.« Ich runzle die Stirn. »Ich weiß zwar nicht genau, was ein Jamboree ist, aber das ist keins.«

»Kommen auch Mädchen?« Sie lächelt, als würde sie glauben, sie hätte Essen zwischen den Zähnen, und will, dass ich nachschaue.

»Die Chance besteht durchaus«, sage ich.

Sie spitzt die Lippen. »Wann suchst du dir eine Freundin, Dylan?«

»Wenn ihm Schamhaare wachsen«, sagt Chris und blickt sich um, als wäre er ein zweiter Oscar Wilde. Mein Vater schaut nicht von seinem Laptop auf und meine Mutter ignoriert ihn ausnahmsweise. »Du musst einfach öfter unter Leute«, rät mir Chris. »Ich hab was mit diesem Prachtexemplar namens Hannah angefangen. Vielleicht eine Nummer zu groß für dich, Bruder, aber ...«

»Gib deinem Bruder nicht das Gefühl, minderwertig zu sein«, schimpft Mum.

»Bevor der Idiot es schafft, dass ich mich minderwertig fühle, gefriert die Hölle.«

Ich grinse sie an und gehe zur Tür. Wahrscheinlich versucht Chris noch immer, die Beleidigung zu verstehen. Jedenfalls höre ich kein Poltern eines schweren Primaten, der sich auf allen vieren nähert, also folgt er mir wohl nicht.

Als ich mit dem Fahrrad unsere Auffahrt runterfahre, liegt bereits eine gewisse Kälte in der Luft. Ich kann den feuchten, erdigen Herbst schon riechen, und über den Dächern und Bäumen leuchtet der Himmel im Widerschein der Lagerfeuer hier und da orangefarben auf. Als ich keine zehn Minuten später mit quietschenden Bremsen beim Fußballplatz halte, drehen sich ein paar Köpfe in der Schlange am Eingang zu mir. Ihre ablehnenden Blicke machen mich nervös, als ich mein Fahrrad zu den Ständern schiebe.

Ich hasse die Vorstellung, mich ohne Mike anzustellen, aber vielleicht ist er schon drin. Ich rufe ihn an. Keine Antwort. Mist. Ich hole tief Luft und gehe weiter. Ein paar Leute, die ich nicht kenne, trudeln nach mir ein, und versteckt zwischen ihnen beruhigen sich meine Nerven allmählich wieder. Wenn ich am Ende einer Schlange stehe, fühle ich mich immer fürchterlich bloßgestellt.

Weiter vorn entdecke ich Gemma und die Komiteemädchen, sie nehmen das Geld entgegen und händigen die Eintrittskarten aus. Verdammte Gemma Argyle. Insgeheim habe ich tatsächlich mal darüber nachgedacht, mir die LGBTQ-Schutzraum-Gruppe näher anzusehen, bevor Gemma sich dort als Lehnsherrin aufgespielt hat.

»Hallihallo, ähm.« Sie betrachtet mich skeptisch, als ich zum Anfang der Schlange vorrücke. »David ... wollte ich sagen.«

»Du kannst gern David sagen«, erkläre ich ihr. »Das ist dein gutes Recht. Aber ich heiße Dylan.«

»*Natürlich.*« Sie strahlt mich an, als hätte sie höchstpersönlich meinen Taufnamen ausgesucht. »Bist du heute Abend allein, Dylan?«

»Scheint so.«

»Du bist mir ja eine schöne Verabredung! Mich bei der erstbesten Gelegenheit verleugnen? Zwei Eintrittskarten bitte.«

Ich lächle Mike an, während er mich zur Seite schiebt und Gemma ein paar Pfund reicht.

Jetzt also das lahme »Feuer für unsere heißen Jungs« ... Es tut mir in meinem Gemma-verachtenden Herz weh, es zuzugeben, aber das Komitee hat ziemlich gute Arbeit geleistet. Wir schlendern um den Fußballplatz herum und schmunzeln über die Attraktionen. Die Furcht einflößende Miss

Harper betreibt eine Schießbude, angelt sich die Passanten mit einem gekrümmten Stock und zieht ihnen das Geld aus der Tasche. Mr Robart sorgt für ein Bombengeschäft, indem er am Pranger steht, während begierige Schüler ein Vermögen zahlen, um ihn mit nassen Schwämmen abzuwerfen. Mr Denman, der unanständig junge, neue Kunstlehrer, scheffelt mit seinen gezeichneten Karikaturen ebenfalls ordentlich Geld. Fast alle Mädchen aus unserem Jahrgang stehen bei ihm an. Denman winkt uns zu, als wir vorbeigehen. Er ist ziemlich cool und ehrlich gesagt auch Gegenstand einiger meiner Tagträume.

»Tja.« Mike verzieht das Gesicht, als wir den riesigen Holzstoß für das Lagerfeuer in der Mitte des Platzes erreichen. »Das ist irgendwie gar nicht *so* übel.«

»Ich weiß. Vielleicht ist unsere Schule doch nicht der langweiligste Ort des Universums.«

»Lass uns mal nicht übertreiben.«

Mikes Lachen hat sich seit dem sechsten Schuljahr nicht verändert. Es ist immer noch ziemlich hoch und zittrig und passt nicht zu seiner Fußballerstatur. Was ich irgendwie an ihm liebe.

Bei einem der angrenzenden Häuser explodiert eine vereinzelte Feuerwerksrakete und Mikes Grinsen wird in blaues und rotes Licht getaucht. Ich sollte es ihm einfach sagen. Worst-Case-Szenario: Ich verrate ihm mein Geheimnis, und er schaut mich an, als wäre ich ein Stück Hundescheiße unter seiner Schuhsohle, lässt mich stehen und redet nie wieder mit mir. Das würde mich natürlich fertigmachen, aber das wird *niemals* passieren. Denn er ist Mike und außerdem unglaublich.

Okay. Also erzähle ich's ihm.

Dann mal los.

»Mikey-Boy! Was war heute mit dir los, Alter?«

Ollie Reynolds kommt zu uns und gibt Mike einen Faustcheck. Ollie ist mir nicht unsympathisch, doch im Moment stelle ich mir vor, dass er als hilfloses Opfer von Slaughter Master, dem Comicschurken, den Mike und ich uns in der Grundschule ausgedacht haben, gefesselt auf einem Stuhl sitzt. Denzel Dreyfuss alias Slaugther Master ist tagsüber ein sanftmütiger Zuckerwatteverkäufer, aber nachts fängt er in seinem klebrig rosafarbenen Netz Superhelden und foltert sie aufs Erfinderischste: Er reißt ihnen die Fingernägel aus, traktiert sie mit heißen Brandeisen und macht Selfies mit albernen Zuckerwattebärten. Ollie würde das volle Programm bekommen.

»Oh, hallo, Dylan«, sagt er, als er mich endlich bemerkt. »Hör mal, Mike, ich weiß, du bist unser Kapitän und so, aber um ehrlich zu sein, auf dem Platz nervst du allmählich. Und zwar *gewaltig*. Heute Nachmittag hast du gerade mal die ersten fünfzehn Minuten durchgehalten.«

Mike wirft mir einen kurzen Blick zu und im Licht einer weiteren Feuerwerksrakete fällt mir auf, wie erschöpft er aussieht. Unter den Augen hat er dunkle Ringe. Scheiße. Was ist nur los mit ihm? Ich muss allein mit ihm sprechen, aber gerade als ich mir eine Ausrede überlege, um eine Runde mit ihm zu drehen, kommen Gemma und die Hälfte der Komiteemädchen auf uns zu. Wir machen Gemma die Komplimente, die sie eindeutig erwartet hat, und sie hakt sich lächelnd bei Ollie unter. Ich hatte keine Ahnung, dass die beiden miteinander gehen. Seltsam, Ollie scheint auch überrascht zu sein.

»Worüber redet ihr denn Schönes? Ich glaube, ich weiß es!«

»Über den voll tollen Abend, Gemma«, trällert eine ihrer Handlangerinnen.

»Das doch nicht.« Gemma wirft ihr einen ungehaltenen Blick zu. »Ich meine unseren Neuzugang.«

Ollie grinst. »Ja, der hat heute beim Training ordentlich Eindruck gemacht.«

Ich habe keine Ahnung, wovon sie sprechen. Ein neuer Schüler? Wen kümmert's. Ich will einfach irgendwo hingehen, wo ich in Ruhe mit Mike reden kann.

»Er ist ein bisschen … Also, versteht mich nicht falsch, ich bin in keiner Weise voreingenommen«, sagt Ollie.

»Das will ich auch hoffen«, wirft Gemma ein. »Als Leiterin der LGBTQ-Schutzraum-Gruppe werde ich keine Intoleranz an unserer Schule tolerieren.«

Ich schaue wieder zu Gemma.

»In Ordnung.« Ollie nickt. »Aber findet ihr nicht, dass man's auch ein bisschen übertreiben kann? Ich meine, einfach beim Training auftauchen und dann erwarten, dass Mr Highfield einen in die Mannschaft aufnimmt? Also wirklich.«

»Die Frage ist doch, ob er gut war«, sagt Gemma.

»Also, ich fand ihn echt sympathisch.« Mike zuckt mit den Schultern. »Und er *war* gut. Das kannst du nicht bestreiten, Ollie, er hat diese Ecke wie ein Profi getreten. Mir ist es egal, dass er eine Perlenkette anhatte.«

»Eine Perlenkette?«, frage ich.

»Keiner aus unserer Mannschaft hätte die Ecke so elegant geschossen, und das weißt du auch«, fährt Mike fort. »Ich habe nach dem Spiel mit Highfield diskutiert. Es ist eine Schande, dass Ellis nicht ausgewählt wurde.

Ellis? Er trägt eine Perlenkette beim Probespiel für die Fußballmannschaft? Den Jungen muss ich kennenlernen.

Ollie hebt die Hände. »Ich bin ganz deiner Meinung, aber was willst du machen? Du kennst Highfield. Er ist ein sturer alter Mistkerl und wird keinen Rückzieher machen.«

»Oh, bitte, diese Bitch wird sehr wohl einen Rückzieher machen. Glaubt mir.«

Die Stimme klingt fest und melodiös. Unsere kleine Gruppe dreht sich um, und da steht dieser Typ hinter uns, groß, lächelnd und gut aussehend, einfach … überwältigend. Ich mache einen Schritt zur Seite, nicht, weil ich mich fürchte oder verlegen bin – irgendwas an dem Kerl sagt mir, dass er solche Gefühle niemals auslösen will –, sondern einfach weil ich ihn einen Augenblick in Ruhe betrachten möchte. Unterdessen wedelt er mit einem Packen Zettel.

»Also, Schüler von Ferrivale, wer unterschreibt meine Petition als Erstes?«

HEUTE:
Montag, 27. April

8

Mumzillas Bremslichter leuchten im Regen auf wie zwei wütende Augen. Ich blinzle, niese und wische mir mit dem Jackenärmel den strömenden Regen aus dem Gesicht. Kurz nachdem Mike aus der Beifahrertür stürzt, steigt auch Carol Berrington aus dem Auto. Ich stehe regungslos da und schaue dabei zu, wie er platschend über die glänzende Straße läuft. Er ist schnell, stolpert nicht, und seit einem Monat spüre ich mein Herz zum ersten Mal nicht ausschließlich automatisch schlagen. Als Mike mich erreicht, atmet er tief und gleichmäßig und seine dunklen Augenringe scheinen ein wenig verblasst zu sein. Ich will lächeln, tue es aber nicht. Selbst für Mike würde sich ein Lächeln wie ein Verrat anfühlen.

»Himmel, Dylan, du bist klatschnass!«

Ich schaue an mir runter. Meine schwarzen Schulschuhe quatschen und mein Traueranzug trieft.

»Ja.« Ich blinzle mit zusammengekniffenen Augen zu ihm hoch. »Ein bisschen.«

Als Carol uns erreicht, bleibt sie abrupt stehen, stemmt ihre Hände in die Hüfte und betrachtet mich.

»Ach, Kleiner, was hast du dir nur gedacht?« Sie schüttelt den Kopf, aber nicht auf diese herablassende Art, die meinen Eltern kürzlich ein ziemlich spektakuläres *Leckt mich!*

eingebracht hat. Trotz Regen sehe ich, wie sich ihre Augen mit Tränen füllen. »Michael«, sagt sie sanft, »bring ihn ins Auto.«

Mike legt mir einen Arm um die Schultern und führt mich zum brummenden VW Passat. Um meine Knöchel ringeln sich rauchige Abgase, die mich an den Atem eines Drachens erinnern. Ich würde sie gern wegtreten, aber das wäre verrückt, und ich gebe mein Bestes, heute nicht verrückt zu wirken.

Mir ist erst vor Kurzem klar geworden, dass ich ein ziemlich guter Schauspieler bin. Bei unserem Hausarzt habe ich alles gegeben und er hat mich nicht eine Sekunde lang durchschaut. Er hat mir einfach nur eine Flasche Diaze-irgendwas gegeben und gesagt, dass ich wiederkommen soll, falls ich irgendwann das Bedürfnis verspüre, mich vor einen Zug zu werfen. Während dieses siebenminütigen Termins hatte ich alles wunderbar im Griff. Das war mir gelungen, indem ich mir vorstellte, dass ich so wie Homer in *Die Simpsons* vor einem riesigen Arbeitsplatzrechner stünde. Sobald ich ein Warnsignal spürte, würde ich ein bisschen hochtoxisches Gas ablassen und die Anzeige würde wieder zurück auf Grün springen.

Habe ich das von dir gelernt, El? Die Fähigkeit, dass alles schön weiterläuft, während man unter der Oberfläche eigentlich nur schreien und brüllen und die Welt einreißen möchte? Warst du an dem Abend des Schulballs in deiner eigenen Sicherheitsstation und hast deine Schalter und Regler justiert? Du hattest solche Angst …

Plötzlich fällt mir auf, dass ich auf der Rückbank des Volkswagen sitze und mich halb zu Mike gedreht habe. Carol hat die Heizung voll aufgedreht und Mike hat eine Decke ausgegraben und rubbelt mir die Haare trocken. Wir witzeln immer, dass Mumzillas Auto wie Mary Poppins' Handtasche ist – alles, was man braucht, kann man darin finden, solange man daran *glaubt*.

»Hey, Bitch«, sage ich, während Mike mich ins Jetzt zurückholt.

Er lächelt mich den Tränen nahe an. »Hey, Stricher.«

Aus dem Kofferraum höre ich ein Hecheln und dann taucht Beckham am Trenngitter auf. Ich fasse durch die Stäbe und Becks leckt meine Finger. Vor einer Weile hatte ich öfter diesen seltsamen Traum, in dem der echte David Beckham den Platz von Berringtons Haustier einnimmt und meine Finger und Zehen leckt. Seltsam, ich weiß. Der für sein Alter immer noch lebhafte zehnjährige Collie schaut mich treuherzig an.

»Ich mag dich auch, Becks«, sage ich zu ihm.

»Hier«, sagt Mike. Er hält mir seine schwarze Anzugjacke entgegen. »Zieh deine aus. Mum wird sie zur Reinigung bringen.«

»Das werde ich«, bestätigt Carol.

»Das geht nicht, was ziehst du dann an?«

»Ich habe meinen Mantel.«

Ich bedanke mich und schlüpfe in das Jackett. Es ist zu groß, aber Mike drapiert es halbwegs über meine schmalen Schultern, und ich schätze, es sieht in Ordnung aus. Allemal besser als mein triefendes Jackett. Wenn ich dort so aufgetaucht wäre, hätte die Trauergemeinde womöglich gedacht, dass ich einen kurzen Badestopp im Hunters Lake eingelegt habe – um der alten Zeiten willen, versteht ihr. Ich zittere. Mir ist, als könnte ich noch immer spüren, wie das Wasser auf der Innenseite meines Oberschenkels hochkriecht und der eifersüchtige See flüstert:

Du dachtest also, das wäre für immer?

Mike sieht meine zitternde Hand. Er nimmt sie und legt seine darüber. Es ist meine lädierte Hand, die, die ich beim Versuch, mich aus dem Sicherheitsgurt zu befreien, verletzt habe. Meine Schulter tut manchmal noch weh – Knochenquetschungen – und die Schnitte auf meinem Kopf jucken ständig, aber die Narbe auf meiner Wange beeinträchtigt mich nicht mehr, und Chris findet, dass sie ziemlich krass aussieht. Meine Hand allerdings macht nicht alles, was sie soll, was im Wesentlichen an den Nervenschädigungen liegt. Meistens tut sie tierisch weh. Der Arzt hat mir dieses Schmerzmittel gegeben und gesagt, dass ich es nur sparsam einsetzen soll, aber die Mühe hätte er sich schenken können. Sobald ich zu Hause war, habe ich die Tabletten im Klo runtergespült.

Ich verdiene den Schmerz. Ich verdiene den Wahnsinn. Ich verdiene meine verkorkste Hand. Diese Dinge lasse ich mir von keinem nehmen.

Die Scheibenwischer wummern. Die Heizung brummt. Mike lehnt sich in seinen Sitz zurück und hält dabei die ganze Zeit meine Hand. In den letzten dreieinhalb Wochen haben wir oft auf diese Weise dagesessen, so gemütlich es in dieser endlosen Stille eben möglich war.

»Dylan«, sagt Carol von vorn, »wo sind deine Eltern?«

Hey, es wäre seltsam, wenn sie nicht fragen würde.

»Sie fanden es unpassend, heute zu kommen.«

»Was?«, sagt Mike wütend. »Warum bitte schön denn das?«

»Michael«, sagt Mumzilla. »Ich bin sicher, dass Barbara und Gordon ihre Gründe haben.«

An Mikes Hals pocht ein Nerv.

Das ist schnell erzählt. Die Geschichte geht folgendermaßen:

Ich wusste, dass deine Tante Julia mit der Beerdigung zu kämpfen hätte, El. Ihr lebt in einer Mietwohnung in Mount

Pleasant, und obwohl Julia sich in der Bäckerei zu Tode schuftet, hattet ihr nie genug Geld. Und du, El, hast wahre Wunder vollbracht. Du hast die leckersten Essen gezaubert und hast an jedem einzelnen Tag in deinem Leben verdammt gut ausgesehen, du hast deine Schuluniform so stylisch aufpoliert, dass Mr Robarts sich nie wirklich dazu durchringen konnte, die Schulkleiderordnung durchzusetzen. Doch in Wahrheit seid ihr gerade so über die Runden gekommen. Und du warst mein Freund. Du warst wundervoll. Daher wollte ich einfach, dass deine Trauerfeier auch wundervoll wird.

»Ich will doch bloß, dass wir den Leichenschmaus hier ausrichten«, sagte ich. »Es müssen nur ein paar Kleinigkeiten für die Familie und Freunde sein.«

»Aber, Dylan, das ist nicht wirklich unsere Aufgabe«, wandte mein Vater ein.

»Seine Tante findet das womöglich anmaßend.« Mum nickte.

»Ich werde sie fragen«, sagte ich. »Kein Problem. Ich kann gleich zu ihr gehen, und wenn sie sagt, dass sie damit einverstanden ist, dann ...«

»Du verstehst das nicht, Dylan. Solche Leute können sehr stolz sein.«

Meine Mutter presste die Lippen aufeinander, aber die Worte waren draußen. Keine Chance, dass ich das auf sich beruhen ließ.

»*Solche* Leute? Was genau meinst du damit, Mum?«

»Dylan, ich denke, deine Mutter ...«

»Dad«, unterbrach ich ihn mitten in seiner Ausrede. »Ich bitte doch nur um ein paar Kannen Tee, ein paar Sandwiches und vielleicht noch irgendwelche Kekse – wo liegt das Problem? Wir könnten für El einen wirklich schönen ...« Bei dem Wort zieht sich meine Kehle zusammen, aber ich zwinge mich, es auszusprechen.« … Leichenschmaus ausrichten. Und ihr müsst auch nicht zahlen. Ganz gleich, was es kostet, ich werde euch jeden Penny zurückgeben, versprochen.«

»Ums Geld geht es uns nicht, Sohn.«

»Himmel, dann …«

»Es geht ums Prinzip. Den Leichenschmaus eines Fremden ausrichten?« Er schüttelte den Kopf. »Das macht man einfach nicht.«

Das war der Moment, in dem ich mit Mums Schamhaarskulptur geworfen habe. Sie krachte gegen die Wand, und Schilfhalme, oder aus was zum Teufel sie sonst bestand, landeten so ziemlich überall.

»El war kein Fremder! Ich habe ihn geliebt. Er war mein Freund. Wir haben zusammen gelacht und uns Geschichten erzählt und uns an den Händen gehalten und sind ins Kino gegangen und haben gestritten und … Und er war mein Partner, Dad, genauso wie Mum deine Partnerin ist, und ich will einfach ein letztes Fest für ihn ausrichten.«

»Das ist nicht dasselbe, Dylan.«

Ich starrte die beiden an. »Wenn euch nicht klar ist, dass das *haargenau* dasselbe ist, habt ihr uns nie wirklich verstanden.« Ich bückte mich und versuchte, ein paar Schilfstücke vom Teppich aufzuklauben, aber meine blöde Hand machte nicht mit. »Hört mal«, sagte ich und stand wieder auf, »ich weiß, dass ihr für meinen Unikram gespart habt. Nun, ich will das nicht. Ich gehe nicht. Also gebt mir einfach ein paar verdammte Pfund, damit ich mich von meinem toten Freund verabschieden kann.«

Mum lief weinend aus dem Zimmer. Dad ließ den Kopf hängen und schwieg. Daher sagte ich ihm, dass er ein Schamhaar auf dem Kopf hätte, und ließ ihn stehen.

Ich wäre an dem Abend gerne abgehauen, nur, wo sollte ich hin? Zu Mike vielleicht. Mumzilla hätte mich auf jeden Fall aufgenommen, aber ich wollte nicht meinen ganzen Müll bei ihnen abladen. Davon abgesehen ging es Mike die letzte Woche über richtig schlecht, er musste sich praktisch jedes Mal übergeben, sobald er Luft holte. Die letzte Runde Chemo hatte ihn ziemlich mitgenommen.

Aber es ist nun einmal schlichtweg so, dass ich nicht so mutig bin wie du, Ellis. Ich bin ein zu großer Angsthase, um mein Zuhause wirklich zu verlassen.

»Wir sind da«, sagt Carol behutsam.

Wir fahren in einer angemessenen Bestattungsgeschwindigkeit in die Parklücke und steigen aus. Ich glaube, wir sind zu spät dran. Es ist keiner mehr vor der Kapelle des Krematoriums. Carol dreht mich zu sich, wischt einen Fussel von meiner Schulter und lächelt mir aufmunternd zu.

»Du siehst sehr gut aus, Dylan.« Und dann kann sie einfach nicht anders. Sie bricht in Tränen aus. »Er wäre heute sehr stolz auf dich, ganz bestimmt.«

»Mum.« Mike legt ihr einen Arm um die Schulter und führt sie Richtung Kapelle, dann schaut er zurück. »Kommst du, Kumpel?«

»Gleich«, verspreche ich. »Gib mir noch eine Minute.«

Er nickt und sie verschwinden.

Es regnet nicht mehr. Das kotzt mich an. Die Welt sollte sich heute die Augen ausweinen. Ich gehe unters Vordach des Krematoriums, wo die Leichenwagen vorfahren.

Deiner steht da, El. Im Fenster steckt ein Namensschild, aber das Auto ist leer. Ich betrachte das cremefarbene Gebäude, das an eine friedliche Feldkirche erinnern soll. Das ist alles falsch. Man hätte dich zur Düsteren Schönheit bringen sollen. In *unsere* Kirche. In unser Zuhause. Dort würde ich dich die Wendeltreppe zum Glockenturm hinauftragen und deinen Körper auf die blanken Dielen legen, die früher unter uns geächzt und geseufzt haben. Ich würde dir büschelweise Schneeglöckchen pflücken, die bei den Grabsteinen mit ihren verwitterten Inschriften wachsen, und sie als Heiligenschein um deinen Kopf legen. Und dann, wenn ich die Antworten auf die Fragen gefunden hätte, die beantwortet werden müssen – wenn ich erst einmal herausgefunden hätte, wer dich so sehr verängstigt hat und wer dich sterben ließ –, würde ich auf dem zugewachsenen Friedhof einen Ort für dich schaffen und einen Gedenkstein aufstellen, auf dem nichts weiter als *Ellis Maximillian Bell* steht. Denn es gibt kein Leben, mit dem der Rest des Steins gefüllt werden könnte, keine besonderen Daten, Erinnerungen oder Heldentaten. Alles, was uns erwartet, ist Asche und Staub.

Ich gehe in den Vorraum. Dort steht neben einer halb geöffneten Tür eine Staffelei, auf der *Beerdigung von Ellis Bell* zu lesen ist. Auf der gegenüberliegenden Seite liegt ein Kondolenzbuch mit einem festgebundenen Stift aus. Ich zerreiße die Kette, male zwischen *Ellis* und *Bell* einen Pfeil und schreibe *Maximillian* darüber.

Dann hole ich tief Luft und betrete die Kapelle.

9

Die Kapelle wird von George Ezra erfüllt. Von dieser tiefen, gefühlvollen Stimme, die in deiner Brust vibriert. Es ist ein bluesiger Countrysong mit Anklängen von Soul und diesem speziellen Guitarrensound und die meisten Leute finden ihn für eine Beerdigung wahrscheinlich vollkommen unangemessen. Ich denke, er passt perfekt.

Bloß versucht er, mich ins Auto zurückzudrängen: *Deine Finger, die nach dem Ausknopf greifen und die Musik abdrehen, bevor du mich berührst.*

Nein. Dorthin kehre ich nicht zurück. Noch nicht.

Der tragische Tod eines Schülers besitzt eindeutig eine große Anziehungskraft. Der Ort ist brechend voll. Carol und Mike haben mir hinten einen Platz freigehalten und ich gehe zu ihnen. Ein paar Schüler winken mir verhalten zu, was ich automatisch erwidere. Falls sie nicht irgendwo in den Fluren herumgehangen haben, als ich Mr Morris sagte, dass ich mit der Schule aufhöre, oder in der Aula waren, wo ich die größte Szene aller Zeiten gemacht habe, haben sie mich seit dem Osterball nicht mehr gesehen. Als ich Mr Morris meine Entscheidung mitteilte, hat er nicht viel gesagt, außer dass ich mir alle Zeit nehmen solle, die ich brauche. Das werde ich. Weil ich nämlich das Gegenteil von »lobenswert, aber wenig zielorientiert« bin. Ich bin überaus zielorientiert. Ich *werde* herausfinden, wer mich aus dem Auto gezogen hat und warum diese Person Ellis ertrinken ließ.

Morris und Mr Robarts höchstpersönlich sind da und auch die meisten der anderen Lehrer – so viele Lehrer, dass sie wahrscheinlich den Nachmittag über die gesamte Schule schließen mussten. Sogar Els Kunstlehrer Mr Denman, der erst seit Kurzem wieder aus seiner Krankenzeit zurück ist, ist aufgekreuzt. Er sitzt neben Miss Harper, die sich die Nase schnäuzt und mir mit einem sehr unharperischen Stofftaschentuch zuwinkt.

In der zweiten oder dritten Reihe sitzen Gemma und die Komiteehexen und am Ende der Bank Ollie Reynolds. Beim Vorbeigehen fällt mir auf, dass Ollie nicht der junge Mann ist, der sich an Gemmas Schulter klammert und ihr Taschentuch um Taschentuch reicht. Ich glaube, es ist Paul Donovan, aber ich bin mir nicht sicher. Diese breitschultrigen Rugby-Jungs sehen alle so ähnlich aus. Sind das Vorurteile? Bin ich rugbyfeindlich? Während ich über diese Frage nachgrüble, berührt mich jemand am Arm.

»Dylan, würdest du ihn gerne noch einmal sehen?«

Ich muss meine ganze Willenskraft aufbringen, um in dieses vorzeitig gealterte Gesicht zu blicken. Els Tante Julia ist in den Fünfzigern und sieht immer ziemlich umwerfend aus, aber heute wirkt sie wie siebzig. Make-up und Wimperntusche sind schon verlaufen und haben sich tief in ihre Falten und Furchen gegraben.

In den Wochen seit deinem Tod, El, habe ich mich schon hundertmal hingesetzt, um sie anzurufen, aber bevor die Verbindung zustande kam, habe ich jedes Mal aufgelegt. Was sollte ich ihr auch sagen, außer dass alles meine Schuld war? Wenn du nicht abgelenkt gewesen wärst, weil du mich trösten und beruhigen musstest, wäre dieser Unfall niemals passiert.

Ich spüre, wie Mike mir den Rücken tätschelt, während Julia mich sanft aus der Reihe den Mittelgang entlangführt. Augen sind auf mich gerichtet, es wird gemurmelt. Ich traue mich nicht aufzuschauen. Nicht, weil ich mich vor den Blicken fürchte – das hätte ich in der Zeit vor dem Lagerfeuer, in der Zeit vor dir getan –, sondern weil ich weiß, dass du wie immer irgendwo da vorne auf mich wartest.

Ich kämpfe gegen Erinnerungsbruchstücke an. Einige verfolgen mich schon seit einigen Wochen und halten mich wach, aber es gibt auch welche von Julia: der Badezimmerboden in eurer Wohnung, Blut auf dem Linoleum, und du, der sie gleichzeitig tröstet und mit ihr schimpft. Ich gehe zwei niedrige Stufen hinauf, meinen Kopf halte ich noch immer gesenkt, und schaue auf die Seite deines Sarges und auf diese Sägeblockdinger, auf denen er steht. Mein Blick wandert. Ich sehe bauschigen Satinstoff, den Ärmel eines schicken Anzugs, den ich nicht kenne. Vielleicht bist du das ja gar nicht da drin. Vielleicht ist das alles ein Scherz.

Bitte lass es ein Scherz sein.

»Es tut mir leid, Dylan. Ich wusste nicht, ob du ihn so haben wolltest, aber ich hatte keine Möglichkeit, dich zu kontaktieren, und musste eine Entscheidung treffen. Aber es musste ein offener Sarg sein, nicht wahr? Weil wir unseren Jungen doch nicht ins Dunkle wegsperren wollen.«

Ich nicke. »Das ist in Ordnung. Ganz, wie du willst. Die Entscheidung lag bei dir.«

Ich komme nicht weiter als zum Anzug. Noch nicht.

»Nein, mein Lieber«, sagt sie. »Er hat nicht nur zu mir gehört. Er hat *zu uns* gehört.«

Ich nicke, aber ich weiß, dass sie das nicht mehr denken würde, wenn sie die Wahrheit wüsste. Dann würde sie mich hassen, vielleicht fast so sehr wie ich mich selbst.

»Es tut mir leid, Julia. Ich hätte dich besuchen sollen.« Ich kämpfe gegen den Kloß in meinem Hals. Bestimmt müssen wir bald gehen. Bestimmt wollen die bald mit der Trauerfeier beginnen. Aber Julia schiebt man nicht so einfach weiter, bevor sie nicht so weit ist. »Ich war nicht …«

Ich sehe, wie sie ihre Hände ausstreckt, um etwas im Sarg zu richten.

»Hör mir mal zu«, sagt sie. »Du bist an nichts von alldem schuld. Verstehst du mich, Dylan. An *nichts* von alldem.«

Aber du weißt nicht Bescheid, Julia, denke ich. *Du hast keine Ahnung …* Ich greife in die Gesäßtasche meiner Hose und nehme einen nassen, zerknitterten Umschlag heraus. Ich falte ihn auseinander, ziehe die Lasche zurück, blättere durch ein paar feuchte Scheine und versuche, sie ihr zu geben.

Ist das angemessen? Wer zum Teufel weiß das schon? Ich glaube, es gibt keine Etikette für deinen Verlust.

Als Julia begreift, was ich vorhabe, wedelt sie abwehrend mit der Hand. »Was ist das, Dylan?«

»Einhundert Pfund. Ich weiß nicht genau, ob das auch nur annähernd reicht, aber … Das ist ein Teil meiner Uni-Ersparnisse. Ich werde nicht hingehen. Bitte nimm das Geld, Julia. Wahrscheinlich hast du schon für alles gezahlt, aber ich würde mich gerne beteiligen, vielleicht am Leichenschmaus.«

»Steck das zurück in deine Tasche, bevor wir uns streiten«, erklärt sie mir. Sie ist nicht gekränkt, sie klingt einfach erschöpft. »Wenn ich das annehme, würde Ellis mir nie verzeihen. Er hat sich so darauf gefreut, dass ihr nach Bristol geht. Er hat von nichts anderem gesprochen.« Und plötzlich lacht sie und rückt noch etwas gerade, auf das ich nicht schauen kann – nicht schauen will. »Morgens, mittags und abends. Weißt du, dass er in Gedanken schon eure komplette Studentenwohnung eingerichtet hatte?«

Ich nicke. »Sie wäre atemberaubend geworden.«

»Natürlich wäre sie das. Hör mir mal zu, gib diesen Traum nicht auf. Wenn du das tust, bekommst du es mit mir zu tun, verstanden?« Sie lacht wieder und hinter uns werden die Leute unruhig, weil alle superneugierig wegen dieser endlosen Sargbesprechung sind. »Ich komme mit den Ausgaben zurecht. Seit dem Tag, als du und Ellis mich gefunden habt, nehme ich den Dreck nicht mehr, daher habe ich ein wenig angespart. Und es ist ein einfacher Sarg …«

Ich verknote meine Finger. George Ezra hat aufgehört, über seinen »Saviour«, seinen Retter, zu singen, und in der Kapelle herrscht eine trügerische Stille. Jemand flüstert in Julias Ohr und sie zischt: »*Augenblick. Lasst ihm Zeit.*«

»Schau ihn an, Dylan«, sagt sie leise.

Ich kann nicht. Ich balle meine Fäuste. Ich kann nicht.

»Es ist nicht schlimm, Schatz. Schau einfach.«

Und ich tue es.

Du hast einen Heiligenschein, aber keinen aus Schneeglöckchen. Er ist sogar noch vollkommener. Unter deinem Kopf und überall um dich herum liegen aufgefächert deine Zeichnungen. Dutzende große und kleine, auf Servietten ins Leben gerufen oder sorgfältig auf Schreibpapier ausgearbeitete. Schnelle, atemlose Skizzen, manche kaum mehr als ein, zwei Striche auf einem Blatt, andere faszinierend detailreiche Studien. Menschen, Tiere, Stillleben, Stadtansichten und Feldwege, abstrakte Formen und ehrliche Porträts, du beherrschst jeden Stil und in jedem Thema spiegelt sich deine Kraft und Energie wider. Deine Werke sind dein Leichentuch, Ellis, und es ist das Traurigste und Schönste, was ich je gesehen habe.

Als ich es entdecke, halte ich mich am Rand des Sarges fest. Ich bin dort, direkt bei dir. Ein einfaches Porträt, das du irgendwann gezeichnet haben musst, als ich keine Ahnung hatte, dass du mich gerade festhältst. Was unmöglich ist, weil ich dich ganz sicher *immer* beobachtet habe. Aber da bin ich und blicke in die Ferne, ich beiße mir seitlich auf die Lippe und meine Augen strahlen glücklich. Wo waren wir an diesem Tag. Beim Picknick auf dem Dach? Im Schneidersitz unter unserem Lieblingsbaum im Park? Hoch oben im Glockenturm? Der Punkt ist, Julia hat mich so platziert, dass ich mich auf dem Kissen direkt an dich schmiege und diese vor Freude strahlenden Augen scheinbar auf nur eine Sache fokussiert sind – auf dich.

Ich kratze meinen letzten Rest Mut zusammen und lasse meinen Blick ins Innere dieses perfekten Heiligenscheins wandern. Ich denke daran, als ich dich gehasst habe, weil du im Auto nicht aufwachen wolltest. Wie konnte ich dieses Gesicht jemals hassen? Diese Augen, die jetzt geschlossen sind und etwas Wertvolles in mir sahen. Dieses Kinn und der Kiefer und diese markanten Wangenknochen, die an meinem eigenen armseligen Gesicht ruhten, wenn wir uns umarmten. Diese Lippen, die mir meinen ersten echten Kuss schenkten und auch meinen letzten.

»El«, murmle ich.

Ich fasse nach deinen Händen, die gefaltet auf deiner Brust liegen, als wolltest du dein Herz schützen. Als ich dich berühre, wird mir etwas klar. Es gibt keine vergleichbare Kälte – nirgendwo auf der Welt. Das ist nicht die Kälte eines Steins oder von Wind oder Eis.

Das ist die Leere.

Und plötzlich steigt dieser Laut aus einem Ort in meinem Inneren auf, den ich noch nicht kannte. Er kommt weder aus meinem Bauch noch aus meiner Lunge, er liegt tiefer, ein geheimer Ort, den man vielleicht nur ein- oder zweimal in seinem Leben erreicht. Als sie das hören, stoßen ein paar Leute hinter uns einen kleinen, überraschten Schrei aus. Ich kann den Laut nicht beschreiben, El. Er beinhaltet all unsere durcheinandergewirbelten und zerschlagenen Hoffnungen, unsere gestohlene Zukunft und unsere dunkle Vergangenheit. Er kommt ohne Tränen. Er ist zu groß dafür.

Mike. Mike steht bei mir und hält mich, als wäre ich sein Kind.

»Schon gut, Dylan«, flüstert er und wiegt meinen Kopf an seiner Schulter. »Himmel, wenn ich doch nur ... Schon gut.«

Julia drückt seinen Arm. »Bring ihn nach draußen. Solche Orte mochte El ohnehin nie. Lass ihn an der frischen Luft trauern.«

Aber du mochtest Kirchen, will ich ihr sagen. Nicht solche künstlichen, klinischen Orte wie diesen hier, die nur so tun. Keine Fabriken, in denen Tote abgefertigt werden. Du hast mir einmal erzählt, dass du nie an Gott geglaubt hast, nicht einmal, als du noch klein warst, aber dass du die Häuser gern mochtest, die die Gläubigen für ihn erbauten. *Die Leute behaupten, in der Kunst gehe es um Wahrheit,* hast du zu mir gesagt, *aber das ist Schwachsinn. Die Wahrheit ist öde und beängstigend und zerstört die Seele. In der Kunst geht es um die wundervollen Lügen, die wir uns erzählen, damit wir ertragen, mit der Wahrheit zu leben. Kirchen sind genauso. Wundervolle, schreckliche Lügen.*

Ich weiß nicht mehr, wie Mike uns aus der Kapelle bekommen hat. In einem Moment gebe ich vor deinem Sarg diesen unmenschlichen Laut von mir und im nächsten stehen wir unter dem Vordach, wo die Bestattungswagen warten. Mir sacken die Beine weg. Mike muss mich auffangen und festhalten. Gerade habe ich etwas begriffen und das nimmt mir das letzte bisschen Kraft.

Ich werde dich nie wieder sehen.

Du bist tot, El. Offiziell tot. Und es wird Zeit, dass ich anfange.

Ich drehe mich zu Mike. »Würdest du etwas für mich tun?«

Er nickt, ohne zu zögern. »Alles. Das weißt du.«

»Dann hilf mir, die Person zu finden, die mich gerettet hat«, sage ich. »Weil ich ihr eine wichtige Frage stellen muss.«

»Welche Frage?«

Ich schüttle den Kopf. »Warum hat er oder sie El sterben lassen?«

10

Mike nimmt seine schwarze Baseballcap ab und streicht mit einer Hand über seinen glatt rasierten Schädel. Bin ich ein Idiot. Mir hätte klar sein müssen, was er gemacht hat, sobald ich die Kappe gesehen habe. Seit Jessie Atkins in der siebten Klasse am Welttag des Buches über seinen diamantbesetzten Cowboyhut gelacht hat, den Carol ihm gekauft hatte, hasst Mike Kopfbedeckungen. Mike war als dieser knallharte Revolverheld aus einem der alten Westernromane gekommen, die er mit seinem Vater las. Er war so stolz gewesen, und dann hatte Jessie zu lachen begonnen, auf ihn gezeigt und ihn »Brokeback Berrington« genannt. Den Namen trug er ein ganzes Schuljahr mit sich herum und er war das Ende von Mikes Liebe zu Hüten und zum Lesen.

»Ich weiß.« Er zuckt mit den Schultern. »Wie sehr rocke ich diesen Look?«

»Übelst krass.« Ich nicke.

»Ich habe endlich Els Ratschlag befolgt«, sagt er. »Habe mir alles abrasiert. Es wurde ziemlich löchrig und unansehnlich. Denkst du, es hätte ihm gefallen?«

Bevor Mike diese verdammte Riesenscheiße erwischt hat, besaß er die unglaublichsten Haare. Die Mädchen betrachteten damals ernsthaft von der anderen Seite der Mensa verliebt seine dichten Locken.

»Ich denke, El hätte es geliebt«, sage ich. »Irgendwie kommen deine Augen dadurch stärker zur Geltung. Mir ist noch nie aufgefallen, wie blau sie sind.«

Das scheint ihn zu freuen. Wir sitzen auf einer Bank in einem Bereich des Krematoriums, der ›Der Garten der Ruhe‹ genannt wird. Ich schätze, er wird seinem Namen gerecht. Dort wölben sich über langen Wege Rundbögen voller herabhängender Blumen mit rosafarbenen und violetten und weißen Kelchen und in der Luft liegt ein Duft nach Geißblatt.

»Also schön«, sagt er, »willst du mir erzählen, was los ist?«

Doch plötzlich bin ich nicht so weit. Das, was ich Mike erzählen muss, offenbart womöglich Dinge über mich, von denen ich nicht weiß, ob ich sie offenbart haben möchte. Irgendwann muss ich es tun, das ist mir klar, aber ich brauche noch einen Moment. Ich presse die Knie gegen meine Hände und senke meinen Blick. »Wie geht es dir, Mike?«

»Tja, anscheinend habe ich jetzt diese unglaublich sexy Augen.« Er klimpert mit den Augenlidern, und mir fällt auf, dass seine Wimpern wie der Rest seiner Haare verschwunden sind. Er bemerkt meinen Blick und zuckt mit den Schultern. »Meine letzte Chemo ist jetzt eine Woche her, sogar noch ein bisschen länger, und ich habe nicht mehr das Gefühl, als müsste ich alle fünf Sekunden meine Eingeweide hochwürgen. Außerdem habe ich wieder mit Joggen angefangen und Ollie kommt ab und zu zum Kicken vorbei.«

»Du warst an dem Tag im Krankenhaus«, murmle ich.

Er nickt und schaut weg. »An meinen Lieblingstropf gestöpselt und dann nach Hause gerollt. Tut mir leid, dass ich nicht mehr da war, als …« Er hustet von tief unten. »Als sie dich eingeliefert haben.«

»Sei nicht albern, Mann.«

»Aber wir sind albern, Kumpel.« Er lutscht an seinem Zeigefinger und bohrt ihn in mein Ohr, bis ich lache und ihn wegschlage.

Ich *lache*. Tut mir leid, El.

»Berrington und McKee, die Unglaublichen Dödelbrüder. Weißt du noch?«

Natürlich. Unsere Entfesselungsshow, siebtes Schuljahr. Wir hatten eine Dokumentation über den Zauberer Harry Houdini gesehen und wie er sich aus einem Wassertank befreite, in dem er kopfüber hing, und dumm, wie wir waren, beschlossen wir, dass wir die Stadt vor Ende des Sommers mit unserem eigenen todesmutigen Auftritt begeistern wollten. Wir liehen uns Bücher aus der Bibliothek, bauten unsere eigenen Requisiten, druckten heimlich unzählige Eintrittskarten auf dem Drucker meines Vaters und luden die ganze Nachbarschaft zu unserer Show ein. Das Ergebnis: Mike erstickte beinahe in einem Sack und meine Mutter musste die Feuerwehr rufen, um mich aus meinen Ketten zu schneiden. Ollie Reynolds pinkelte sich vor Lachen in die Hose und gab unserer niedergehenden Zweimannshow einen Namen: Die Unglaublichen Dödelbrüder.

»Okay«, sagt Mike, »kein Drumherumgerede mehr. Lass hören.«

Also atme ich tief ein und erzähle ihm alles. Ein paar Sachen kennt er schon – das perverse Instagramvideo und Els und mein Auftritt auf dem Idiotenball, aber dann beschreibe ich, wie Els Stimmung an dem Abend plötzlich kippte, und Mike sieht beunruhigt aus.

»Vielleicht hat jemand etwas zu ihm gesagt oder er hat etwas gesehen, ich weiß nicht, diese paar Minuten lang war er auf jeden Fall verängstigt. Ich meine, richtig entsetzt. Bloß besaß El diese unglaubliche Selbstbeherrschung, und als ich versucht hab, ihn auszufragen, hat er unsere Unterhaltung in eine andere Richtung gelenkt. Ich weiß, das klingt dünn – wahrscheinlich hättest du dabei sein müssen.«

»Ich kannte Ellis«, versichert mir Mike. »Ich kann mir das gut vorstellen. Also, ihr habt den Ball verlassen ... Was dann?«

»Wir fuhren am See entlang. El schien es wieder gut zu gehen und dann ...« Ich zögere.

Ich lasse eine kleine Lücke, weil ich nicht eingestehen will: Wie du mich vor dem Unfall berührt hast, wie meine dummen Unsicherheiten dich abgelenkt haben.

»Ist etwas auf die Straße geflitzt«, fahre ich fort. »Ich habe keine Ahnung, was das war. Vermutlich ein Tier. El verliert die Kontrolle und das Auto überschlägt sich.«

Eigenartig, diese stichpunktartige Zusammenfassung. Zwischen den Zeilen gibt es kein Grauen, keine Angst, absolut nichts. Es ist die einzige Art, wie ich davon erzählen kann.

»Wir sind im See, und ich bin kurz davor, bewusstlos zu werden, als jemand ins Wasser watet und mich aus dem Auto zieht. Und das ist der springende Punkt: Er rettet *mich* und überlässt El sich selbst.«

Ich erkläre meine Überlegungen, warum es einfacher gewesen wäre, El zuerst zu retten, aber auch, dass ohnehin genug Zeit gewesen wäre, uns beide in Sicherheit zu bringen.

»Warum hast du mir das alles nicht schon früher erzählt?«, fragte Mike mit belegter Stimme.

»Wegen einer Sache, die El gesagt hat. Als ich ihn immer wieder gefragt habe, was ihn beim Ball verängstigt hat, antwortete er, dass er mich nicht darin verwickeln wolle. Als wäre das vielleicht gefährlich. Und wenn es gefährlich *ist*, dann weiß ich nicht, ob ich dich da reinziehen will, Mike. Aber ich bin das jetzt Nacht für Nacht immer wieder durchgegangen, verstehst du, und ich halte das für ausgeschlossen. Nur, wo fange ich überhaupt an, herauszufinden, was wirklich passiert ist?«

Mike hält eine Hand nach oben. »Zuallererst einmal, du bist ein Idiot. Du kommst *immer* zu mir, wenn du Hilfe brauchst, Dylan. Und wenn du glaubst, dass es gefährlich ist? Dann rennst du zu mir.«

»Ich weiß, aber ...«

»Kein aber. Also, was genau willst du herausfinden.«

»Für den Anfang, wer das Video von uns gedreht hat. Weil vielleicht alles zusammenhängt. Das Video brachte die Ereignisse ins Rollen, die zu Els Tod führten. Kein Video, kein Coming-out von mir, kein Schulball, kein abgelenkter El im Auto. Aber ich will auch wissen, weshalb El in dieser Nacht so durcheinander war. Du hättest ihn sehen müssen, Mike, ich glaube nicht, dass du ihn wiedererkannt hättest. Und zuletzt, aber am allerwichtigsten, will ich herausbekommen, wer mich gerettet hat und warum derjenige El sterben ließ.«

Mike atmet durch. »Dylan. Ich weiß nicht so recht ...«

Ich schaue zu ihm. »Was soll das heißen, du weißt nicht so recht?«

»Diese ganze Sache.« Er zögert. »Diese Ermittlung – oder wie immer du das nennen magst –, bist du sicher, dass du das wirklich willst?«

»Ob ich das *will*? Verdammt noch mal, Mike, wir reden hier von jemandem, der meinen Freund zu Tode erschreckt hat. Von jemandem, der ihn ertrinken ließ.«

»In Ordnung.« Er hält defensiv beide Hände nach oben. »Aber hat dein Arzt nicht gesagt, dass das alles mit der Überlebensschuld zu tun haben könnte? Du hast instinktiv gehandelt, dich aus dem Auto befreit. Dafür würde dir niemand jemals einen Vorwurf machen. Aber dieser Unbekannte, der dich in deiner Vorstellung gerettet hat? Vielleicht ist das ja einfach deine Art, mit der Realität umzugehen.«

Ich balle meine Hände und brauche einen Moment. »Mike«, sage ich schließlich, »ich hab mir am Verschluss vom Sicherheitsgurt die Hand zerfetzt, um mich loszumachen. Er war blockiert. Ich bin gescheitert. Ich musste befreit werden. Aber jetzt erzähle ich dir mal was: Els Gurt war gerissen. Ihn zu retten wäre *viel* einfacher gewesen. Aber er wurde nicht gerettet. Er wurde zurückgelassen. Glaubst du mir jetzt, wenn ich dir sage, dass es genau so passiert ist?«

»Dylan, ich wollte bloß …«

»*Glaubst du mir?* Denn wenn du das nicht tust, sagst du doch, dass *ich* Ellis im Stich gelassen habe. Denkst du das?«

»Nein.« Er schaut weg. »Nein, Dylan, selbstverständlich denke ich das nicht.«

»Wirst du mir dann helfen? Denn glaub mir Mike, ich werde die Antworten auf diese Fragen mit oder ohne dich finden. Das bin ich Ellis schuldig.«

Wir sitzen lange Zeit schweigend da. Schließlich rührt Mike sich.

»Also schön, lass uns das durchdenken. Logisch betrachtet glaube ich nicht, dass diese drei Dinge zusammenhängen. Es wäre ein zu großer Zufall, dass der Videoperversling gerade auch am See ist, als ihr verunglückt. Außerdem kann ich mir nicht vorstellen, warum die Geschichte El auf dem Ball verängstigt haben soll. Er kannte sie ja schon.«

»Und sie spielte ihm auch irgendwie in die Hände«, sage ich. »Er war schließlich der Meinung, dass ich mich vor meiner Familie outen sollte, und das Video war der Anstoß, genau das zu tun. Versteh mich nicht falsch, er war wütend, aber die Geschichte hat ihm auf jeden Fall keine Angst gemacht.«

»Und wieder wäre es auch hier ein zu großer Zufall, wenn die Person, die El verängstigt hat, ebenfalls am See auftaucht. Also sprechen wir über drei unterschiedliche Dinge: 1. Wer ist der Videoperversling? 2. Wer hat El auf dem Schulball verängstigt. 3. Wer war dein Retter und was hatte er mit El am Laufen?

»Also glaubst du mir die Geschichte?«, frage ich. »Über den Retter?«

Er lehnt sich zurück und schaut in den Himmel. »Ja, ich glaube dir.«

»Gut. Sonst tut das nämlich niemand. Hast du von der Versammlung der Siebtklässler gehört?«

Er nickt. »Hab ich.«

Es geschah am selben Tag, als ich Mr Morris mitteilte, dass ich meine Abschlussprüfungen auf Eis legen würde. Ich eilte den Flur entlang und starrte auf den Boden, weil mich alles, wohin ich schaute, an El erinnerte: El, der einer quietschenden Gemma aus dem Biologieraum nachsetzt und so tut, als würde er einen Frosch in den Händen halten; El, der mit seinen Fußballkumpels herumalbert und Ollies perfekt gewachstes Haar durchwuschelt; El und ich versteckt in der kleinen Nische unter der Treppe, wo wir uns vorsichtig mit den Fingerspitzen berühren.

Als ich an der Aula vorbeikam, lenkte eine vertraute Stimme meinen Blick vom Fußboden durch die Glastüren. Derselbe Polizeibeamte, der mich im Krankenhaus befragt hatte, stand jetzt auf dem Podium und hielt den Siebtklässlern einen Vortrag über Fahrradsicherheit. Er schwitzte, als wäre es Schwerstarbeit, auf den Klicker seiner PowerPoint-Präsentation zu drücken. Ich stieß die Türen auf und marschierte auf ihn zu.

»Hey, Hohlbirne!«, rief ich. »Besteht die Möglichkeit, dass

Sie zwischen Fahrradsicherheit und Ihrem nächsten Kaffeepäuschen eine Mordermittlung einschieben könnten? Und falls Sie sich gefragt haben, ja, ganz recht, mein Freund ist noch immer tot.«

Mr Denman, Els hübscher Kunstlehrer, hatte versucht, sich mir in den Weg zu stellen. Ich stieß ihn mit dem Ellbogen zur Seite und er gab dieses überraschte, abgehackte Stöhnen von sich. Das tut mir echt leid. Es ist ziemlich offensichtlich, dass sein Arm nach dem Autounfall in den Weihnachtsferien nie mehr so wie früher wird, und ich habe das ungute Gefühl, dass ich ihn genau an dieser Stelle erwischt habe. Zu dem Zeitpunkt allerdings dachte ich über Denman nicht weiter nach. Stattdessen ging ich auf Konfrontation mit dem Arschgesicht von einem Polizisten. Er drohte mir leicht und legte mir eine Hand auf die Schulter.

»Warum fassen Sie mich an?«, sagte ich. »Ich habe Ihnen lediglich eine Frage gestellt.«

Er erklärte mir ganz ruhig und bestimmt, dass es keinen Hinweis auf eine weitere Person am Unfallort gebe, und riet mir zu gehen, bevor ich festgenommen würde. Ich nannte ihn ein verlogenes Arschloch und lief zur Tür.

»Keine Sternstunde von mir«, murmle ich.

»Ach, ich weiß nicht. Für die Dödelbrüder ziemlich normal, würde ich sagen.«

»Die Polizei glaubt, dass es das Überlebensschuldsyndrom ist, verstehst du«, fahre ich fort. »Aber Mike, ich gehe diesen Abend ungelogen zu jeder Tages- und Nachtzeit im Geist immer wieder durch, und ich *weiß*, dass da noch jemand war. Was bedeutet, dass El Feinde hatte. Jemand, der seinen Tod in Kauf genommen hat. Nur, wer sollte ihn so sehr hassen?«

Mike schüttelt den Kopf. »Ich weiß es nicht.«

Ich schaue zur Kapelle. Die Leute strömen heraus und treten ins feuchte Frühlingslicht, unterhalten sich, erzählen sich Witze und stecken die Trauerbilder in ihre Taschen.

»Es gibt da noch etwas«, sage ich. »Was auch immer El beim Schulball verängstigt hat, hängt, glaube ich, mit seinem Verschwinden an Weihnachten zusammen. Weißt du noch, dass ich dir erzählt habe, wie eigenartig diese Woche war? Nun, irgendwas an seiner Angst beim Schulball hat mich daran erinnert, wie er damals im Dezember war. Es war wie ...«

Mike steht plötzlich auf, sein Blick huscht den Weg entlang.

»Was ist los?«, frage ich und stehe jetzt ebenfalls.

»Nichts.« Er schüttelt den Kopf. »Nein, es ist nichts. Einen Moment lang dachte ich nur, dass dort jemand steht, der uns beobachtet.« Dann legt er einen Arm um meine Schulter und wir laufen zurück zur Kapelle. »Es wird sich alles aufklären, Dylan«, sagt er zu mir. »Versprochen.«

DAMALS:
Samstag, 23. November

Die Buchhandlung

Ich habe es mir in meiner üblichen Ecke im Hug-A-Book gemütlich gemacht, verstecke mich hinter einem Exemplar von *Die Französische Revolution 1789–1799*, futtere Maoams und träume von dem Jungen, der mir in Geschichte gegenübersitzt. Seit dem Lagerfeuer sind fast drei Wochen vergangen und ich bekomme ihn nicht aus meinem Kopf. Zugegeben, ich war auch schon früher einmal verknallt – in Zac Efron während der »High School Musical«-Ära, in Hugh Jackman in den ersten Wolverine-Filmen und in ein paar Schüler aus dem echten Leben, zum Beispiel in Alex Dayus, der zwei Jahrgänge über uns in der elften Klasse war – aber mit diesem Ellis ist es anders. Sobald die Schulglocke läutet und er sein Zeug zusammenpackt und zu einem Kurs aufbricht, den ich nicht besuche, bringt mich das beinahe um.

Aaaarrrgggs! Warum bin ich nur so verdammt schüchtern? Er hat mir durchaus Gelegenheiten gegeben, mit ihm zu reden. Sogar an diesem ersten Abend hat er mit mir geflirtet. Glaube ich. Ich bin kein ausgewiesener Flirtexperte. Ich lehne mich auf meinem rutschigen Lieblingsstuhl zurück und gehe in Gedanken den Lagerfeuerabend durch, wobei ich ab und zu *Die Französische Revolution* über meine Jeans halte. Ja, ich bin wirklich so lächerlich …

»Also, Schüler von Ferrivale, wer unterschreibt meine Petition als Erstes?«

Er trägt diesen tollen sandfarbenen Mantel, der ihm bis zu den Knöcheln reicht, so einer wie diese Staubmäntel der Cowboys in alten Filmen. Außerdem runden die engste aller Röhrenjeans, ein violettes T-Shirt mit dem Schriftzug Cookin' *in Rautenmuster und schwarze Lederstiefel sein Outfit ab. Eine Perlenkette schimmert durch das Lagerfeuer, das gerade hinter uns angezündet wurde, rot, und seine glatte Haut scheint von innen heraus zu leuchten. Sein Lächeln ist freundlich, aber auch leicht spöttisch.*

Er fragt nicht nach unserem Einverständnis, sondern drückt einfach jedem die Unterschriftenliste und einen Kugelschreiber in die Hand. Mir fällt auf, dass er zu allen ein, zwei Sätze sagt und sie lächeln, als würde er sich ausschließlich mit ihnen unterhalten. Dieser Typ ist der geborene Politiker.

Jetzt steht er vor mir. Ich glaube, bei mir bleibt er am längsten. Oder leide ich unter Wahnvorstellungen? Mit Sicherheit sagen kann ich nur, dass sich mein Mund staubtrocken anfühlt und ich ihn anglotze.

»Nun«, sagt der Junge mit der Perlenkette, »wirst du einem Bruder aushelfen?«

Ich habe diesen peinlichen Weltoffener-weißer-Gutmensch-Moment. Meint er »Bruder« auf diese Black-Community-Art? Dann wäre es vollkommen unangemessen, darauf zu antworten. Oder ... Mein Mund gleicht jetzt einer Wüste auf dem Mars. Weiß er Bescheid? Nur, indem er mich anschaut? Hat er diesen extrafeinen Schwulenradar, der die Ziviltarnung des lahmarschigsten, am unschwulsten wirkenden, idiotischsten Homosexuellen durchdringt und ihn einfach durch anschauen als »Bruder« erkennt? Mein Hirn verflüssigt sich und ich schaue immer wieder von der Petition hoch und sehe, dass er mich beharrlich mit diesem schiefen Lächeln anblickt.

Ich gebe ihm die Petition zurück.

»Danke schön, Sprosse«, sagt er.

Dann berührt er mich. Na ja, nicht ganz. Seine Fingerkuppen schweben über den Sommersprossen, die sich über meine Nase ziehen, und es ist, als würden sich über mein Gesicht elektrische Ströme bewegen. Ich rieche etwas Süßes an seinen Fingern. Maoam. Meine Junkfood-Connaisseur-Sinne würden diesen Geruch überall erkennen. Er mag Maoam. Ich speichere diese Tatsache für die Zukunft ab.

»Hallo«, sage ich. »Ich bin, äh, Dylan.«

Er schüttelt den Kopf, weil ich ein Idiot bin, und ich schüttle meinen. »Nein?«

»Nein«, sagt er. »Du bist Sprosse. Und jetzt muss ich mit dir schimpfen, Sprosse.«

»Okay.«

»Du hast gerade etwas unterschrieben, ohne es zu lesen. Weißt du überhaupt, was auf dem Blatt Papier steht?«

»Tue ich nicht.«

»Dort steht, dass du bis an dein Lebensende mein Freund sein und mir jeden Gefallen erfüllen musst. Das ist ein rechtsverbindliches Dokument, Mr Sprosse.« Er schwenkt es wie die Magna Carta. »Wirst du deinen Verpflichtungen nachkommen?«

»Das werde ich«, sage ich und knie mich hin, als würde ich gleich zum Ritter geschlagen.

Er lacht und klatscht mich mit der Petition. »Steh auf, du anbetungswürdiger Trottel. Schau, hier steht, dass Mr Highfield, diese bigotte Amöbe, die den Fußball an der Ferrivale High leitet, mir einen Platz in der Mannschaft geben muss. Du hast doch bestimmt schon von meinem herausragenden Probespiel heute gehört? Aber egal, schau dir einfach diese Schenkel an! Verdienen sie es nicht, in kurzen Hosen gesehen zu werden?«

Er streckt sein rechtes Bein aus und legt seine großen Hände um einen angespannten Oberschenkelmuskel. Gibt es einen Ort, der noch trockener als die Marswüsten ist? Mein Mund ist jetzt dieser Ort.

»Das ist ein gutes Argument ...«

»Ellis«, sagt er mir.

»Ellis.«

Er richtet sich wieder auf und schaut mich eine ganze Weile an. Ich senke meinen Blick. Oh mein Gott, ich will noch einmal auf diesen Schenkel schauen. Ich will auf seine tanzenden Finger schauen und auf seinen Schwimmerkörper und seine rabenschwarzen Locken und seine Augen. Vielleicht nur in seine Augen. Ein, zwei Stunden lang.

Aber dann höre ich Gemmas durchdringende Stimme und Ellis bekommt ihre und Ollies und Mikes Petition in die Hand gedrückt.

»Willkommen in Ferrivale, neuer Schüler! Ich bin Gemma und ich leite die LGBTQ-Schutzraum-Gruppe an unserer Schule, wo du uns jederzeit willkommen bist. Wir treffen uns immer ...«

Er zieht eine Augenbraue nach oben. »Wie kommst du auf die Idee, dass ich schwul bin?«

»Na ja, ich habe einfach vermu...«

»Mit Vermutungen fangen alle Vorurteile an«, erklärt er ihr und lächelt mir kurz zu. Ich muss mir auf die Wange beißen. »Was für eine Schule ist das überhaupt?«

Ollie und Mike grinsen hinter Gemma wie Hyänen. Ellis lässt sie eine Weile zappeln, dann drückte er sie an sich. Ich bin sofort eifersüchtig.

»Ich hab mir nur einen Spaß erlaubt, Süße. Tut mir leid.«

Gemma quietscht auf ihre schrille Art. Das löst ungelogen noch die Alarmanlagen der Autos fünf Straßen weiter aus. Ellis drückt sie noch immer und versichert ihr seine Homosexualität, als wie aus dem Nichts eine Hand auftaucht und ihn in den Rücken *stößt. Wir sind alle fassungslos, aber Ellis trabt gemütlich ein Stück nach vorn, als hätte er den ganzen Abend damit gerechnet.*

»Was glaubst du, was du hier tust, du kleine Schwuchtel?«

Als ich mich umdrehe, entdecke ich Alistair Pardue in Begleitung von ein paar seiner Schlägerfreunde. Im Gegensatz zu diesen Typen ist der Unglaubliche Hulk geradezu geistreich und kultiviert.

Alistair hat Ellis ziemlich nah ans Lagerfeuer gestoßen, aber der klopft sich nur kurz ab und schlendert zurück in unsere Mitte.

»Schwuchtel?«, sinniert er. »In Ordnung, aber ich kann dir versichern, dass die Beschreibung ›klein‹ in keiner Weise auf mich zutrifft.«

»Wollt ihr Typen einfach nur hier rumstehen und zusehen, wie dieser Homo unser Team zum Gespött macht?«, faucht Alistair Mike und Ollie an.

Mike stöhnt und Ollie kneift sich ins Nasenbein. Die zwei wollen Alistair schon lange aus der Mannschaft werfen, aber Mr Highfield ist ein Saufkumpan von Als altem Herrn. Mike sagt immer, dass er lieber mich als Verteidiger hätte als Pardue, was Alistairs Fähigkeiten ein ziemlich unschönes Zeugnis ausstellt.

»Verzieh dich, Al«, sagt Mike. »Du bist mir zu anstrengend.«

»Schon in Ordnung.« Ellis hält eine Hand nach oben. »Lass den Mann ausreden.«

Alistair rollt seinen Kopf von Schulter zu Schulter und baut sich vor Ellis auf. Ich sollte etwas tun. Ich bin kein Kämpfer, war ich noch nie, aber dieser Scheiß ist beschämend für unsere Schule. Außerdem sollte Alistair lieber mein unvollkommenes Gesicht umgestalten als das vollkommene von Ellis. In dem Moment, als ich etwas von mir geben will – allein der Himmel weiß, was –, sagt Alistair:

»Wenn du noch einmal beim Training aufläufst, hab ich dich am Arsch.«

Ellis zuckt mit den Schultern. »*Du kannst es gern versuchen.*«
Alistair brüllt und holt aus. Aber Ellis ist wie Barry Allen alias the Flash. Ich übertreibe nicht. Er beugt seinen langen, geschmeidigen Körper, lehnt sich zurück, wirft seine Hand nach hinten und benutzt diese gigantischen (atemberaubenden!) Oberschenkelmuskeln, um seine ganze Kraft in den Schlag zu legen. Ellis erwischt Alistair mit seinen vier Knöcheln punktgenau unterm Kinn und dessen Kopf schnappt zurück. Und er fliegt, er überschlägt sich beinahe, und seine Schlägerfreunde machen ihm für seine ziemlich unbeholfene Landung zügig Platz. Als Al hinknallt, schüttelt Ellis sich gerade die Hand aus.

In dem Moment ertönt wie aufs Stichwort von der anderen Seite des Fußballplatzes die Schulband …

Ta-daaa!

»*Das. War. Un. Glaublich!*«*, ruft Mike.*

Ollie steht mit offenem Mund da. Gemma quietscht. Währenddessen schiebt Ellis sich zu mir.

»*Hey, Sprosse.*«

»*Ähm. Hey?*«

»*Tust du mir einen Gefallen?*«

»*Ähm. Ja?*«

»*Könntest du mir was Kaltes zu trinken besorgen?*«

»*Ähm. Okay.*«

Schweigend laufen wir zu dem kleinen Kiosk, in dem Essen und Getränke verkauft werden. Hinter uns höre ich, wie Mike Al verkündet, dass er nicht mehr zur Mannschaft gehört, und zum Teufel mit Mr Highfield, denn falls Al nicht aus der Mannschaft fliegt, wird Mike gehen. Und Ollie ebenfalls. Und sie sind Ferrivales einzig gute Stürmer.

Ich kaufe Ellis eine Dose Diätpepsi und er rollt sie über seine Hand.

»*Besser?*«

Sein Lächeln verschlägt mir offen gestanden den Atem. Was ist heute Abend verdammt noch mal nur los? Geschehen solche Dinge nicht bloß in Büchern und Filmen? Ellis öffnet die Dose und trinkt einen Schluck.

»Brauchst du auch was Feuchtes?«

Er bietet mir die Cola an. Oh mein Gott, wie gerne würde ich meine Lippen genau dorthin drücken, wo seine gerade lagen ... Aber ich kann nicht. Weil das kein Film ist und er nur frotzelt und ich nicht so weit bin. Ich fühle mich furchtbar. Wenn ich für ihn noch nicht so weit bin, für wen werde ich es dann jemals sein. Riskiere es doch einfach, brüllt mein Hirn, aber was, wenn er lacht? Das würde mich umbringen, also schüttle ich den Kopf. Er zuckt mit den Schultern und trinkt aus.

»Ich muss einen Zahn zulegen«, sagt er, »und die Petition verteilen.«

Ich nicke. Plötzlich habe ich das Gefühl, als hätte jemand die tollste Party gesprengt, die Musik ausgeschaltet und sämtliche Lichter angeknipst und alle gehen nach Hause.

»Yep«, sage ich. »Klar. Viel Glück.«

Er zieht los und die Menge hat ihn fast schon verschluckt, als er sich noch einmal umdreht und grinst.

»Vergiss nicht, dass du jetzt rechtsgültig mein Freund bist. Du kommst nicht aus dem Gefängnis frei, kein dreh dich um und mach dich krumm, keine Rückzieher. Freunde bis ans Lebensende. Bis bald, anbetungswürdiger Sprosse.«

Und wir *haben* uns wiedergesehen. Überall in der Schule und in jeder Geschichtsstunde und jedes Mal, wenn ich zum Sportplatz gegangen bin, um Mike und der Mannschaft zuzuschauen. Irgendwie hat Mike Mr Highfield überzeugt und der mit Perlen geschmückte Ellis spielt Linksaußen. Noch dazu ist er großartig, eine Mischung aus Quicksilver und the

Flash. Währenddessen stakst ein angeschlagener und fallen gelassener Alistair Pardue über die Flure und sieht auf seine schlappschwänzige Art blutrünstig aus. Selbst die Siebtklässler machen sich über ihn lustig.

Doch Ellis und ich? Wir kommen irgendwie nicht weiter. Was an mir liegt. Wochen verstreichen und er gibt mir unzählige Gelegenheiten, aber ich vermassle es in einer Tour. Er kommt mit so abgedroschenen Sachen wie »Kann ich mir einen Stift ausleihen?« oder mit faszinierenden Eröffnungen wie der Mitteilung, dass er mit zweitem Vornamen Maximillian heißt, genau wie dieser Typ aus der Französischen Revolution, die wir gerade in Geschichte durchnehmen. Und ich? Ich reiche ihm einen Kugelschreiber und trete eilig den Rückzug an.

Ich werde für immer ein verkappter schwuler Single bleiben.

Die Türglocke im Buchladen klingelt und die Erinnerung an das Lagerfeuer verflüchtigt sich. Ich seufze und packe meine Sachen zusammen. Aber dann erstarre ich. Er ist es. Ellis Maximillian Bell! Er kommt gerade mit Gemma Argyle, die an seinem Arm hängt, in Hug-A-Book hereinspaziert. Ich sinke auf meinem Stuhl zurück und verstecke mein Gesicht hinter der Französischen Revolution.

Mist, Mist, Mist.

Aber warum *Mist, Mist, Mist?*

Was zum Teufel ist los mit mir?

Ich schiele ständig über den Rand meines Buches. Ich beobachte, wie sie sich in den Cafébereich setzen und eine komplizierte Kaffeekreation bestellen. Gemma jammert vor sich hin ...

»Oh Gott, Ellis, du musst mir *unbedingt* helfen, ein Kleid für den Osterball auszusuchen. Ja, ich weiß, das ist noch

Ewigkeiten hin, aber ich will dieses Jahr etwas wirklich Spektakuläres, und ich würde ja Katie oder Suzie fragen, aber die haben den Modegeschmack eines farbenblinden Gauls. Ha! Ich weiß nicht mal, was das bedeutet. Jedenfalls erzählen sie mir ständig, dass sie am Wochenende keine Zeit haben, was totaler Schwachsinn ist, weil ich sie letzten Samstag nämlich zusammen bei Nando's gesehen habe …« Ihr Blick wird unruhig und sie trinkt einen großen Schluck Kaffee. »Meine Mutter hat mir zwar *versprochen*, dass sie mit mir einkaufen geht, aber im Moment ist sie mega mit meiner großen Schwester beschäftigt. Habe ich dir erzählt, dass meine Schwester Model wird? Was mir egal ist. Ich muss mich um *so* viele eigene Sachen kümmern. Aber ich brauche dich im Moment wirklich ganz, ganz, *ganz* doll, Ellis. Also sag bitte, dass du mein Einkaufsberater wirst!«

Ellis hängt über dem Tisch und malt mit seinem kleinen Finger Kreise in sein Getränk. Dann setzt er sich urplötzlich kerzengerade hin, leckt den Kaffee von seinem Finger und nimmt mich ins Visier. Ich schnelle buchstäblich hinter mein Buch.

Mein Gesicht brennt. Meine Lippen sind staubtrocken. Ich will, dass er mich findet. Quatsch, nein, das will ich nicht. Wenn es sein muss, werde ich hier einfach ewig warten. Ein Stuhl und ein Buch, mehr braucht ein Junge nicht zum Überleben.

Lange, gepflegte Finger fassen den oberen Rand meines Buches und ziehen es aus meinen Händen. Ich blicke in ein überwältigendes Lächeln.

»Oh. Hey, Ellis.«

»Hallo, Sprosse.«

Er hält das Buch über mich, fast als wollte er mich herausfordern, danach zu greifen.

»Nun, Sprosse, ich habe eine ernst gemeinte Frage. Versprichst du mir, sie ehrlich zu beantworten?«

Jetzt kommt's. Er wird mich fragen, ob ich schwul bin. Und ich werde es ihm sagen. Wenn ich das nicht tue, explodiere ich wahrscheinlich und reiße halb Ferrivale mit mir, genau wie Jean Grey als Dark Phoenix – Oh, halt die Klappe, Superhirn!

»Ich werde ehrlich antworten, ja«, verspreche ich ihm.

»Okay.« Er holt Luft. »Hier meine Frage: Warst du schon immer so mies im Verstecken?«

HEUTE:
Dienstag, 28. April

11

Ich weiß, dass ich gerade in meinem Schlafzimmer am Schreibtisch sitze und ins Leere starre – ein bisschen wie Professor X in seiner Gedankenmaschine Cerebro – aber hauptsächlich bin ich bei dir, El. Im Auto. Im See.

»Hände auf neun und drei Uhr ans Lenkrad«, weist du mich in deiner besten Fahrlehrerstimme an. »Dann der Spiegel, Blinker ...«

Als ich das Lenkrad packe, platschen meine Ellbogen ins eiskalte Wasser. Ich stelle den Rückspiegel ein und sehe, wie unser Picknickkorb über dem Rücksitz treibt, vor den Fenstern tanzt Schilfgras wie seidiges Haar.

»Lenken.«

Deine Hand kriecht über meinen Schoß und bohrt sich in die empfindliche Stelle auf der Innenseite meines Oberschenkels. Ich schließe die Augen und du kicherst. Es ist ein schreckliches Gurgeln, kein bisschen wie dein normales Lachen. Ich drehe mich um und schaue dich an. Du hast deine Hand zurückgezogen und spielst an deiner Perlenkette, nur sind das gar keine Perlen, fällt mir bei genauerem Hinschauen auf. Es sind perfekte Kopien deines Zahns, den du an dem Abend verloren hast, als du dich vor deinen Eltern geoutet hast.

»Genießt du das aktuelle Schauspiel, Mr Sprosse?« Beim

Sprechen läuft dir ein Faden dunkles Seewasser über die Lippen. Ich würde am liebsten schreien. »Du weißt, was gerade geschieht, nicht wahr? Natürlich tust du das. Ich kenne doch meinen Prof. Du hast sicher alles über posttraumatische Belastungsstörungen recherchiert.« Er zählt meine Symptome an den Fingern ab. »Flashbacks. Albträume. Visuelle und akustische Halluzinationen. Vermeidung von Orten, die dich an mich erinnern. Verzicht auf Schule und Universität und alles, was dich ausgemacht hat. Wut, Aggression, Schuld, Scham ...«

»Hör auf.« Ich will meine Hände vom Lenkrad nehmen, aber ich kann nicht. Das wäre zu gefährlich.

»Das Gefühl, dass du keine Zukunft hast.«

Mir fällt die lustige Schneekugel auf dem Armaturenbrett auf, der freche kleine Elf, der seinen Geschenkesack umklammert. Weißt du noch, die Geschichte, die wir uns für ihn ausgedacht haben? Gangsta-Elf auf der Flucht? In dem Moment, als ihn das Wasser erfasst und er auf den Wellen schaukelt, erwacht das Radio knisternd zum Leben. George Ezra. Diese tiefe, gefühlvolle Stimme, die über ihr ganz persönliches Paradies singt ...

Und plötzlich bin ich wieder zurück in meinem Zimmer. Die Aprilsonne brennt auf die zugezogenen Vorhänge. Staubpartikel wirbeln umher wie die winzigen Teile bei einer Einäscherung im Ofen. Deine Beerdigung liegt jetzt vierundzwanzig Stunden zurück. Bist du schon fort, El? Gestern Abend war ich versucht, zu googeln, wie lange es braucht, um einen Körper einzuäschern, aber genau wie damals, als ich darüber nachdachte, von zu Hause abzuhauen, fehlte mir der Mumm.

Ich kreisle auf meinem Drehstuhl. Ich habe nichts zu tun. Keine Hausaufgaben, keine Wiederholungen, keine PowerPoint-unterstützte Beweisführung, warum der Döner zu den besten Errungenschaften der Menschheit gehört. Womit habe ich mich in der Zeit vor El am liebsten beschäftigt? Nun, es ist einen Versuch wert. Ich ziehe meinen Laptop über den Schreibtisch zu mir, tippe ein paar Seiten mit Schwulencomics in die Suchzeile und öffne den Reißverschluss meiner Jeans. Ich klicke und schaue, klicke und schaue. Mein Blick wandert vom Computer zu meinem Schreibtisch, und ich denke an das Bild, das du mir beim Berrington-Grillen geschenkt hast und das momentan auf der Unterseite der Schreibtischschublade klebt. Vielleicht würde ich dadurch plötzlich einen Steifen bekommen, vielleicht würde ich aber auch nach Luft schnappen und zusammengerollt am Boden lieben bleiben.

Ich klappe meinen Laptop zu und gehe zur Tür. Ich bleibe oben an der Treppe stehen und lausche. Meine Eltern ertrage ich noch immer nicht. War es unvernünftig von mir, zu erwarten, dass sie den Leichenschmaus für dich ausrichten? War das in Wirklichkeit verrückt? Ich weiß es einfach nicht mehr. Als ich gestern nach Hause kam, haben sie vorsichtig gelächelt und gefragt, wie es gelaufen sei.

»Sie haben ihn in einen Pappsarg gesteckt und in den Ofen geschoben«, habe ich zu ihnen gesagt und mich sofort dafür gehasst. Das war gemein, sowohl gegenüber meinen Leuten als auch gegenüber Julia. Dein Sarg war perfekt, El.

Später wollte Mum mir ein Sandwich hochbringen, aber ich ließ abgeschlossen. Wahrscheinlich würdest du mich dafür in der Luft zerreißen, aber hey, du warst schon immer der bessere Mensch. Vermutlich sollte ich mich entschuldigen, stimmt's? Ja, in Ordnung, El, aber wirst du es niemals leid, immer mehr Größe zu beweisen?

Ich gehe langsam die Treppe hinunter und halte dabei deine Hand, denn so sind wir an dem Abend aufgetaucht, als wir es ihnen erzählt haben. Eine letzte taktische Einsatzbesprechung in meinem Zimmer, dann habe ich dich geküsst und wir haben uns gemeinsam, Hand in Hand, auf den Weg gemacht und sind ausgeschwärmt, um gegen Barbara und Gordon in die Schlacht zu ziehen. Bloß gab es gar keine Schlacht. Es lief gut. Zumindest dachtest du das. Aber zwischen Mums Rumgehüpfe und Dads seltsamer Umarmung gab es diesen Blick, der dir nicht aufgefallen ist, und ich habe dir nie davon erzählt, denn im Vergleich zu deinem abgebrochenen Zahn und deinem Rauswurf erschien mir das völlig unbedeutend.

Ich bin fast an der Küchentür, als mich Chris' Stimme wie angewurzelt stehen bleiben lässt.

»Versteh mich nicht falsch, ich will nicht gemein sein, aber Dylan ist, was, siebzehn?«

»Achtzehn«, korrigiert ihn Mum. »Er hatte kurz vor Weihnachten Geburtstag, schon vergessen? Also wirklich, Christopher.«

»Okay, okay«, murmelt Chris. »Worauf ich hinauswill, ist, dass Ellis sein erster fester Freund war, natürlich glaubt er da, die Welt geht unter. Weißt du noch, als ich und Vicki Clarkson uns getrennt haben? Ich habe einen Nachmittag lang Rotz und Wasser geheult.«

»Da warst du dreizehn und Vicki ist nicht vor deinen Augen gestorben«, sagt Mum. Was mein Herz ein wenig zum Schmelzen bringt.

»Richtig, ich will damit ja auch nur sagen, dass eine erste Liebe wirklich immer ein großes Melodrama ist. Und weil Dylan nun mal so ist, wie er ist ... na ja, klar, macht der da ein Riesentrara daraus.«

»Ich denke wirklich, dass du mehr Verständnis zeigen solltest, Chris. Und ich habe keine Ahnung, was du mit ›weil Dylan nun mal so ist‹ meinst.«

»Ich *meine*«, wiederholt Chris mit Nachdruck, »dass Dylan immer viel Aufhebens um Sachen gemacht hat. Was nicht heißen soll, dass er das tut, weil er schwul ist, er ist eben einfach so veranlagt. Und außerdem …«

»Was?«

»Nun … es könnte eine Phase sein.«

»Oh, ich glaube nicht …«

»Lass mich mal ausreden. Ellis war ein guter Junge, ganz bestimmt. Aber ist euch jemals aufgefallen, dass Dylan … *na, du weißt schon*, war, bevor *er* aufgetaucht ist?«

»Dylan ist ein äußerst intelligenter junger Mann«, hält Mum dagegen. »Er weiß selbst, was er will.«

»Ach, komm schon, Mum, Dylan war schon immer ein Mitläufer. Verdammt noch mal, vor ein paar Monaten hat er es nicht einmal geschafft, allein durchs Stadtzentrum zu gehen, ohne dass ihn das nervös gemacht hat. Leute wie er brauchen eine starke Persönlichkeit, an die sie sich dranhängen. Ich denke einfach, wenn El Seiltänzer gewesen wäre, dann hätte Dylan sich wahrscheinlich einem verdammten Zirkus angeschlossen. Daher schnappt er gerade selbstverständlich ein wenig über, aber ich glaube wirklich, dass er wieder zu sich kommen wird. Sobald die Erinnerung an Ellis erst einmal ein bisschen verblasst, bekommen wir wieder unseren alten Dylan zurück.«

Mein Herz hämmert. Am liebsten würde ich da reingehen und dem Dreckskerl den Kopf auf die Marmortischplatte knallen. Es entsteht eine Pause und dann sagt Mum:

»Vielleicht hast du recht. Selbst wenn Dylan schwul ist oder womöglich bi, Ellis hat ihm nicht gutgetan. Das meinte auch dein Vater an dem Tag, als die Berringtons gegrillt haben. Also, Dad hat diesen neuen Praktikanten auf der Arbeit, einen Schüler aus der Beruflichen Oberstufe, aber wirklich nett, und *er ist* schwul. Was du ihm aber nie anmerken würdest. Ganz anders als ... Nun. Wie auch immer. Vielleicht könnten wir ihn Dyls ja eines Tages vorstellen und ...«

Ich knalle die Haustür laut genug zu, damit sie wissen, dass ich sie gehört habe. Ja, das ist kindisch, aber es ist wichtig, dass sie es endlich kapieren: Erstens würde ich Schwachkopf Chris nicht einmal zutrauen, seinen Teddybären zu analysieren, mit dem er noch immer schläft. Und zweitens, Mum: Ich. Bin. *Schwul.* Mein Gott, ich war schon schwul, als ich in deinem Bauch herumgepaddelt bin, und ich weiß es, seitdem mir ein oberkörperfreier Hal Jordan (alias Green Lantern), der auf einer Doppelseite abgebildet war, meinen allerersten Ständer bescherte. Und Dad? Nein, ich will deine Sahneschnitte, der einen auf Hetero macht, nicht kennenlernen.

Kapierst du es jetzt, El? Verstehst du, warum ich an dem Abend keine Freudensprünge gemacht habe? Ich weiß einfach, wie weit die Toleranz meiner Eltern reicht.

Ich bin schon halb die Einfahrt entlang und laufe keine Ahnung wohin, als der Postbote meinen Namen ruft. Ein Brief für mich. Wenn das noch ein Stapel Karten von Gemma und den LGBTQ-Schutzraum-Leuten ist, werde ich ungelogen ... Ich bitte ihn, den Brief bei meiner Mutter abzugeben, aber dann bemerke ich auf einmal, dass oben in Druckbuchstaben EILIG steht. Ich habe noch nie Eilpost bekommen, aber die supersorgfältige und nichtssagende Handschrift lässt mich innehalten.

»Ich hab's mir anders überlegt, ich nehme ihn.«

Ich wiege den Brief in meiner Hand. Ziemlich leicht, wahrscheinlich nur ein einziges Blatt. Vielleicht ist es ein Drohbrief. Seit deinem Tod habe ich keine homophoben Hassbriefe bekommen, El, aber vielleicht haben diese kranken

Leute den richtigen Zeitpunkt abgewartet oder vielleicht hat Mum meine Post gefiltert, ohne dass ich es mitbekommen habe. Ich laufe zu meinem Fahrrad, meine Hände zittern leicht. Was, wenn dort eine Rasierklinge drinsteckt oder eine Nadel? Über so üblen Mist habe ich schon gelesen.

Ich zerre mein Fahrrad vom Zaun und stelle es so hin, dass ich meinen Hintern gegen den Sattel lehnen kann. Das ist lächerlich. Ich kann das Ding nicht die ganze Zeit wie eine selbst gebastelte Bombe oder ein Fläschchen Anthrax anstarren, das mir jeden Moment um die Ohren fliegen könnte. Also reiße ich die Lasche auf und ziehe ein Blatt heraus.

Mein Magen macht einen Satz.

Himmel, das ist mein erster Magenpurzelbaum seit Wochen. Weil das Blatt von *dir* ist. Das wird mir klar, sobald ich dieses unverwechselbare gelbe Papier sehe, das aus deinem Notizbuch ausgerissen wurde, das du überall mit dir herumgeschleppt hast. Dein »Krikelkrakel«-Buch. Einmal hatte ich dich gefragt, ob ich es mir in Ruhe anschauen dürfe, aber du hast den Kopf geschüttelt: »*Jeder braucht einen geheimen Ort für sich allein, Sprosse.*« Ich weiß noch, dass ich dich skeptisch angeschaut habe. »*Selbst vor mir?*« Ein Zögern, ein Augenblick, in dem du deine Gedanken gesammelt hast, dann: »*Selbst vor dir, Süßer. Bestimmt hast du auch so einen Ort. Vielleicht ist es kein Buch, aber irgendeinen Platz, der ganz allein dir gehört und an dem ich nicht bin.*«

Oh, diesen Ort habe ich inzwischen, El. Er wird Welt genannt.

Ich falte die Seite wie einen sakralen Gegenstand auseinander. Was er ja auch ist. Die Sonne scheint auf deine Bleistiftstriche, tiefschwarz auf einem gelben Meer, und ich vergieße zum ersten Mal, seit ich dich verloren habe, stumme Tränen. Ich halte die Zeichnung von mir weg, damit ich diese Schönheit nicht ruiniere. Ist das arrogant? Denn auf dem Bild bin ich zu sehen, Dylan McKee. Schüchtern und hübscher als ich jemals sein werde, blicke ich verstohlen hinter einem Buch hervor. Behutsam, ach, so behutsam fahre ich mit einem zitternden Finger den Bleistiftumriss meines Armes nach. Meine Haut kribbelt, als hätte ich über Raum und Zeit hinweg eine seltsame physikalische Verbindung geschaffen. Ich bin sowohl in dem Buchladen, als ich mich vor dir versteckt habe, und auch bei dir, als du später dein Notizbuch herausholst und mich einfängst. Bei dir, als du diese Worte im Kreis um mich schreibst:

Sprosse. Traumfänger. Sprosse mit den AUSSERGEWÖHNLICHSTEN grünen Augen und dem SCHÖNSTEN Lächeln. Verfolge ich dich auch in deinen Träumen?

Ich reibe mir energisch die Augen, damit dort ganz sicher keine Tränen mehr sind, und drücke dann das Blatt an meine Brust. Was war ich doch für ein Idiot. Ich habe so viel Zeit vergeudet, weil ich dachte, Zeit würde keine Rolle spielen. Es tut mir leid, El.

Nach einer Weile gelingt es mir, den Blick von dem Bild zu lösen, um mir die Rückseite anzuschauen. Vielleicht gibt es noch eine weitere Skizze, die mir das Herz wärmt, aber auch schmerzt. Dort ist tatsächlich eine Zeichnung, doch ihr fehlt jede Lieblichkeit. Ich runzle die Stirn, und plötzlich weiß ich, dass du nicht derjenige warst, der mir diese Kostbarkeit geschickt hast. Natürlich nicht. Selbst wenn du den Brief an deinem Todestag eingeworfen hättest, hätte er keine drei Wochen gebraucht, um anzukommen.

Gemma Argyle starrt mir entgegen. Du hast sie perfekt getroffen, die herausgeputzte Prinzessin mit Schmollmund und ihr darunter lauerndes Gesicht. Sie trägt einen Mantel mit Kapuze, ein wenig wie die böse Königin aus Disneys

Schneewittchen. Aus den gerafften Ärmeln ragen gekrümmte Krallen, die sie in der Luft dreht, als würde sie einen bösen Zauber heraufbeschwören.

Und sofort kommt mir eine Erinnerung: Es ist der Hug-A-Book-Tag, plötzlich fällt mir wieder ein, was passiert ist, nachdem du sie im Café sitzen gelassen hast. Und ich glaube, ich weiß, warum du sie so gezeichnet hast …

In meinen Kopf bohren sich Fragen: Wer hat das geschickt und warum? Ein Freund, ein Feind? Wie ist der Unbekannte überhaupt an die Zeichnung gekommen? Ich weiß nur, dass wir jetzt immerhin etwas Konkretes haben, mit dem wir weitermachen können. Wir haben jemanden gesucht, der dich womöglich gehasst hat, El, und mit dem hier haben wir unseren ersten Hinweis. Vorsichtig schiebe ich die Seite zurück in den Umschlag, steige auf mein Fahrrad und mache mich auf den Weg zu Mike.

DAMALS:
Samstag, 23. November

Die Bibliothek

»Ich habe mich nicht versteckt«, erkläre ich ihm.

El zwinkert mir zu. »Das glaube ich dir.«

Er gibt mir mein Buch zurück, das ich sofort fallen lasse. Was auch sonst. Als er sich herabbeugt, springe ich auf, stoße mit dem Kopf gegen seinen und aus meinen Taschen fällt aller möglicher Kram und kullert über den Boden der Buchhandlung. El prustet vor Lachen und geht in die Hocke. Wir kauern dort wie zwei kleine Kinder, die in einem Felsentümpel angeln, und er redet, doch ich bin ganz gebannt von seinen Oberschenkeln. Ich fand sie ja schon beim Lagerfeuer beeindruckend, aber so angespannt wie jetzt? Uiiii.

»Was? Wie bitte?«, frage ich verwirrt.

Er grinst und reicht mir einen angekauten Kuli.

»Ich sagte, Sommersprossen *und* ein totaler Tollpatsch. Ist das einstudiert, Dylan?«

»Dylan? Ich dachte, mein Name wäre Sprosse?«

»Sprosse so kurz auf ›Sommersprossen‹ im selben Satz hätte komisch geklungen, nicht? Hey, vielleicht sollte ich dich ja Prof nennen! In Geschichte meldest du dich ständig und deine Haare haben ein bisschen etwas von Einstein. Sieeee ...«

Er macht eine Wellenbewegung mit der Hand. »Das würde passen, aber ich bevorzuge Sprosse. Egal, du hast meine Frage nicht beantwortet. Hast du die Nummer geübt?«

»Was meinst du?«

»Sprosse trifft Tollpatsch? Das ist ein unwiderstehliches Duo.« Plötzlich leuchten seine Augen auf und er schnappt sich ein Päckchen vom Boden. »Hey, Maoam!«

Weiß er, dass seine Finger nach Maoam riechen? Wird er darauf kommen, dass ich seit dem Lagerfeuer deshalb ständig Großpackungen davon mit mir herumschleppe? Er wirft sich ein orangenes in den Mund und kaut darauf herum. Mir fällt auf, wie rot und nass seine Zunge ist. Oh Gott, ich bin so pervers.

»Wusstest du, dass das meine absoluten Lieblingssüßigkeiten sind?«

»Nein«, antworte ich schnell, »ich hatte keine Ahnung.«

Er schaut mich durch halb geschlossene Augenlider an. Ich fühle mich wie ein Beschuldigter im Scheinwerferlicht.

»Ähm, ich glaube, deine Freundin braucht dich«, sage ich ihm.

Gemma Aryle schaut empört zu uns und winkt Ellis, als wäre er ein Grundschulkind, das auf einem Ausflug seinen besten Freund verloren hat.

»Das Einzige, was die junge Dame braucht, ist ein Gefühl für Verhältnismäßigkeit und vielleicht einen klischeehaften schwulen BFF. Ich glaube, ich war eine Enttäuschung für sie. Ich neige dazu, Menschen zu enttäuschen, Sprosse, das ist etwas, was du mit der Zeit lernen wirst. Um ehrlich zu sein, war ich einsam, als ich hier ankam, und habe direkt die Rolle des schwulen BFF übernommen, ohne zu begreifen, worauf ich mich da einlasse. Sie ist ganz vernarrt in meine Garderobe, hasst aber, dass ich Fußball spiele und mit den Jungs nach dem Spiel durchaus mal ein Bier trinke. Ich dagegen hasse ihren kleinen Hund. Er kackt in ihre Handtasche und sie bezeichnet die Haufen als ›Schokobonbons‹.«

»Okay.« Ich nicke. »Kann ich dann mal was fragen? Warum bist du überhaupt mit ihr befreundet?«

Els Grinsen verschwindet. »Ich denke, weil sie keine hat.«

»Was?« Ich lache beinahe. »Gemma Argyle ist das beliebteste Mädchen der Schule.«

»Beliebt sein und Freunde haben ist nicht immer dasselbe.« Er schüttelt den Kopf und sein Lächeln kehrt zurück. »Aber für heute habe ich meine Schuldigkeit getan. Rette mich, Sprosse!«

»Oh, ich ... nein«, sage ich und drücke mich an ihm vorbei. »Ich muss noch wohin.«

Er sinkt mit gefalteten Händen auf ein Knie. »Wohin klingt wundervoll.«

»Tut mir leid, das geht wirklich nicht. Dort ist nur begrenzt Platz und ich ...«

DYLAN!, schreit mein Hirn. ER MÖCHTE MIT DIR ZUSAMMEN SEIN! SAG JA! NIMM EINFACH SEINE HAND UND GEH!

Ja, aber was, wenn er das gar nicht will? Was, wenn ich das falsch verstehe?

ER KNIET VOR DIR, SCHWACHKOPF!

»Tja dann«, sage ich ungeschickt. »Also, das mit dem Kopfstoß tut mir leid ... Okay. Tschüss.«

Als ich aus dem Laden stürme, ist er noch immer auf den Knien und winkt mir verblüfft zu.

Mist, Mist, Mist. Während ich davonlaufe, versuche ich die Gedanken aus meinem Kopf zu verbannen. Ich weiß, das klingt verrückt, aber ihr versteht, was ich meine. Ich laufe zügig und ziehe mit den Daumen an den Rucksackträgern, bis sie mir in die Achselhöhlen schneiden. So schlecht ging es mir seit meiner Pubertät nicht mehr, aber hey, alte Ängste scheinen nie zu sterben.

Ich schaue den ganzen Weg über auf den Boden und lande schließlich in der Bibliothek von Ferrivale. Meine persönliche Festung der Abgeschiedenheit. Als ich am Ausgabeschalter vorbeigehe, begrüßt mich Mrs Jackson. Sie ist um die fünfzig, so ziemlich die netteste Person, die es gibt, und sie hat diesen gigantischen Busen, der auf Mike eine besondere Faszination ausübt. Ich glaube nicht, dass er tatsächlich auf Mrs J steht, er hat eher ein wissenschaftliches Interesse für die Aerodynamik. Jedenfalls bin ich mir ziemlich sicher, dass meine Lieblingsbibliothekarin weiß, dass ich schwul bin. Sie ist die diskreteste Person, die man sich vorstellen kann, aber hin und wieder verraten sie ihre Buchempfehlungen. Versteht mich nicht falsch, Adam Silvera ist ein großartiger Autor, aber Mrs J müsste ihre Andeutungen etwas subtiler gestalten. Einmal hat sie mir die Autobiografie von Tom Daley gegeben, auf dessen Cover er in seiner eng anliegenden Badehose abgebildet ist, weil, und ich zitiere jetzt, »Ich weiß, dass du dich fürs Tauchen interessierst, mein Lieber«. Also wirklich, ich habe kein einziges Mal mit ihr übers Tauchen geredet.

Ich gehe zuerst in die Geschichtsabteilung, wahrscheinlich stöbere ich unbewusst nach einem Titel, der Mr Morris verärgern würde, weil er ihn in seiner Auffassung bestätigen würde, dass ich nicht fokussiert genug bin. Wir lernen gerade nichts über amerikanische Erfinder des neunzehnten Jahrhunderts, daher schnappe ich mir eine Biografie über Thomas Edison. Als Nächstes gehe ich zu den *Graphic Novels*. Ich nenne sie noch immer »Comics«, denn es ist verdammt noch mal ein erwachsenes, eigenständiges Wort. Ich ziehe gerade eine gebundene Sammelausgabe von *The Walking Dead* heraus, als sich eine Hand durch die Lücke schlängelt und mich am Handgelenk packt. Und da ich momentan ohnehin an *Zombies* denke, schreie ich auf und auf der anderen Seite des Regals kichert jemand.

Mein Magen macht einen Satz. Es ist ein eigenartiges, flatteriges Rummelplatzgefühl.

»Entschuldige, Sprosse, ich konnte nicht widerstehen.«
Mein Mund fühlt sich sofort wieder wie ein Sandkasten auf dem Mars an. El schlendert um die Ecke, stützt seinen Ellbogen aufs Regal und sein Kinn in die Hand.

»Dein ultrageheimer, streng begrenzter, besonderer Ort gefällt mir«, sagt er. »Um reingelassen zu werden, musste ich der Dame hinterm Tresen allerdings die Hand schütteln.«

Er schaut mich von oben bis unten an, und ich bin mir nicht sicher, ob er belustigt oder verärgert ist.

»Wo steckt Gemma?«, frage ich.
»Willst du das wirklich wissen?«
»Ähm. Nein.«
»Hey, Sprosse?«
»Ja?«
»Bekomme ich noch ein Maoam?«
»Oh. Okay.«

Ich lasse meinen Rucksack fallen und grabe in meiner Jackentasche. Dann fällt mir ein, dass ich meine alte Jacke mit dem Loch in der Tasche anhabe und die Süßigkeiten in den Futterstoff gerutscht sind.

»Ich hab's gleich.«

Ich schiebe meine Hand fast bis zum Ellbogen hinein, aber die blöden Dinger glitschen mir durch die Finger und rutschen immer weiter nach hinten, sodass ich jetzt aussehe wie ein Tierarzt, der seinen Arm halb in den Anus einer Kuh versenkt hat. Ellis verliert seinen gelassenen Gesichtsausdruck. Ja, ja, das ist verdammt lustig. Schließlich ziehe ich meinen Arm heraus und zucke mit den Schultern.

»Nein«, erkläre ich ihm, »tut mir leid, du kannst doch kein Maoam mehr haben.«

Er liegt jetzt vor Lachen praktisch am Boden. Zwischen seinen Lachanfällen streckt er mir die Handfläche entgegen, als wolle er kapitulieren. Ich würde gerne meine Hand auf seine legen. Und meine Finger durch seine schieben. Ich hebe tatsächlich meine Hand, ich werde es tun. Mein Herz rast. Ich höre das Blut in meinen Ohren rauschen. Ich gehe einen Schritt nach vorn und da schnappt er mich am Arm und zieht mich zu sich nach unten.

Ich habe keine Ahnung, wie das passiert ist, aber plötzlich liege ich auf dem Rücken und er ist auf allen vieren und stützt seine Arme links und rechts von meinem Kopf ab. Sein Gesicht ist nur Zentimeter von meinem entfernt und er hat vor Lachen Schluckauf. Ich lache auch, aber leise, weil wir in der Bibliothek sind und ich Dylan bin. Er braucht Stunden (in Wahrheit nur Sekunden, doch in Momenten wie diesen dehnt sich die Zeit), bis er sich wieder beruhigt und einfach nur lächelt. Aus der Kinderbuchabteilung dringt die Stimme einer Bibliothekarin, die kleinen Kindern etwas vorliest. *Willst du, magst du, willst du, magst du, sagst du mir das Tänzchen zu?*

Ja, denke ich. *Ja, bitte. Ich würde dir gern das Tänzchen zusagen.*

El beißt sich auf die Unterlippe und berührt mich. Es ist wie am Lagerfeuer, aber auch anders. Diesmal kein plötzlicher Stromschlag, sondern eine langsam aufkommende Wärme. Drei Finger, die über meine Sommersprossen, meine Wangen und meinen Kiefer streichen. Ich hole zitternd Luft. Das Weiß seiner Augen ist *so* weiß, seine Haut *so* makellos und doch scheint er fasziniert von *meinem* Gesicht mit all seinen Fehlern und Mängeln. Das ist verrückt.

»Darf ich?«, fragt er, während sich sein kleiner Finger meinem Mund nähert.

Ich nicke, obwohl ich vermute, was er vorhat.

Äußerst behutsam zeichnet er mit seiner Fingerspitze meine Lippen nach.

Und dann ist es um mich geschehen. Die Bibliothek, Ferrivale, einfach alles fällt von mir ab. Plötzlich ruft ein alter Mann irgendetwas, das nichts mit uns zu tun hat, und er trampelt in unseren halb verborgenen Bereich. Panisch winde ich mich aus Ellis' Armen und schleppe mich zu dem kleinen Lesesofa. Meine Beine tragen mich nicht. Noch nicht. El ist noch immer auf allen vieren und grinst mich anzüglich an, dann krabbelt er zur Couch und gleitet in dem Moment, als der Miesepeter um die Ecke kommt, neben mich. Der Typ starrt uns kurz an.

Ellis, der sich einen Band *Hellboy* geschnappt hat, wirft ihm einen tadelnden Blick zu.

»Erlauben Sie mal, mein Herr. Das ist ein ultrageheimer, streng begrenzter Bereich. Stimmt doch, Sprosse, oder?«

»Das ist korrekt«, sage ich nickend zu dem Typen. »Ultrastreng begrenzt.«

Der alte Knacker schaut uns an, als wären wir gestört. Falls wir das sind, ist mir das egal. Auf jeden Fall grummelt er etwas vor sich hin und trollt sich. Ich lache und vergrabe mein Gesicht an Els Schulter. Erst später denke ich darüber nach, wie leicht mir das gefallen ist.

»Ich mag deine Tattoos«, sage ich plötzlich und tauche aus seinem frischen Fußballplatzgeruch auf.

»Verrückt.« Er nickt. »Aber danke.« Er breitet seine Arme aus. Seine Ärmel sind hochgekrempelt und er spannt seine Muskeln an, wodurch die Zacken und Spiralen des filigranen Musters wie verlaufene Tinte wirken.

»Hast du die selbst entworfen?«, frage ich und er nickt wieder. »Was bedeuten sie?«

»Es sind Schutzsymbole. Zauberzeichen. Zur Abwehr gegen das Böse. Sie beschützen mich.«

»Widerfährt dir viel Böses?« Ich lache.

Er schweigt einen Augenblick, und ich habe Angst, etwas Falsches gesagt zu haben.

»Hin und wieder. Und wenn ich dich richtig einschätze, Dylan, wird dir das eines Tages auch. Wie den meisten von uns. Tja ...« Er seufzt. »Magst du Comics?«

Ich bin so froh, dass er nicht »Graphic Novels« sagt, dass er jetzt den vollen Vortrag eines Fachidioten zu hören bekommt: Wie ich mich zuerst in *Die Fantastischen Vier* verliebt habe, als mein Vater mir vom Flughafen ein Ausmalbuch mitbrachte; meine *Avenger*-Mottoparty zum fünften Geburtstag, als noch niemand wusste, wer die Avengers sind; und schließlich meine und Mikes Erfindung des Zuckerwattesuperschurken Slaughter Master.

»Okay.« El nickt. »Aber warum ›Slaughter Master‹? Sollte er nicht eher so was wie die Rosarote Gefahr heißen?«

»Oh.« Ich überlege. »Ja. Vielleicht.«

»Oder findest du, das klingt ein bisschen zu schwul?«

»Nein! Aber wir waren damals einfach noch Kinder und haben uns das wahrscheinlich nicht richtig überlegt und ...«

»Sprosse, das war ein Witz.«

»Oh.« Ich presse meine Knie gegen die Hände. Ich würde seine gern halten, aber ich habe mich wieder zurückgezogen.

»Und du, magst du auch Comics?«

»Machst du Witze? Steve Ditko ist mein Held. Seine frühen Spiderman-Entwürfe. Wow. Du weißt, dass ich ein bisschen zeichne, oder?«

»Ja! Ich meine, ich habe mitbekommen, dass du dich in Kunst prüfen lässt.«
Außerdem bin ich in jeder Mittagspause in die Schulateliers geschlichen und habe mir deine Porträts und Skulpturen angeschaut.
»Wenn ich zu Hause bin, werde ich dich zeichnen«, sagt er.
»Aha. Wirklich?«
Er zuckt mit den Schultern. »Ich habe schon eine Idee. Eine Versteckspiel-Situation. Mal sehen ... Aber zunächst einmal, würdest du deinen streng begrenzten Aufenthaltsort verlassen und mich zum Auto begleiten?«
Ich nicke. Zu mehr bin ich nicht in der Lage.
Als wir am Ausgabeschalter vorbeikommen, grinst Mrs J wie verrückt. Ich glaube, sie muss sich schwer zusammenreißen, um mir nicht den nach oben gereckten Daumen entgegenzustrecken, aber es gelingt ihr und ich lächle ihr kurz zu.
Wir laufen nebeneinanderher, überqueren die Straße und gehen mitten durch die Stadt. Es ist viel los, ich werde angerempelt, aber das bemerke ich kaum. Ich nehme fast nur wahr, wie nah unsere Hände nebeneinander schwingen, ohne sich zu berühren. Ich glaube, dass El sich mit so was gut auskennt und mich neckt, indem er seinen kleinen Finger ausstreckt und ihn dann wieder zurückzieht, aber mir ist heute etwas über mich klar geworden. Ich mag es, geneckt zu werden. Zumindest, wenn ich von Ellis Bell geneckt werde.
Ellis weiß Bescheid. Bestimmt. Auf jeden Fall habe ich beschlossen, es ihm zu sagen. Vielleicht interpretiere ich die Dinge ja völlig falsch, ich kann echt nicht begreifen, weshalb er sich überhaupt für *mich* interessiert, aber falls er das tut, dann ...
»Was zum Geier?!«

Als wir in eine Seitenstraße einbiegen, rennt El auf einmal los. Ich geselle mich vor einem ziemlich zerbeulten Nissan Micra zum ihm auf den Gehweg. Auf der Fahrerseite wurde das Fenster eingeschlagen und auf dem Sitz liegt ein ganzer Haufen Müll. Um die glitschigen Überreste alter Takeaway-Schachteln summen ein paar Schmeißfliegen, während aus einem Berg Chipspackungen ein einsamer Schuh hervorlugt. El schaut die Straße entlang, aber sie ist wie ausgestorben.

»Wir sollten die Polizei rufen. Hey –« Ich schnipse mit den Fingern. »Denkst du, das war Alistar? Als Rache, weil du ihm am Lagerfeuer in seinen armseligen Hintern getreten hast?«

Er schüttelt den Kopf. »Nein. Nein, ich glaube nicht, dass das Alistair war. Er hätte nicht die Eier dazu. Ich glaube ...« Er schweigt einen Augenblick, sein Blick wandert wieder die Straße entlang. »Das war wahrscheinlich nur irgendein dummes Kind.« Ellis bückt sich und hebt etwas unterm Vorderreifen auf. Eine zerbrochene Schneekugel. »Ach, Scheiße. Die hat mir meine Tante zum Einzug geschenkt.«

»Das tut mir leid.«

Er seufzt. »Ich hab keine Ahnung, wie ich die Scheibe ersetzen soll. Wenn ich das anzeige, schießt meine Versicherung in die Höhe.«

»Ich kann zahlen«, biete ich ihm an.

»Sprosse.« Er schaut mich an, als hätte ich gerade vorgeschlagen, ihm eine Niere zu spenden. »Niemals.«

»Das ist doch kein Ding. Du kannst es mir später zurückzahlen.«

Er schaut sich um, als würde aus dem Nichts eine andere Lösung auftauchen.

»Ich *werde* dir das Geld zurückzahlen«, sagt er schließlich und nimmt mein Angebot an.

Ich tue das mit einem Schulterzucken ab und wir gehen

zum nächsten Bankautomaten. Als ich ihm das Geld übergebe, holt er sein großes Notizbuch aus der Tasche und reißt eine gelbe Seite aus. Dann zieht er den Deckel von seinem Fineliner ab, schreibt zügig ein paar Zeilen in seiner schönen, geschwungenen Handschrift und reicht mir das Blatt.

Ich, Ellis Maximillian Bell, schwöre hiermit bei allen verschwiegenen Traditionen des supergeheimen, streng begrenzten Ortes (auch bekannt als Die Bibliothek) feierlich, dass ich Sprosse, auch bekannt als Dylan Lemuel Jasper McKee, seine hart verdiente Kohle zurückzahlen werde. Gezeichnet EMB xxxxxxxxxxxxxx

»Du solltest dich geehrt fühlen«, erklärt er mir. »Ich reiße sonst nie eine Seite aus meinem Krikelkrakel aus.«

»Krikelkrakel?« Ich grinse.

»Untersteh dich zu lachen! So habe ich mein allererstes Skizzenbuch getauft. Ich bin wohl abergläubisch und der Name ist irgendwie hängen geblieben.«

Ich lächle, falte das Blatt zusammen und stecke es in meinen Geldbeutel.

»Woher kennst du meine anderen Vornamen?«, frage ich.

»Dylan.« Er lächelt. »Ich bin dein neuer schwuler BFF. Ich weiß *alles* über dich.«

Später, Stunden nachdem ich ihm geholfen habe, den Müll aus seinem Auto zu schaufeln, liege ich auf meinem Bett und lese immer wieder den Schuldschein. Ich weiß, es ist verrückt, aber ich halte ihn sogar an meinen Mund und küsse die Küsse zurück, rolle mich dann zur Seite und sage ein paar Dutzend Mal seinen Namen. An diesem Abend brauche ich ewig zum Einschlafen, und als es mir endlich gelingt, halte ich noch immer die gelbe Seite in meiner Hand.

HEUTE:
Dienstag, 28. April

12

Es ist mir nicht peinlich. Ich nehme meinen Geldbeutel, hole den Schuldschein heraus, den du mir an dem Tag gegeben hast, als dein Auto verwüstet wurde, und zeige ihn Mike. Er passt haargenau zur herausgerissenen Seite, die ich heute Morgen per Post erhalten habe. Während Mike ihn hin und her dreht, gehe ich in die Hocke und kraule Beckhams schwarz-weißen Bauch. Der liebenswerte alte Köter gibt ein tiefes, zufriedenes Grollen von sich.

Wir sitzen auf den beiden Schaukeln, die Mikes Vater vor unzähligen Sommern an der alten Buche im Garten aufgehängt hat. Mike ist ein Einzelkind, aber sein Vater hat wegen einer zweiten Schaukel keine Sekunde lang gezögert. Ich lehne mich zurück und sehe den knarzenden Seilen bis zur Sonne nach, deren Strahlen durch die kahlen Äste scheinen.

»Danke, dass du mir das gezeigt hast.« Er hält mir die Seite mit meinem Porträt und deinen Worten entgegen. »Das ist etwas ganz Besonderes.«

Ich weiß nicht, was ich sagen soll, daher murmle ich: »Dich hat er auch geliebt, Mike.«

Mike nickt lächelnd. »Dann hatten wir beide wirklich Glück.«

Das hatten wir, El. Das ist mir klar, obwohl du nicht mehr bei uns bist.

Mike dreht das Bild von mir um und betrachtet die Gemma-Hexe auf der Rückseite. Sie schwebt mit zuckenden, sich windenden Fingern über deinem Auto, während ihre schwarze Magie Dreck und Abfall durch das zerbrochene Fahrerfenster speit. Im Vordergrund liegen die Überreste deiner Armaturenbrettschneekugel herum. Tante Julias Einzugsgeschenk hast du fast doppelt so groß wie den Nissan gezeichnet.

»Er wusste, dass sie es war«, sage ich. »Sie hat sein Auto aus Rache demoliert.«

»Weshalb?«

Manchmal vergesse ich, dass Mike große Teile unserer Geschichte nicht kennt. Ich frage mich, ob das für ihn komisch ist. Wir haben uns sonst immer alles erzählt.

»Weil er sie sitzen gelassen hat und mir nachgejagt ist.«

Ich erzähle ihm, was an jenem Tag in Hug-A-Book und der Bibliothek geschehen ist. Normalerweise würde ich bei so etwas die Stellen auslassen, die mir zu intim sind und eine besondere Bedeutung für uns hatten, weil das unsere Schätze waren und ich für die Stunden lebte, in denen wir es uns in deinem Auto oder in deinem Schlafzimmer gemütlich machten und sie wieder aufleben ließen, unsere schönsten Erinnerungen kürten, lachten und debattierten und uns über die Details stritten. Aber jetzt kann ich nur noch mit Mike diese Erlebnisse teilen, deshalb führe ich ihn durch jeden einzelnen Moment, sogar den mit uns auf dem Bibliotheksboden.

»Ich bin damals überhaupt nicht auf die Idee gekommen, sie damit in Zusammenhang zu bringen«, sage ich. »Es schien einfach nur Zufall zu sein. Aber irgendetwas an dem, was El an diesem Tag gesagt hat, wie er aussah … Ich glaube, er wusste von Anfang an, dass sie dahintersteckte. Du hättest sehen sollen, was für einen Blick sie ihm in der Buchhandlung zugeworfen hat, als er rüberkam, um mit mir zu reden.«

»Gemma kommt mit Zurückweisungen nicht gut zurecht, so viel steht fest. Du musst nur Ollie fragen.«

»Was ist mit ihr und Reynolds passiert?«, frage ich.

Mike zuckt mit den Schultern. »Stellte sich heraus, dass er ihrer Vorstellung von einem mustergültigen Freund nicht gerecht wurde.«

»Genau wie bei El«, sage ich. »Er sollte ihr vollkommener schwuler BFF sein, aber das funktionierte nicht, und dann hat er ihr den Laufpass gegeben, bevor sie ihm den Laufpass geben konnte. Sie schien ihm danach nicht böse zu sein, aber sie waren nie mehr eng miteinander.«

»Weil sie sich schon gerächt hatte«, sagt Mike. »Was für ein Psycho.« Er gibt mir das Blatt zurück. »Was glaubst du, wer hat das geschickt? Einer unserer mysteriösen Unbekannten? Der Pornoperversling? Oder der Typ, der El beim Ball Angst eingejagt hat?« Er schnipst mit den Fingern. »Vielleicht keiner davon! Vielleicht war es der Stalker im Garten.«

Ich runzle die Stirn. »Wer?«

»Gestern dachte ich doch, ich hätte jemanden im Garten des Krematoriums gesehen, der uns beobachtet hat«, sagt Mike. »Vielleicht hat derjenige uns belauscht, als wir über unseren Verdacht geredet haben. Er will helfen, es aber aus irgendeinem Grund nicht direkt tun.«

»Okay …« Ich zögere. »Aber wie ist der an Els Notizbuch gekommen?«

»Als ihr den Unfall hattet, ist eine Menge Zeug aus dem Auto geflogen, richtig? Vielleicht ja auch Els Notizbuch? Vielleicht wurde es richtig weit von der Unfallstelle weggeschleudert. Unser Unbekannter spaziert dort draußen um den See, findet es und beschließt, es zu behalten, und dann bekommt er unsere Unterhaltung auf der Beerdigung mit.«

»Ich weiß nicht.« Ich presse meine Knie gegen die Hände. »Sind das nicht zu viele Zufälle? Aus welchem Grund hätte er das Notizbuch behalten sollen? Und warum *will* er uns überhaupt helfen?«

»Was weiß denn ich«, sagt Mike. »Aber wer immer das ist, er hat uns einen ersten Hinweis gegeben, richtig?«

Ich nicke. »Glaubst du, Gemma könnte die Person gewesen sein, die mich gerettet hat?«

»Oder die Person, die El Angst gemacht hat. Als Pornoperversling kann ich sie mir nicht vorstellen. Aber jetzt wissen wir, dass zumindest eine Person sauer auf Ellis war. Die Frage ist, was fangen wir damit an?«

»Wir fragen sie«, sage ich. »Konfrontieren sie damit.«

»In Ordnung, aber ...«

»Aber was?«

Mike schaut wieder auf die Zeichnung. »Bist du dir sicher, dass du das wirklich machen willst, Dylan? Ich weiß, dass du dir für El Gerechtigkeit wünschst, aber ich mache mir Sorgen. Ich frage mich, ob es dir wirklich besser gehen wird, wenn du deine Antworten bekommst.« Er fängt meinen Blick auf und schaut dann weg. »Also gut, ich denke, es gibt etwas, das du sehen solltest.«

Er steht auf und läuft zum Haus. Becks kommt knurrend auf die Pfoten und zockelt ihm nach.

Wir gehen durch die Terassentür und ziehen unsere Schuhe aus: Mumzillas Nestregel Nummer 14. In der Küche blättert Mike durch einen Stapel Briefe auf dem Frühstückstisch, während ich gegen Erinnerungen ankämpfe, die mich zu überfluten drohen: Du, El, an genau jenem Tisch, als du aufspringst, weil Carol und Big Mike mit Einkäufen beladen ins Zimmer wuseln. Zu der Zeit haben wir uns schon etwas mehr als drei Monate heimlich getroffen und ich wollte unbedingt, dass meine Ersatzfamilie dich mag. Worüber ich mir natürlich keine Sorgen hätte machen müssen.

Mike wirft mir einen besorgten Blick zu und reicht mir eine Karte aus festem Papier. Sie ist wie die Einladung zu einem Trauergottesdienst gestaltet.

> Di, 28. April bei Gemma
> LEICHENSCHMAUS
> Legt eure Perlen an und lasst uns in Erinnerung
> an unseren Freund Ellis feiern

»Ich nehme an, du hast keine bekommen? Alter, tut mir total leid, das ist wirklich krank.«

Ich schüttle den Kopf. »Das ist genau das, was wir brauchen. Wir werden gehen.«

Mike hantiert in der Küche herum und brutzelt eins meiner Junkfood-Lieblingsfrühstücke: einen doppelten Bacon-Cheeseburger. Ich weiß, El, meine Arterien, aber ich brauche das jetzt und mein Herz ist sowieso schon kaputt. Meine Bilanz an Highschool-Partys fällt recht mager aus, was nicht nur an meinem Problem mit Menschenansammlungen liegt, sondern, seien wir doch einmal ehrlich, weil ich vor deiner Ankunft in Ferrivale nicht besonders beliebt war. Normalerweise wurde ich zu solchen Feten (*Feten?* Ich höre dich lachen) eingeladen, weil Mike bei den Gastgebern ein gutes

Wort für mich eingelegt hatte. Aber diese Leichenschmausgeschichte verblüfft mich doch. Auch wenn Gemma und ich nie befreundet waren, hätte ich vermutet, dass sie mich – den trauernden Freund – als Hauptattraktion dabeihaben wollte.

Mein Burger landet fettig glänzend vor mir. Ich beiße rein.

»Ist es in Ordnung, wenn ich bis zur Party bei dir abhänge?«, frage ich zwischen zwei Bissen.

Mike lässt sich neben mich auf den Stuhl fallen. »Was ist passiert?«

»McKee-Zeug.«

Er nickt, schließlich kennt er meine Familie fast genauso lange wie ich.

Daher verbringen wir einen altmodischen Mike-und-Dylan-Tag miteinander. Wir bekämpfen die Untoten, kommen Mumzilla in die Quere, essen mehrere Familienpackungen Chips und führen viele Unterhaltungen, die mit »Weißt du noch, als ...« beginnen. Und plötzlich wird mir klar, wie sehr ich das vermisst habe. Nur wir zwei und vertrödelte Stunden.

Unser Mike-und-Dylan-Tag beruhigt mich, obwohl es nicht wie früher ist. Gegen vier Uhr wird Mike müde und muss sich kurz hinlegen. Ich beobachte, wie er nach oben torkelt, ihm sackt das Kinn auf die Brust, und während er sich ans Treppengeländer klammert, treten seine Knöchel weiß hervor. Er stolpert ein wenig und ich springe nach vorn, aber er winkt ab. Als er außer Sichtweite ist, spüre ich, wie sich ein Arm um meine Taille legt und ich drehe meinen Kopf in Carols Armbeuge. So bleiben wir lange Zeit stehen.

»Sicher, dass dir das nicht zu viel wird?«
»Dylan?«
»Ja?«
»Ich werde dich so was von alt aussehen lassen.«
Mike zieht den Reißverschluss seiner Jacke zu und wir gehen zur Tür. Wir stehen fast schon auf der Straße, als Big Mike uns zurückruft und seinem Sohn eine Baseballcap zuwirft.
»Aber Dad, ich wollte heute Abend meinen Auftritt als großer, glatzköpfiger Bösewicht hinlegen. Die Mädchen sind in dieser Saison ganz verrückt nach Chemo-Köpfen.«
Big Mike zwingt sich zu einem wackeligen Lächeln. »Setz sie auf dem Hin- und Rückweg auf. Wenn du erst mal drin bist, kannst du mit deiner weißen Billardkugel für so viel Aufruhr sorgen, wie du willst. Oh! Und, Dylan, falls er müde wird und ihr abgeholt werden wollt ...«
Ich winke mit meinem Handy. »Dann rufe ich dich umgehend an, Big M.«
Big Mike salutiert.
»Mein Vater ist so ein Dödel«, seufzt Mike.
»Dein Dad ist super und das weißt du auch.«
»Gott, du hast recht«, stöhnt er. »Und das macht mich irgendwie fertig.«
Von Mike zu Gemma ist es nicht weit. Kinder drehen auf ihren Fahrrädern gemächlich Kreise und die untergehende Sonne blitzt auf den silbernen Speichen. Leute in Designerpullovern mähen ihre Rasen und lassen den Schnitt für die Gärtner liegen.
Während wir laufen, werde ich wieder daran erinnert, dass dieser Teil der Stadt eine vollkommen andere Welt ist als deine alte Siedlung, El. Du hast einmal gesagt, dass es sich »dort drüben« anfühlt wie in einer Kulisse für einen Hollywood-

Film, alles nur Papphäuser und aufgesetzte Schauspielerlächeln und Aussagen nach Drehbuch.

»Übrigens«, sagt Mike, »ich hab ein wenig recherchiert.«

»Okay, Sherlock, erzähl.«

»Alistair Pardue? Erinnerst du dich noch an ihn?«

Das tue ich, El. Ich weiß noch, wie er fett auf seinem homophoben Hintern gelandet ist, nachdem du ihm eine verpasst hast.

»Also, er war ja nicht unbedingt ein Fan von Ellis, oder? Und kam als Hauptverdächtiger für mindestens einen unserer Unbekannten infrage. Bedauerlicherweise war er am Abend des Unfalls mit seiner Familie in Schottland zelten.

»Gott, seine arme Familie.«

»Und dann noch Folgendes«, fährt Mike fort, »wenn wir überlegen, ob Gemma die Person war, die dich gerettet hat, also, ich möchte jetzt nicht sexistisch klingen, aber hätte sie dich wirklich aus dem sinkenden Auto ziehen können?«

»Das ist aber *schon* sexistisch«, sage ich, »und vergiss nicht, dass Gemma Volleyballkapitänin ist, Schwimmteamkapitänin und die Einpeitscherin des neuen Chearleadingteams.«

»Erinner mich nicht daran!« Mike streckt seine Arme aus und wackelt mit imaginären Puscheln.

»Außerdem war sie vielleicht nicht allein«, sage ich. »Sie ist jetzt mit Paul Donovan zusammen, oder? So ein bärenstarker Rugby-Stecher wie er könnte doch bestimmt etwas Schweres heben. Zudem hat Donovan ein Auto. Wenn Gemma an diesem Abend El also aus irgendwelchen Gründen zur Rede stellen wollte, hätten sie uns ganz leicht vom Ball aus folgen können.«

»Alter.« Mike runzelt die Stirn. »Darfst du überhaupt ›Rugby-Stecher‹ sagen?«

Mir bleibt eine Antwort erspart, weil mein Handy piepst.

Eine neue Nachricht von Mum. Die achte seit heute Morgen. Ich lösche sie zusammen mit den vorherigen.

Als ich aufschaue, haben wir einen Straßenknotenpunkt erreicht und jeder Weg scheint in Gemmas Straße zu münden. Auf der Einladung stand kein Dresscode, aber praktisch alle, die dort entlangströmen, sind schwarz gekleidet. Die Stimmung spiegelt allerdings nicht ganz die Trauerkleidung wider. Die Leute kommen mit an Fingern baumelnden Sixpacks in losen Gruppen und lassen halb leer getrunkene Flaschen kreisen, alle grinsen und tratschen. Mike fängt meinen Blick auf.

»Sicher, dass du dir sicher bist?«

Ich nicke und wir schließen uns dem Gewusel an.

13

Ich habe keine Ahnung, womit Gemmas Eltern ihr Geld verdienen, aber ich würde darauf tippen, dass ihnen entweder eine Fluglinie gehört oder sie ein Drogenkartell leiten. Gerade als die Sonne untergeht, erreichen wir die Auffahrt und das schlanke, moderne Haus vor uns, das nur aus Stahl und Glas zu bestehen scheint, glüht wie ein Stück Holz. Trancebeats pulsieren durch die offene Tür und durch die Fenster blitzt im Takt extrem helles Licht.

Ich will nicht nach drinnen. Das Ganze fühlt sich nach dem an, was es ist – ein ausschlachtender Egotrip, eine Ausrede für Gemma, mit der sie sich in die Geschichte deines Todes hineindrängt – und mir wird ganz schlecht davon. Außerdem sind bereits eine Menge Leute da: unser Jahrgang, jüngere Schüler und sogar ein paar von den coolen Älteren. Im Eingangsbereich wogen die Massen, und die Vorstellung, dass ich mich da durchquetschen muss ...

Kann ich noch umkehren, El? Lässt du mich?

»Dylan«, murmelt Mike.

»Mir geht's gut.«

Von dem, was ich erkennen kann, ist der Eingangsbereich ganz aus Marmor. Um mich herum nicken Köpfe im Takt zur Musik, die aus einem der angrenzenden Räume zu kommen scheint. Es sieht alles recht minimalistisch aus, fast kein

Dekokram oder Bilder, außer, das ganze Zeug wurde für die Party weggepackt. Gemmas Eltern wurden schätzungsweise auch weggepackt.

Ein paar Gäste kommen rüber und begrüßen mich. Manche von ihnen drücken mich sogar und sagen, wie leid es ihnen tue und was für ein erstaunliches Paar wir gewesen seien, obwohl sich ihr Wissen über uns als Paar auf einen einzigen Tanz in der Nacht beschränkt, in der du gestorben bist. Prisha Banjeree bricht sogar in Tränen aus, und schließlich bin ich es, der sie trösten muss. Das alles ist in Ordnung, es ist sogar nett, aber in der Luft liegt auch noch eine andere Stimmung – eine Art lauernde, untergründige Feindseligkeit.

Mike lotst uns aus der Diele in die Küche. Die Argyles haben einen AGA-Herd in der Größe eines kleinen Familienautos und eine riesige Frühstückstheke aus Echtholz mit einer Spüle, in der man ohne Weiteres die Schlacht von Trafalgar in Miniaturgröße nachspielen könnte, und zwar mit allen vierundsiebzig Schiffen. Die Musik verfolgt uns auch in dieses Zimmer, und da wird mir klar, dass das ganze Haus mit den Beats beschallt wird.

Und dort, in der überdimensionierten Küche, merke ich auf einmal, dass du mich anstarrst, El.

Mike packt meinen Arm. »Alter.«

»Alles in Ordnung«, sage ich und laufe langsam zu dir. »Es geht mit gut.«

Ein großes, freistehendes Plakat von dir dominiert den Raum. Es ist schwarz-weiß und eindeutig eine Vergrößerung deines Porträts aus dem Jahrbuch. Bevor ich dich erreiche, stolpert dieses mir unbekannte Pärchen zu dir. Sie stellen sich zu beiden Seiten neben das Plakat und grinsen, als befänden sie sich auf dem Jahrmarkt in einem Spiegelkabinett. Sie schauen sich in die Augen und ein Kumpel von ihnen schießt ein Foto. Ich stehe einfach da. Dann tritt eine weitere Gruppe vor, um den Abend mit einem Erinnerungsfoto festzuhalten, doch plötzlich taucht Ollie Reynolds auf und schreit und schiebt sie zur Seite. Ollie ist gut gebaut, daher gibt es keine Diskussionen.

»Dylan, tut mir leid, dass du das mitansehen musstest.« Er kommt rüber und legt mir eine Hand auf die Schulter. »Das kotzt mich so dermaßen an. Ich habe keine Ahnung, was sich diese durchgeknallte Kuh dabei gedacht hat. Hey, Mike.« Er nickt seinem Mannschaftskollegen zu. »Vielleicht sollten wir einfach von hier abhauen. Meinem Cousin gehört eine Bar in der Stadt und er kann uns das Bier billiger besorgen, also wenn ihr Lust habt?«

Ich frage mich irgendwie, warum er überhaupt aufgetaucht ist, wenn er das alles so sehr ablehnt, vor allem mit der ganzen Er-ist-Gemmas-Ex-Thematik. Ich hatte immer ein gutes Verhältnis zu Ollie, hauptsächlich weil er Mikes Fußballkumpel ist. Ansonsten haben wir nicht viel gemeinsam, und ich kann mich nicht daran erinnern, jemals eine tiefgründigere Unterhaltung mit ihm geführt zu haben.

»Vielleicht später«, sagt Mike. »Dylan und ich müssen erst noch etwas erledigen.«

»Oh. In Ordnung. Aber hört mal ...«

Ollie führt mich wie einen Greis zur Frühstückstheke, wo die Getränke aufgebaut sind. Ich bin noch immer ein wenig verblüfft und ich spüre, wie du, El, hinter mir auf diese Jahrbuchweise grinst – weder zu förmlich noch zu frech. Ollie schenkt uns allen geschäftig ein Glas Eierlikör ein. Er befiehlt uns, es runterzukippen, und ich würge. Es schmeckt nach Senf.

»Also.« Er schüttet nach und stößt sein Glas gegen meines. »Ich wollte dir bloß sagen, wie cool Ellis war. Er war, ich weiß auch nicht, der Coolste, findest du nicht auch, Mike?« Er klopft einem verwundert dreinblickenden, nickenden Mike auf den Rücken. »So einen Linksaußen habe ich noch nie gesehen. Und seine verdammten Perlen! Der Typ war ein Tier. Und du hattest so ein Glück, Dylan, weißt du das? Mir ist es scheißegal, ob jemand schwul oder hetero oder bi oder sonst was ist, echte Liebe erkenne ich. Nicht so eine abgezogene Nummer.« Er beugt sich zu mir und atmet mir seine Fahne ins Ohr. Das ist eindeutig nicht sein erster Alkohol heute Abend. »Ich spreche von echter, herzzerreißender Liebe. Die hattest du, Kumpel. Unglaublich. Unglaublich.«

Während er weiterredet, wandert mein Blick zu der offenen Küchentür. Gemma steht in der Diele. Sie trägt dieses schöne schwarze Kleid, das an der Hüfte leicht eingerissen ist, als hätte sie in einer postapokalyptischen Einöde getrauert. Sie wedelt mit ihren Händen vorm Gesicht, aber ich kann keine Tränen entdecken. Um sie herum haben sich die Komiteemädchen versammelt, reichen ihr Taschentücher und trösten sie, ohne sie dabei zu berühren. Sie schwankt leicht in ihren hockhackigen Schuhen, also hat sie sich entweder wirklich die Kante gegeben oder sie spielt die trauernde Betrunkene. Ich denke, sie hat mich längst gesehen, aber plötzlich schießt ihr Kopf in meine Richtung und sie macht eine ziemliche Show daraus, mich von oben bis unten zu mustern.

»Hatte ich nicht ›nur auf Einladung‹ gesagt?« Sie schnieft und stolziert mit ihren Gefolgsleuten im Schlepptau davon.

Ich gehe zur Küchentür und Mike kommt mir nach. Ollie ist noch voll im Redefluss und schwärmt davon, wie lange El den Ball oben halten konnte. Als er uns durch die Diele in das gewaltige Wohnzimmer folgt, gerät er buchstäblich und verbal ins Stolpern.

Der Raum sieht aus wie ein von Versace gestaltetes Mausoleum. Alle Flächen sind mit schwarzen und weißen Spitzen und Schleifen und Kreppbändern dekoriert, außerdem sind überall Abzüge des vergrößerten Jahrbuchbilds verteilt. Sie versucht, dich zu vereinnahmen, El. Dich so zu gestalten, wie sie dich die ganze Zeit haben wollte. Du hast diese Art von monotoner, rein instrumentaler, nichtssagender Musik gehasst. Du hast die Vorstellung gehasst, dass dich ein einziges Bild je erfassen oder definieren könnte. Du hast sogar die Farben Schwarz und Weiß gehasst und mir einmal erklärt, dass sich bei deinen Bleistiftzeichnungen alles um Schattierungen dreht. Je nachdem, welchen Druck du mit deinem Bleistift ausgeübt hast, wie du ihn gehalten oder wie schnell du ihn geführt hast, ergaben sich unendliche Variationen von Grautönen, die jeweils eine andere Farbe suggerierten.

»Das ist falsch«, erkläre ich. »Alles falsch.«

Vielleicht habe ich das lauter gesagt als beabsichtigt. Vielleicht wurde ihnen aufgetragen, sich anzuschleichen und uns zu belauschen.

»Du hast hier nichts zu bestimmen«, schnurrt Katie Linton mir praktisch ins Ohr. Sie umkreist uns und stellt sich vor mich, ihre Komiteeschwester Suzie Ford schiebt sich daneben. »Du warst noch nicht einmal eingeladen.«

»Er ist mit mir gekommen«, sagt Mike.

Die Mädels werfen ihm diesen langen, mitfühlenden Blick zu. »Oh, du kannst bleiben, Mike. Hier geht es nicht um dich.«

»Worum verdammt noch mal geht es dann?«, sagt Ollie wütend.

»Würdest du den beiden bitte ein Taxi rufen, Mike?«, fleht Suzie. »Sie sind hier nicht erwünscht. Gemma hat sich große Mühe gegeben, um heute Abend Ellis' Leben zu feiern. Sie hat Ellis geliebt.«

»Nein«, sage ich leise, »ich habe Ellis geliebt. Von euch hat ihn doch überhaupt keiner gekannt.«

Katie lacht. Ich glaube nicht, dass ich so etwas schon einmal gehört habe. Es ist ganz spitz und scharf und ätzend.

»*Du* willst ihn geliebt haben? Warum hast du ihn dann im Auto zurückgelassen? Da hättest du ihn genauso gut umbringen können. Hey ...« – sie breitet ihre Arme aus und dreht sich im Kreis – »... vielleicht hast du das ja! Wer weiß? Es war schließlich niemand dabei. Vielleicht ist er ja ohnmächtig geworden und du hast ihn unter Wasser gedrückt.«

»Und warum zum Teufel hätte Dylan das tun sollen?«, faucht Ollie. »Er war Els Freund.«

»Niemand weiß, was hinter verschlossenen Türen geschieht«, sagt Suzie plötzlich beschwichtigend. Sie legt eine Hand auf Ollies Brust und er weicht zurück. »Nach dem Ball kann alles Mögliche passiert sein. Vergiss nicht, dass an dem Morgen das Video veröffentlicht wurde. Was, wenn Ellis es selbst gepostet hat. Was, wenn er das Dylan im Auto gebeichtet hat und Dylan ausgeflippt ist?«

Inzwischen haben wir Zuschauer. Jede Verleumdung der Mädchen erzeugt eine Reaktion. Manche grummeln unzufrieden, andere pfeifen, als wären sie bei einem Cage Fight. Ich würde sagen, dass die Parteien ausgeglichen sind. Eine kleine Gruppe hat Blut geleckt und wirft mir Anschuldigungen an den Kopf:

»Ja, McKee, was ist wirklich passiert?«

»Hast du es getan?«

Hast du hast du hast du hast du hast du hast du hast du?

Und über all das hinweg sehe ich Gemma lächelnd im Türrahmen stehen.

Plötzlich schaltet sie sich ein. »Hört auf! Hört einfach alle auf! Dylan?« Sie streckt mir eine Hand entgegen. »Können wir reden?«

Das muss sie mich nicht zweimal fragen.

Mike und Ollie fungieren als meine Leibwächter und machen den Weg frei, damit ich Gemma aus dem Wohnzimmer in einen Raum auf der anderen Seite der Diele folgen kann. Ich nicke den beiden zu und sie positionieren sich wie zwei Mafiaschläger am Eingang.

Gemma schließt hinter uns die Tür und die Musik wird zu einem dumpfen Pochen. Im Gegensatz zum Rest des Hauses ist dieses Zimmer mit Gemälden, Dekokram und allen möglichen Antiquitäten vollgestopft. Von den Wänden grinsen höhnisch ein paar Argyle-Ahnen in rustikaler Tweedkleidung herab, zumindest vermute ich, dass sie das sind. Ordentliche Gemälde, El, aber nichts im Vergleich zu deinen. Das Partygirl setzt sich hinter einen langen Mahagonischreibtisch und legt ihre Valentino-Stöckelschuhe darauf.

»Was soll das alles, Gemma?«, frage ich.

Sie zuckt mit den Schultern und betrachtet ihre Fingernägel. »Darf ich meinen Freund nicht gebührend verabschieden?«

Ich hocke mich auf die Lehne des weichen Ledersofas. »Er war nicht dein Freund. Schon seit Monaten nicht mehr. Er wusste, was du getan hast.«

Sie blinzelt und zum allerersten Mal entdecke ich eine Spur von Unsicherheit an ihr. »Ich? Ich habe gar nichts getan. Du hast sie da draußen doch alle gehört, Dylan. Wenn sich hier jemand Fragen stellen muss, bist du das, nicht ich.«

»Du hast das Ganze inszeniert«, sage ich ihr. »Und Suzie und Katie den Text in den Mund gelegt. So schlagfertig sind die ganz sicher nicht.«

Beweis es, scheint ihr Schulterzucken zu sagen. Dann zieht sie eine Schnute und wechselt das Thema. »Ich habe eine Frage an dich, Dylan, falls du Manns genug bist, sie zu beantworten. Wer warst du, bevor Ellis aufgetaucht ist? Ganz ehrlich? Ein Nichts, ein Niemand. Nur irgendein kleiner Freak, der manchmal mit Mike Berrington und seinen Fußballkumpels abhing. Ich hab dich kaum wahrgenommen.«

Ich nicke. »Das stimmt. Du hast recht. Das war ich.«

»Ein Niemand, der von niemandem beachtet wurde. Ein unscheinbarer kleiner schwuler Junge, der zu viel Angst hatte, um zu sagen, wer er wirklich war. Ich glaube, bevor El dich ausgesucht und zu seinem Lieblingsprojekt gemacht hat, kannte ich nicht mal deinen Namen. Denn mehr warst du nicht für ihn, Dylan. Das ist alles, was du *jemals* warst.«

Es ist seltsam, ich müsste sauer sein. Falsch, ich müsste stinkwütend sein. Aber das bin ich nicht, denn ich weiß, dass nichts davon stimmt und sie nach etwas greift, das sie braucht, aber nie besitzen wird. Sie greift nach dir.

»Und jetzt bist du wieder ein Niemand«, fährt sie fort. »Oh, wahrscheinlich kannst du auch weiter mit Mike und Ollie abhängen, wenn du das willst, aber Ellis ist tot, und er war der Einzige, der dir irgendeine Bedeutung gegeben hat.«

Ich nicke wieder. »Du hast absolut recht, Gemma. Er hat mir eine Bedeutung gegeben ... Und ich ihm auch.«

Sie schaut mich an und lacht. »*Du?*«

Ich stehe auf und gehe zum Schreibtisch. Sie weicht zurück, als wollte ich sie schlagen. Ich frage mich, ob sie schon einmal geschlagen wurde. Nicht von Ollie, da bin ich mir ziemlich sicher, aber von Paul Donovan? Zutrauen würde ich es ihm. Ich nehme meinen Geldbeutel, falte das Blatt mit der Zeichnung von ihr auf und lege es vor sie. Sie fängt an zu lachen, hört dann jedoch auf. Als sie zu mir schaut, ist ein Teil ihres Sarkasmus verschwunden.

»Was ist das?«

»Er wusste Bescheid, Gemma. Von dem Tag an, als er dich im Buchladen stehen gelassen hat, an dem er dich für mich fallen gelassen hat, wusste er, was du getan hast. Er hat dich zurückgewiesen, weil du wolltest, dass er etwas ist, was er nicht sein konnte. Du wolltest diesen wahr gewordenen Traum von einem schwulen besten Freund. Er sollte dein neuestes Accessoire werden, so wie deine Handtasche oder dein Hund, aber El war größer und vielschichtiger und zu fantastisch, um für irgendjemanden als Stereotyp herzuhalten. Und dafür hast du ihn gehasst.«

Ich laufe um den Schreibtisch und gehe vor ihr in die Hocke. Sie hat sich in ihrem Drehstuhl von mir abgewandt und sitzt mit hochgezogenen Schultern da.

»Warst du am See, Gemma? Hast du ihm beim Sterben zugesehen?«

Sie sieht zu mir und ihr Mund verzieht sich zu einem leichten Lächeln.

»Du hast recht, an diesem Tag habe ich ihn gehasst. Ich habe ihm diese erstaunliche Gelegenheit geboten und er hat sie mir ins Gesicht geschleudert, nur um dir nachzuscharwenzeln. Weißt du, wie viele Schüler *töten* würden, um mit mir befreundet zu sein? Aber er hat so getan, als wäre mein Angebot schäbig. Nichts.« Die Leiterin der LGBTQ-Schutzraum-Gruppe lächelt mich an. »Die hübsche Tunte hat mich gedemütigt. Daher, ja, ich habe sein beschissenes kleines Auto demoliert. Aber wenn du wissen willst, ob ich euch in dieser Nacht zum See gefolgt bin. Ob ich einfach dort stand und Ellis beim Ertrinken zugesehen habe?«

Sie lehnt sich in ihrem Stuhl zurück und schüttelt den Kopf. Obwohl sie nicht geweint hat, läuft ihr die Wimperntusche übers Gesicht.

»Nein, Dylan, das habe ich nicht. Egal, was du von mir hältst, so abartig bin ich nicht.« Sie fährt sich mit den Fingern durch die Haare und kratzt sich den Kopf. »Weißt du, was ich wirklich glaube? Ich glaube, dass Menschen wie Ellis immer angreifbar sein werden, einfach deshalb, weil sie nicht die dummen Spiele mitspielen, die alle anderen spielen – damit man dazugehört, beliebt ist und sich begehrt fühlt. Sie sind zu mutig dafür. Zu verdammt mutig, um auch nur ein klein bisschen weniger zu sein, als sie wirklich sind. Ich bin mir nicht sicher, ob dir das hilft, aber das ist alles, was ich weiß.«

Sie greift nach der Zeichnung, dreht sie um und sieht auf der Rückseite das Bild von mir, und einen schrecklichen Moment lang fürchte ich, dass sie es in Stücke reißen wird. Aber sie faltet es vorsichtig zusammen und gibt es mir zurück.

»Er war zu sehr Ellis Bell. Und jetzt verpiss dich aus meinem Haus.«

⁓ ⁓ ⁓

Wir verabschieden uns von Ollie und gehen zurück zu Mike.

»Was war denn mit dem heute Abend los?«, wundere ich mich.

Mike zuckt mit den Schultern. »Keine Ahnung. Aber nett von ihm, dich so zu verteidigen.«

»Wahrscheinlich.«

»Denkst du, sie sagt die Wahrheit? Dass sie nichts damit zu tun hatte?«

Ich lasse die Frage einen Moment lang unbeantwortet und gehe unsere Begegnung in Gedanken durch. »Ja«, sage ich schließlich. »Ich würde ihr zwar nicht einmal eine Wüstenrennmaus zur Pflege anvertrauen. Aber ich glaube trotzdem, dass sie den Osterball dir zu Ehren wirklich organisiert hat, weil sie dachte, dass es eine gute Sache wäre, das zu tun. Versteh mich nicht falsch, das soziale Prestige hat für sie natürlich auch eine Rolle gespielt. Aber ich glaube nicht, dass sie böse genug ist, um jemanden sterben zu lassen. Weißt du, was das bedeutet?«

Mike setzt sich seine Baseballcap auf und verzieht das Gesicht. »Dass derjenige, der das Notizbuch hat, nicht wirklich weiß, wer dich gerettet hat.«

»Richtig. Aber *irgendetwas* weiß die Person.«

An Mikes Haus trennen sich unsere Wege. Ich habe meine Pflicht getan – so wie ich es Mumzilla heimlich versprochen habe – und ihn nach Hause begleitet. Als er die Eingangsstufen hochgeht und mir zuwinkt, bekomme ich einen Kloß im Hals, der nicht wieder verschwindet.

Der Tod hat dich geholt, El, und Mikes ganze Auffahrt entlang hatte ich den Eindruck, als würdest du neben ihm hergehen und deine Hand dicht neben seiner baumeln lassen.

DAMALS:
Sonntag, 8. Dezember

Die Wohnung

Als ich aus dem Wald trete und den Hunters Lake umrunde, streicht eine kühle Brise über mein Gesicht. Diesen Ort habe ich schon immer geliebt. Als Kinder haben Mike und ich dort draußen im Wald oft mit Mumzilla und Big Mike gezeltet. Geborgen in unserem Zweimanntipi warteten wir, bis wir vom Nachbarzelt das Schnarchen seiner Eltern hörten, setzten uns dann in unseren Schlafsäcken auf, schalteten unsere Taschenlampen an und jagten uns mit der Geschichte über den Seegeist gegenseitig eine Heidenangst ein. Es wird erzählt, dass dort einmal ein Mädchen ertrunken ist, aber an einem Tag wie diesem, an dem die Wintersonne das Wasser gefrieren lässt, mag man gar nicht glauben, dass hier jemals etwas Schlimmes passieren könnte.

Na schön, zugegeben, meine gute Laune liegt nicht nur an dem See und dem intensiven Tannenduft nach Weihnachten. Ich habe beschlossen, dass es heute so weit ist. Ich werde es ihm sagen. El hat keine Ahnung, dass dieser Tag in mehrerlei Hinsicht besonders ist – warum sollte er auch? –, aber als ich heute Morgen seine Nachricht bekam, war das das beste Geburtstagsgeschenk, das ich je bekommen habe.

Sprosse, ich bin's, Ellis Maximillian Bell, und ich kann endlich meine Schulden bezahlen. Besteht die Möglichkeit, dass du zu mir kommst? Wohnung 123 (ich weiß, albern) Mount Pleasant, die Siedlung, bla bla bla. Ich setze schon mal den Teekessel auf ... JETZT! xxx PS: Bring Maoam mit.

Natürlich ist das nicht unbedingt Shakespeares 18. Sonett, aber mir reicht das. Meine Eltern fahren mit Chris das Wochenende über nach London: Die Spurs spielen und er braucht ein paar neue Klamotten, sagt Mum. Sie haben versucht, mich miteinzubeziehen, schließlich ist mein Geburtstag und alles. (Mum: »Vielleicht könnten wir einen Abstecher ins *Imperial War Museum* machen.« Chris: »*Schon wieder?!*«) Aber ich hatte bereits beschlossen, dass fünf Wochen nach dem Lagerfeuer und zwei nach der Bibliothek lange genug waren. Ich kann mich nicht ewig vor ihm zurückziehen.

Denn das habe ich getan. Ich weiß, es klingt verrückt. Gibt es noch eindeutigere Signale als den Moment auf dem Boden in der Bücherei, als er mit dem Finger meine Unterlippe nachgezeichnet hat? Außerdem habe ich die letzten Wochen über eine ganze Menge von El gesehen. Während ich im Geschichtsunterricht früher die Lebensgeschichten der lange Verstorbenen in mich aufgesaugt habe, kann ich mir jetzt kaum ein Datum merken. Stattdessen verbringe ich die Stunden damit, auf diese langen schwarzen Wimpern zu starren und das Muskelspiel seiner Unterarme mit den Farbspritzern und tollen Tattoos zu beobachten. Im Grunde wird mein ständiges Beobachten langsam peinlich, aber El ist wie ein Polarlicht oder der Grand Canyon, da *muss* man einfach hinschauen. Das beschränkt sich aber nicht nur auf Geschichte. Der süße Mr Denman, nach dem ich auf jeden Fall lechzen würde, wenn El mich nicht vollkommen gefangen nähme, hat mich in den Pausen schon mehr als einmal dabei erwischt, wie ich im Kunsttrakt herumschlendere und mir die Skulpturen und Gemälde eines ganz bestimmten Schülers anschaue.

Doch das ist noch nicht alles. Mike hat mich noch nie als so großen Unterstützer seiner Fußballmannschaft erlebt. Egal ob es regnet oder die Sonne scheint, inzwischen findet man mich immer an der Seitenlinie, wo ich die Ferrivale Falcons anfeuere. Wenn Mike noch immer keinen Verdacht schöpft, fürchte ich, dass seine angestrebte Karriere als Kriminalbeamter nicht besonders vielversprechend aussieht. Jedenfalls bekomme ich jedes Mal, wenn El ein Tor schießt, meinen persönlichen Torjubel. Er watschelt wie eine Ente zu mir rüber und tätschelt meinen Kopf. Die Jungs finden das zum Brüllen komisch, aber sie bekommen nicht mit, wie er mir dabei zublinzelt, während er ihnen den Rücken zudreht.

An den meisten Nachmittagen findet man uns in der Comicabteilung der Ferrivale Bibliothek. Wir gehören fast schon zum Inventar; Mrs Jackson bringt uns sogar heiße Schokolade. Meistens sitzen wir da und lesen, oder El liest und ich werfe ihm hinter meinem Comic hervor verstohlen Blicke zu. Wir reden über eine Menge dummes, unwichtiges Zeug: Lieblingsfilme, Fernsehshows, seine Kunst, meine Begeisterung für Geschichte und Comics, meine (laut ihm) ungesunde Ernährung. Wenn seine endlosen Neckereien (»*Warum sind deine Sommersprossen so sommersprossig, Sprosse? Hast du sie schon mal auf ihre rein orgastischen Merkmale testen lassen?*«) Gefahr laufen, auf das Gebiet der Sexualität vorzudringen (*Gebiet der Sexualität?* Herr im Himmel, Dylan!), trete ich meinen stümperhaften Rückzug an.

Aber nie wieder.

Nie. Wieder.

Vielleicht nie mehr?

Arrrgggs!!!! Was ist, wenn seine Neckereien *nichts weiter als Neckereien* sind? Dann würde ich einen ziemlichen Idioten aus mir machen …

Hör auf. *Carpe diem*, Dylan. Pack den Tag an den Eiern.

Vor Els Wohnkomplex komme ich knirschend zum Stehen und umklammere das Geschenk in meiner Parkatasche. Okay. Atme. Ich stürme den Plattenweg bis zum Hauseingang von Mount Pleasant entlang. Jemand hat versucht, den Ort aufzuhübschen, und in den Beeten zu beiden Seiten des Eingangs kleine gelbe, weiße und violette Blumen gepflanzt, die in Büscheln wachsen. Das sind Ellis' Lieblingsfarben, bestimmt ist das sein Werk, denke ich und lächle.

Ich klingle bei der Wohnung 123 und versuche, mein Lächeln abzulegen. Es ist schwierig, beim Grinsen zu sprechen. Da sieht man leicht wie ein Psychopath aus. Meine Kiefermuskeln tun mir sowieso schon langsam weh. Ich schaukle von einem Fuß auf den anderen und frage mich, ob El seinen Schuldschein zurückverlangt, wenn er mir das Geld wiedergibt. Ehrlich gesagt würde ich lieber ihn anstatt des Geldes behalten. Ich liebe meinen Schuldschein.

Die Sekunden dehnen sich und die alten, dummen Zweifel melden sich zurück. Ich hole mein Handy raus und lese noch einmal seine Nachricht. Ist dieser scherzhafte Ton echt? Vielleicht hat er sie zusammen mit Gemma geschrieben und sie beobachten mich gerade von dort oben aus einem Fenster und lachen über mich, wie ich dort am Eingang stehe. Mein hinterhältiges Gehirn erfindet einen Dialog für sie:

Oh, arma liebeskranka kleina Dylan. Bestimmt hat er dir ein wundasöööönes Geschenk gekauft.

Nicht Dylan. Mista Sprosse. Oh mein Gott, vielleicht glaubt er, dass ich ihn mag! Ich muss gleich kotzen!

Aber das ist Blödsinn. Obwohl er und Gemma keinen größeren Streit hatten, hat sich ihre Beziehung seit dem Tag in der Buchhandlung eindeutig abgekühlt. Wahrscheinlich gefiel es ihr nicht besonders, abserviert zu werden.

Für *mich*. Für MICH.

Die Sprechanlage summt und die Haustür knackt. Ich hole tief Luft und gehe rein. Der Übersichtsplan im Vorraum zeigt, dass Ellis' Wohnung im ersten Stock liegt. Ich bin zu ungeduldig, um auf den Aufzug zu warten, und nehme die Treppe, jeweils drei Stufen auf einmal. Plötzlich liegt Els Flur vor mir, und ich zwinge mich, langsamer zu gehen, denn falls er aus seiner Tür schaut und mich rennen sieht, wird er a) glauben, dass ich vollkommen verzweifelt bin (was stimmt), und b) mich *rennen* sehen, was laut Mikes zuverlässiger Einschätzung reinste Comedy ist.

Wohnung 123. Ich zähle meine Herzschläge und sie werden ruhiger. Ich klopfe an. Die Tür schwingt auf und ein kurzer Flur mit hübscher rosafarbener Tapete verbannt die düstere Atmosphäre des Hauskorridors.

»Hallo? Ich bin's, ähm, Dylan ... Ellis? Ist jemand ...?«

»Hier drinnen!«

Ich trete ein und streife meinen Mantel ab. Ich schaue mich nach einem Haken um und atme diesen schweren Jasminduft ein, als El erneut ruft.

»Wir sind im Bad. Bitte, Dylan, beeil dich!«

Ich lasse meinen Mantel fallen und öffne verschiedene Türen. Wohnzimmer, Besenschrank, Küche, Frauenschlafzimmer mit farbenfrohen Kleidern und schicken Businessblazern an einer Kleiderstange und einem Strohhut auf einer Schneiderpuppe. Badezimmer.

»Oh Gott.«

Ellis sitzt mit dem Rücken an die Toilette gelehnt auf dem Boden. Er wiegt eine mittelalte Frau in einem rosafarbenen

Frotteebademantel, der zu der Tapete im Flur passt. Sie scheint halb bewusstlos zu sein, ihre Augenlider flattern und ihr Mund haucht tonlos Worte. El umklammert mit seiner linken Hand ihre rechte und drückt sie tröstend. Seine andere Hand presst er gegen ihren Kopf, durch die Finger quillt helles Blut. Er schaut zu mir auf, und ich möchte einfach nur, dass es ihm besser geht.

In dem Moment summt die Klingel.

»Notarzt.« Er nickt Richtung Flur. »Kannst du sie reinlassen?«

Ich renne aus dem Bad; es interessiert mich nicht mehr, wer mir beim Rennen zusieht. Die Sprechanlage ist neben der Tür und ich drücke auf den Summer, dann gehe ich zurück ins Bad, wo Els Gesicht ein Bild des Schmerzes und Kummers ist.

»Meine Hand«, stöhnt er. »Krampf.«

Ich rutsche neben ihn. Jetzt fällt mir auf, wie sehr er zittert. Und ich kann auch die dünnen weißen Spuren sehen, die aus der Nase seiner Tante tröpfeln. »Nimm deine Hand weg«, sage ich zu ihm. Er wirkt verunsichert. »Auf drei«, sage ich und halte meine Handfläche über seine. »Ein. Zwei. Drei ...«

Unsere Hände tauschen die Plätze, und in der Millisekunde bevor ich meine auf die Wunde drücke, erhasche ich einen Blick auf die aufgerissene Haut, die dort wie eine dicke, eingerollte Zunge hängt. Meine Hand wird sofort warm und klebrig. El verändert ein klein wenig seine Position und seine Tante stöhnt. Sie sind beide blutverschmiert und das Linoleum unter meinen Knien ist ganz glitschig.

»Alles wird gut«, flüstert er ihr zu, seine Stimme ist heiser und gleichzeitig sanft. »Ich passe auf dich auf, Schatz.« Er vergräbt sein Gesicht in ihren Haaren, und als er mich dann anschaut, hat er feuchte Augen. »Danke, Dylan.«

»Sie kommt wieder in Ordnung.« Ich nicke. Es ist die Art von Dingen, die man sagen muss, und ich möchte, dass es stimmt.

Durch meine Finger pulsiert bereits langsam Blut, als sich zwei Sanitäter, ein Mann und eine Frau, den Weg ins Bad bahnen. Sie sind betont witzig – »Guten Tag, junge Frau, in welche Schwierigkeiten haben Sie sich denn gebracht?« –, während sie geschäftig ihre Ausrüstung auspacken. Die Frau schiebt sich an uns vorbei und leuchtet Ellis' Tante mit einer Stabtaschenlampe in die Augen, dann wirft sie ihrem Partner diesen telepathischen Blick zu und er reißt Kunststoffverpackungen auf.

»Das habt ihr großartig gemacht, Jungs.« Sie lächelt. »Aber jetzt übernehmen wir, in Ordnung?«

Sie stützt den Kopf ihrer Patientin, was El ermöglicht, unter ihr hervorzurutschen. Als er sich befreit hat, fällt mir auf, dass seine Jeans vollkommen sauber sind, sein George Ezra »It Don't Matter Now«-T-Shirt allerdings voller roter Flecken ist. Die Sanitäterin nickt mir zu und ich nehme meine Hand weg. Es fließt inzwischen kaum noch Blut, und sie nimmt sich Zeit, um die Wunde zu begutachten. Währenddessen schlängelt sich ihr Partner an uns vorbei und lächelt uns durch seinen Bart hindurch an.

»Macht uns ein wenig Platz, in Ordnung, Jungs? Sie ist in sicheren Händen.« Als El zur Tür geht, fragt der Sanitäter: »Weißt du, was sie genommen hat?«

»Koks. Dumme Kuh. Ich weiß aber nicht, wie viel.«

»Noch irgendetwas anderes?«

El schüttelt den Kopf.

Wir warten vor dem Bad und stehen uns mit an die Wand gedrückten Rücken gegenüber. Der Flur ist so schmal, dass ich nur meinen Arm auszustrecken bräuchte, um seine Hand zu streicheln, aber wäre das angemessen? Ich habe keine Ahnung. Also stehe ich einfach da und schaue auf meine Schuhe, und er steht da und schaut auf seine Socken. Rote Socken mit gelben Blitzen. Das ist das Markenzeichen von the Flash. Hat er die für mich angezogen? *Halt den Mund, dummes Hirn! Nicht der richtige Zeitpunkt.*

»Bradley Hinchcliffe«, murmelt er.

Ich schaue hoch. Diesen Namen kennt in Ferrivale jeder. Meine Mutter und mein Vater haben letztes Jahr ihren zwanzigsten Hochzeitstag im Hinchcliffes gefeiert. Mike und ich mussten so tun, als wären wir noch nie dort gewesen, und Mike hat es fast übertrieben. Er ist rumgelaufen und hat so getan, als wäre er von der schicken Nachtclubeinrichtung völlig begeistert, und flehte meinen Vater an, uns ein paar Bier zu kaufen, obwohl wir uns in Wirklichkeit schon ein halbes Dutzend Mal dort hineingeschlichen hatten. Ich trinke nicht besonders viel, aber bei unserem letzten Besuch hat sich ein äußerst flexibler Mike so die Kante gegeben, dass er doch tatsächlich in die Tasche seiner Tunnelzughose gekotzt hat. Ja, Mike besitzt Tunnelzughosen.

Ich will El gerade fragen, was er meint, als die Sanitäter seine Tante in so einer Art Minirollstuhl rausschieben. Ihr Kopf ist geflickt und ihr Blick ein wenig fokussierter. Sie ruft schwach und El packt ihre Hand.

»Kann ich mitkommen?«

Der bärtige Sanitäter nickt. »Aber nur einer von euch.«

»Dylan.« Er richtet seine Augen auf mich. »Könntest du mir einen Riesengefallen tun.«

»Natürlich.«

Er kramt in seiner Tasche und wirft mir seine Schlüssel zu. Ich fange sie mit einer Hand, was an ein Wunder grenzt.

»Bringst du mir ein paar Klamotten ins Krankenhaus? Tut

mir leid, aber könntest du ein Taxi oder so was nehmen? Ich gebe dir das Geld zurück.«

Die Sanitäter schieben weiter, aber es ist so eng, dass El die Hand seiner Tante loslassen muss. Bevor er ihnen nachgeht, überbrückt er die Lücke zwischen uns und drückt meine Hand um die Schlüssel. Sein Entsetzen ist ein wenig gewichen, und als er meine Hand zu seinen Lippen führt, zittere ich leicht.

»Danke schön, das werde ich dir nicht vergessen.«

Und dann ist er weg und ich bin allein in der Wohnung. Eine Uhr tickt, ein Radio läuft. Jemand im Stockwerk tiefer stellt die Waschmaschine an. Ich atme aus. Es gibt eine Tür, die ich nicht geöffnet habe. Mit den Schlüsseln noch immer fest in meiner Faust gehe ich den Flur hinunter. Ich habe fast den Eindruck, als sollte ich klopfen, vielleicht, ach, ich weiß auch nicht, irgendwie Respekt zeigen, weil ich gleich einen Teil von El kennenlerne, den er mir unter anderen Umständen vielleicht noch nicht gezeigt hätte. Ich drehe den Türgriff und trete ein.

Seinen Geruch nehme ich als Erstes wahr. Fast an jedem unserer Büchereinachmittage habe ich eine Ausrede gefunden, um mich zu ihm zu lehnen und ihm eine Textpassage oder eine Zeichnung in einem Buch zu zeigen, damit ich seinen Geruch aufsaugen konnte. Er ist schwer zu beschreiben: die Citrusnote seines Deodorants gemischt mit seiner eigenen, angeborenen Elliskeit. Ich taste an der Wand herum und finde den Lichtschalter. Eine einsame Glühbirne leuchtet auf.

Überall Zeichnungen und Bilder. Kein Stück Wand ist mehr frei. El hat sich einen Kokon aus Papier erschaffen und er ist perfekt. Neben seinem Duft rieche ich noch den Abrieb seiner Bleistifte und ein scharfes Stechen von Terpentin, mit dem er seine Pinsel reinigt. Das kleine Zimmer ist überwältigend. So viele schwindelerregende Farben und Bilder: Eine Jugendliche in einem roten Mantel, die an einem Ast schwingt und sich in einer Pfütze spiegelt; unsere Schule im Dämmerlicht mit einem schleichenden, monströsen Etwas an den Fenstern; ein kleines Mädchen in einer Gefängniszelle, ihre speckige Hand streckt sie durch die Gitterstäbe und auf der Handfläche liegt ein zerbrochenes, weißes Etwas.

Mein Blick wandert zu seinem ordentlich gemachten Bett. Am liebsten würde ich mich darauffallen lassen und in seine himmelblaue Decke einrollen, aber ich muss zum Krankenhaus. In der Ecke steht dieser praktische Einbauschrank, wo ich frische T-Shirts und einen Hoodie finde. Ich will mir gerade jeweils eins schnappen, als mir auffällt, dass mein schwarzes T-Shirt ebenfalls blutverschmiert ist. Wird ihm das recht sein? Leicht zitternd nehme ich noch ein kanariengelbes T-Shirt – denn El hat nichts Schwarzes – und wechsle schnell die Klamotten.

Ich drücke mir die Hand auf die Brust. Das Shirt haut mich fast um, es ist auffallend und ich liebe es. Wie hypnotisiert ziehe ich den Kragen hoch und atme seinen Geruch ein. Wie hypnotisiert küsse ich den Stoff. Ja, ich bin so pathetisch. Sorgsam lege ich die Ersatzkleider in Els Sporttasche und bin schon am Rausgehen, als ich am Kopfende seines Bettes noch eine Zeichnung entdecke.

Ich lasse die Tasche fallen. Durchquere wie ein Zombie das Zimmer. Lege meine Finger auf die gelbe Seite, die an die Wand geheftet ist. Das bin ich. Mein schlaksiges, unbeholfenes, trotteliges, sommersprossiges, verstrubbeltes Ich, und irgendwie hat er mich genau so getroffen wie ich bin, aber auch *schön gemacht*. Ich drücke mir die Faust gegen meinen Mund und atme langsam durch die zusammengeballten Finger. So sieht er mich also. Schön. Und dann bemerke ich, wo er mich hingehängt hat. Ich lächle nach unten, und mein Blick fällt auf denjenigen, der im Bett unterhalb der Zeichnung schläft.

Und dann denke ich nicht weiter nach.

Ich weiß es.

Ich weiß, dass ich ihn liebe.

HEUTE:
Mittwoch, 29. April

14

Als ich von Gemmas Party nach Hause komme, ist niemand mehr wach, daher kann ich unbemerkt in mein Bett kriechen. Kurz darauf schlafe ich bereits, und zum ersten Mal, seit ich dich verloren habe, El, träume ich nicht von dir.

Sobald ich am nächsten Morgen meine Augen aufschlage, schirme ich sie mit der Hand vor dem Sonnenlicht ab, das durchs Fenster flutet. Ich gähne, stehe taumelnd auf und stolpere durch den Flur in die Dusche. Auf meinen Rücken trommeln harte, warme Wassertropfen. Das fühlt sich gut an. Aber mein Bedürfnis danach, mich gut zu fühlen, hat dich umgebracht, daher drehe ich am Temperaturregler, bis ich mich fast verbrühe.

Als ich aus der Duschwanne steige, reibe ich eine ovale Fläche auf dem Badezimmerspiegel frei. Ich frage mich, was du sagen würdest, wenn du mich jetzt sehen könntest, El. Meine Haut ist fleckig und die Ringe unter meinen Augen sind so schlimm wie die von Mike nach seiner Chemo. Ich schlinge mir ein Handtuch um die Hüften und gehe zurück in mein Zimmer.

Es stinkt. Um mein Bett herum liegen halb aufgegessene Sandwiches und vor sich hin gammelnde Fruchtschnitzen wie Opfergaben für einen mumifizierten Pharao. Ich trockne mich ab und suche in meinen Schubladen nach einem frischen T-Shirt. Gerade als ich ein unvermeidlich schwarzes herausziehen will, fällt mir ein Stück gelber Stoff ins Auge. Es ist das Shirt, dass ich mir an dem Tag von Julias Unfall ausgeliehen habe. Mit zitternden Fingern ziehe ich es vorsichtig aus der Schublade. Das gelbe Shirt ist seit damals nicht gewaschen worden. Die Schweißränder unter den Achseln sind noch immer sichtbar. Als ich es an mein Gesicht drücke, bete ich zu dem Gott, an den ich nicht glaube, und vielleicht erhört er mich ja, denn dein Geruch ist noch da. Oh, El, du machst dir keine Vorstellung davon, wie viele Stunden ich dieses Zimmer schon auf der Suche nach etwas, das noch immer eine Spur von dir trägt, durchsucht habe. Wie konnte ich nur dein Shirt übersehen?

Erst als mein Blick auf meinen Supermanwecker fällt, reiße ich mich von den Erinnerungen los. 12:47 Uhr. Mist, ich lege das gelbe T-Shirt zurück in die unterste Schublade und schwöre mir, dass ich es vakuumieren werde, damit dein Geruch für immer konserviert wird, dann ziehe ich mein übliches schwarzes T-Shirt und meine Jeans an und stürme ein Stockwerk tiefer.

Es ist niemand da. Ich schnappe mir die Post vom Küchentisch und blättere durch Rechnungen und Postkarten und Werbung und werfe dann alles wieder zurück. Nichts von dem mysteriösen Notizbuch-Absender. Vielleicht bleibt die Gemma-Zeichnung von gestern das einzige Mal, dass ich etwas von ihm höre. Die Vorstellung jagt mir Angst ein – denn wie soll ich ohne ihn jemals herausfinden, was passiert ist? – und ich verdränge sie.

Ich mache mir ein paar Toasts und eine Tasse Tee. Schätzungsweise sind Mum und Chris auf einem ihrer Mutter-Sohn-Ausflüge, wo sie wahrscheinlich über dich herziehen und durch Tinder wischen, weil sie nach einem ungefährlichen Ersatz für dich suchen. Es ist schön draußen, und ich beschließe, dass mir ein bisschen frische Luft guttun wird. Gerade als ich nach meiner Jacke greife, schnauft Dad durch die Haustür. Ich versuche, mich an ihm vorbeizuschieben, aber er packt mein Handgelenk, als wolle er mich mit einem Judowurf auf den Boden befördern.

»Warte mal, Dylan.« Er blockiert die Tür, und wenn ich meinem alten Herrn keinen Dropkick verpassen will, muss ich ihn ausreden lassen. »Du solltest wissen, dass du deine Mutter gestern wirklich sehr traurig gemacht hast.«

»Oh, wirklich?«

»Du warst unhöflich.«

»Ich habe die Tür zugeschmissen.«

Er atmet durch die Nase und sein Blick huscht zur Decke. »Wenn ich richtig informiert bin, hast du eine vertrauliche Unterhaltung zwischen deiner Mutter und deinem Bruder mitbekommen. Das war ... unglücklich.«

»Ist das dein verdammter Ernst?«

»Dylan«, blafft er mich an. »Ich bin mir sicher, dass sie es gut gemeint haben.«

»Ach, haben sie das? Für mich klang es nämlich so, als würden sie meine Beziehung zu der Person anzweifeln, die ich in dieser ganzen verschissenen Welt am meisten geliebt habe. Und als wäre Ellis irgendwie nicht gut genug für mich.« Ich lache, als wäre das der beste Witz aller Zeiten. »Ich habe ihn bewundert, Dad. Verstehst du das überhaupt? Ich habe ihn *bewundert*, weil er so weit jenseits von gut genug für mich war, dass es nicht mehr lustig ist. Die Tatsache, dass er sich überhaupt mit jemandem wie mir abgegeben hat ...«

Das Gesicht meines Vaters nimmt diesen ungesunden Rotton an. »Verkauf dich nicht unter Wert. Dieser Junge ...«

»Was? Du hast ihm an dem Abend, als ich euch alles erzählt habe, die Hand gegeben. Du hast uns gratuliert. War das alles gelogen?«

»Mir ist es egal, dass du schwul bist«, murmelt er, »und das kannst du mir meinetwegen glauben oder auch nicht. Aber ganz gleich, ob schwul oder hetero, deine Mutter und ich – und ja, sogar dein Bruder –, wir wollen bloß das Beste für dich. Aber das, was du jetzt gerade tust, die Schule aufgeben, deine Zukunft wegwerfen, glaubst du, Ellis hätte das gewollt? Ich kenne diesen erstaunlichen jungen Mann nicht, über den du sprichst – ich hatte nie wirklich die Gelegenheit, ihn kennenzulernen –, aber ich bin mir ziemlich sicher, dass er entsetzt wäre, dich so zu sehen.«

Zukunft? *Meine* Zukunft? Seltsamerweise habe ich mir darüber überhaupt keine Gedanken macht. Im Moment kann ich mich nur darauf konzentrieren, herauszufinden, wer dich sterben ließ, El. Alles darüber hinaus ist eine Leerstelle.

Ich schiebe mein Gesicht ganz nah an das meines Vaters. »Du erzählst mir nicht, was El gewollt hätte. Nie. Würdest du mir jetzt bitte aus dem Weg gehen?«

Er sieht so aus, als wolle er mich gleich noch einmal anfahren, aber dann seufzt er nur und tritt zur Seite.

»Dylan«, sagt er, als ich vorbeigehe, »es gibt etwas, das du wissen solltest. Und mir wäre es lieber, wenn du es von mir erfährst.«

Aber im Moment möchte ich kein Wort von dem hören, was mein Vater zu sagen hat. Ich ziehe die Schultern hoch und stürme aus dem Haus.

Ich bin schon halb die Auffahrt entlanggelaufen, als ich überlege, Mike anzurufen. Aber nein, das wäre furchtbar egoistisch. Er ist nach der Party wahrscheinlich vollkommen platt. Und so treffe ich eine Entscheidung: Ich werde zum

See gehen. Wenn ich dorthin gehe, fordere ich die Schwierigkeiten geradezu heraus, ich weiß, aber ich habe letzte Nacht tief und fest geschlafen und das fühlt sich wie ein Verrat an. Wenn ich die Bilder vom See wieder frisch im Kopf habe, werde ich heute Nacht nicht so einfach schlafen können.

Während ich laufe, denke ich darüber nach, was Gemma gesagt hat: *Menschen wie Ellis werden immer angreifbar sein, einfach deshalb, weil sie nicht die dummen Spiele mitspielen, die alle anderen spielen – damit man dazugehört, beliebt ist und sich begehrt fühlt. Sie sind zu mutig dafür. Zu verdammt mutig, um auch nur ein klein bisschen weniger zu sein, als sie wirklich sind.*

Darin liegt eine schreckliche Wahrheit, die ich nicht wahrhaben will. Du bist den Meinungen der Leute über dich immer energisch entgegengetreten, El, und obwohl sie klein beigeben mussten, wenn du sie auf ihren Mist angesprochen hast, haben sie ihn trotzdem noch gedacht. Bist du deshalb gestorben? Weil jemand in dem Moment, als du am verletzlichsten warst, dein Leben in Händen hielt, der dich nicht akzeptieren konnte? Aus irgendeinem Grund muss ich an das Paar im Krankenhaus denken, als deine Tante den Unfall hatte, die mit dem empörten Blick, und ich frage mich, was sie getan hätten, wenn du vor ihren Augen ertrunken wärst.

Ich erreiche den See und wandere langsam hinunter zum Ufer. Auf den Kieselsteinen liegt eine kleine Ansammlung Blumen. Ich beuge mich nach vorn und betrachte ein paar der letzten Grüße. Bei einem violett-gelb-weißen Gesteck liegt eine Karte von Julia, auf der lediglich *Schlaf gut, mein Engel xxx* steht. Inzwischen kenne ich den Namen dieser Blumen. Veilchen. Du warst es *tatsächlich*, der sie vor eurem Wohnkomplex gepflanzt hat, und du hast dadurch etwas Schönes geschaffen, so wie du es immer getan hast.

Ein riesiger Blumenstrauß auf der Seite fordert meine

Aufmerksamkeit. Die Schrift ist so klein, dass ich mich hinhocken muss: *In Erinnerung an einen wirklich erstaunlichen Mitspieler. In Liebe, Ollie x.* Das klingt innig und rührend und seltsam. Ich denke an gestern Abend und sein Verhalten auf der Party. Was ist los mit ihm?

Ich verbringe den ganzen Tag am See. Erinnerungen suchen mich keine heim. Eigentlich denke ich an überhaupt nicht viel und habe deswegen ein höllisch schlechtes Gewissen. Als ich mich endlich auf den Heimweg mache, geht die Sonne bereits unter.

Im Wohnzimmer brennt Licht. Ich schlüpfe durch die Haustür und bin schon auf der Treppe, als Chris aus der Küche kommt.

»Hey, Bruderherz«, sagt er mit einer Karotte zwischen den Zähnen. »Post für dich.«

Ich stürze zurück nach unten und schnappe mir den Briefumschlag. Keine Briefmarke dieses Mal, persönlich zugestellt. Aber derselbe Umschlag und dieselbe undefinierbare Handschrift.

»Wann ist das angekommen?«

»Heut Morgen. Ich wollte es dir sagen, aber du hast noch geschlafen.«

»Du verdammter Idiot!«

Er schaut mich an wie ein fassungsloses Kaninchen, das an seiner Karotte mümmelt. Meine Mutter kommt aus der Küche und fragt sich wahrscheinlich, was los ist. Ich beachte sie nicht weiter.

Als ich wieder draußen bin, öffne ich so vorsichtig wie möglich den Umschlag und ziehe eine einzelne gelbe Seite heraus. Und dann rufe ich auch schon Mike an.

HINCHCLIFFE'S. Über meinem Kopf summt die Neonschrift und der unnötige Apostroph ärgert mich wieder einmal. Jeder weiß, dass unser lokaler, selbst ernannter Geschäftsmann-Guru ein unverheiratetes Einzelkind ist, und mir ist es egal, wie viele Wohltätigkeitsorganisationen er finanziert, wie viele Festwagen er beim Ferrivale Umzug sponsert oder wie viele Drogenkuriere für ihn in der Stadt arbeiten, seine Zeichensetzung bleibt grauenhaft.

Während wir uns in der Schlange vorwärtsschieben, werfe ich Mike einen besorgten Blick zu. Nachdem ich ihn angerufen habe, kam er sofort zu mir gerannt, aber die letzte Nacht hat eindeutig ihre Spuren hinterlassen. Unter dem Licht unserer Handys betrachtet er das neue Bild, das mir aus Els Krikelkrakelbuch zugeschickt wurde – dieses Mal eine Zeichnung von Bradley Hinchcliffe. Seine spitze Nase, die kleinen Augen und sein frettchenhafter Mund sind aus unzähligen Berichterstattungen der Lokalzeitung bekannt, wenn er mal wieder irgendwo ein Band durchschneidet. Allerdings hat El Bradleys Mund wie den eines Blutegels gezeichnet, ein ekliger, glitschiger Schlund, der von nadelspitzen Zähnen eingerahmt wird. Aus diesem fremdartigen Mund fallen ganze Schwaden an weißem Puder wie Schnee über Ferrivale.

Ich erzähle Mike in ein paar kurzen Sätzen von dem Tag bei deiner Tante und von meiner Theorie, warum Bradley vielleicht nichts dagegen gehabt hätte, wenn du von der Bildfläche verschwindest.

»Ich denke, es muss jemand sein, der auf Gemmas ›Leichenschmaus‹-Party war«, sage ich. »Der Notizbuchsender, meine ich. Die Person denkt wahrscheinlich, dass wir Gemma nach den Ereignissen gestern Abend nicht mehr in Betracht ziehen, was ziemlich genau unsere Theorie bestätigt, dass derjenige nicht weiß, wer mich gerettet hat. Er benutzt die Bilder, damit wir mögliche Verdächtige ermitteln können, aber er stellt auch nur Vermutungen an. Er weiß es nicht genau und schickt uns deshalb den aussichtsreichsten Verdächtigen aus Els Zeichnungen.«

Plötzlich kommt mir eine Idee. Könnte der Absender Ollie sein? Zumindest würde dazu sein megabeschützendes Verhalten auf der Party passen ... Aber irgendetwas daran klingt falsch.

»Nach deinen Überlegungen deutet dieses Bild also eventuell darauf hin, dass Bradley Hinchcliffe sauer auf El und unser Verdächtiger vom See ist«, sagt Mike. »Als Porno-Perversling oder derjenige, der El am Ball verängstigt hat, können wir ihnen mit großer Wahrscheinlichkeit ausschließen. Irgendjemandem wäre es aufgefallen, wenn er bei der Schule herumgehangen hätte. Okay, wie sieht dein Plan aus?«

Es ist ein ziemlich schlechter Plan, aber es ist der einzige, der mir eingefallen ist, deshalb stehen wir jetzt hier am Anfang der Schlange – und zum ersten Mal in unserer Hinchcliffes-Karriere versperrt uns ein Türsteher den Weg.

»Ausweise.«

Mist. Weder Mike noch ich sehen wie achtzehn aus und wir haben beide unsere Ausweise zu Hause gelassen.

»Ähm, wir wollen gar nicht unbedingt rein.«

Der Berg von einem Mann winkt mit zwei Fingern und die Leute hinter uns drängen sich vorbei. »Ach ja? Also fahrt ihr aufs Anstellen ab?«

»Nein.« Ich schüttle den Kopf. »Aber ich und mein Freund ... Tja, wir würden gern ein wenig ... Sie wissen schon ...«

Er schaut zu mir runter und verzieht sein Gesicht zu einem breiten Grinsen.

»Jetzt *geht* ihr mir aber auf den Senkel. Hört mal, ihr Pimpfe, lauft nach Hause, okay?«

Ich bin völlig ratlos, aber da schaltet Mike sich ein. »Hey, der Hinweis über der Tür? Ihre Gewerbelizenz, um Alkohol zu verkaufen?«

»Was ist damit?«

»Es gibt die rechtliche Bestimmung, dass die Person, die den Alkohol verkauft, eindeutig auf dem Schild ausgewiesen werden muss«, sagt Mike. Wahrscheinlich plappert er irgendetwas nach, was er bei Carols Arbeit als Event-Veranstalterin aufgeschnappt hat. »Und wie Sie sicher feststellen können, wird Mr Hinchcliffes Name momentan von einem riesigen Vogelschiss verdeckt. Das bedeutet, dass Sie gegen geltendes Recht verstoßen, und wenn ich jetzt die Polizei rufe, werden die den Club ganz sicher schließen. Es sei denn, Sie holen eine Leiter und Putzhandschuhe und fangen an zu schrubben.«

»Du dreister, kleiner ...«

Auf Goliath legt sich eine Hand. »Schon in Ordnung, Tommo. Lass sie rein.«

Tommo tritt zur Seite und Bradley Hinchcliffe höchstpersönlich bittet uns nach drinnen. Als wir die Garderobe erreichen, bleibt die kleine, schlanke, gut gekleidete Gestalt stehen und zeigt auf das Mädchen hinter der Theke.

»Redet mit Yaz hier«, sagt er. »Sie wird euch helfen.«

Gerade als er weitergehen will, fasse ich ihn am Ärmel seines makellosen Nadelstreifenanzugs.

»Deshalb sind wir nicht hier«, erkläre ich ihm. »Ich will mit Ihnen über den Jungen reden, der gestorben ist, Mr Hinchcliffe.«

Bradley zögert, dann zuckt er mit den Schultern und führt uns durch das grauslig violette Herzstück seines Clubs, vorbei an der glitzernden Bar und den verschwiegenen Sitzecken, über die leicht klebrige Tanzfläche und vorbei am DJ-Pult. Die Leute um uns drängeln und schubsen, aber es ist erst 21:45 Uhr und die Stimmung noch freundlich. Ein Mädchen versucht, sich Mike zu schnappen und herumzuwirbeln, aber er entschuldigt sich und hält mit uns Schritt. Mein Herz hämmert. Durch meinen Kopf flackern Dutzende Gangsterstreifen aus Hollywood: Narbengesichtige Handlanger zerren in Anwesenheit Katzen streichelnder Mafiabosse die Verräter davon, Leichen werden in Koffer gesteckt und den Pier hinabgestoßen. Wo habe ich dich da nur reingezogen, Mike?

Hinchcliffe öffnet eine lederverkleidete Tür und bittet uns in sein Büro. Während wir wie Zuschauer herumstehen, schreitet er um seinen großen Glasschreibtisch und lässt sich auf seinen Stuhl sinken.

»So, was wollt ihr denn nun?«, fragt er beiläufig.

Und plötzlich habe ich kein bisschen Angst mehr. Scheiß auf den Typ. Scheiß auf ihn für das, was er dir und Julia an dem Tag angetan hat, El. »Ich will wissen, ob Sie irgendetwas mit dem Tod von Ellis Bell zu tun haben.«

Er legt seine Finger aneinander und schaut zu uns hoch. »Wer?«

Ich nehme deine Zeichnung heraus und lege sie glatt auf den Tisch.

Er grinst. »Hübsches Porträt. Was soll das?«

»Sie müssen Ellis gekannt haben«, sage ich. »Ihre Drogenkuriere haben seiner Tante Ihren Stoff verkauft. Sie jahrelang ausgebeutet, bis Ellis aufgetaucht ist und dem einen Riegel vorgeschoben hat. Kein gutes Geschäft für Sie, seit er sich eingemischt hat.«

Bradley dreht Däumchen. »Aha. Jetzt sagt der Name mir doch etwas. Der Junge, der vor ein paar Wochen im See ertrunken ist? Ja, meine Freundin hat etwas darüber im *Chronicle* gelesen.« Er legt den Kopf zur Seite. »Moment mal, warst du sein Freund? Ach, Junge. Tja, mein Beileid, natürlich. Aber noch mal langsam. Weil Ellis seine Tante clean bekommen hat, glaubst du, dass ich was getan habe? Die Bremsen seines Autos manipuliert, oder so was?«

Ich schüttle den Kopf. »Die Bremsen haben funktioniert. Aber ich glaube, dass Sie womöglich einen Groll gegen El hegten, weil er Sie eine Kundin gekostet hat. Und vielleicht war der Groll ja groß genug, um ihm vergnügt beim Ertrinken zuzusehen, falls Sie in dieser Nacht zufällig in der Nähe des Sees gewesen wären.«

Bradley lässt sich in seinem Stuhl zurückfallen und lacht sich halb tot. »Oh, du bist Unterhaltung pur, Junge. Sogar noch besser als Netflix ...« Er schnipst mit den Fingern und zeigt auf mich. »Wie heißt du noch mal?«

»Dylan. McKee.«

»Ah, ja. Dein Vater ist dieser Nachlassanwalt in der Stadt. Ich habe mich ein-, zweimal mit ihm unterhalten, fühlte sich an, als würde ich immer wieder ins Koma fallen. Okay, Dylan, ich werde dir gleich zwei Sachen erzählen, aber zuerst möchte ich dir etwas prophezeien. Bist du bereit?«

Ich nicke, obwohl sich in mir alles zusammenzieht, als würde sich einer dieser mit rasiermesserscharfen Zähnen bewaffneten Blutegel in meinen Bauch vorarbeiten.

»Meine Prophezeiung: Nachdem du meine zwei kleinen Tatsachen zu hören bekommen hast, werde ich dir einen kostenlosen Abend in meinem Club inklusive aller alkoholischer Getränke anbieten und du wirst mein Angebot annehmen und ›Danke, Mr Hinchcliffe, Sie sind ein Gentleman. Ich hätte jetzt gerne den Drink‹ sagen.«

Mike lacht und ich beinahe auch.

Bradley gönnt uns den Moment und fängt dann an: »Kleine Tatsache Nummer 1: *Falls* ich tatsächlich dieser große, böse Drogenbaron bin, den du dir ausmalst, würde es mich wahrscheinlich nicht im Geringsten kümmern, ob Ellis' Tante weiterhin ihren Stoff von mir kauft oder nicht. Sie wäre nichts weiter als ein klitzekleines Körnchen in einem sehr großen Getriebe. Garantiert nicht wichtig genug für mich, um einen Groll gegen jemanden zu hegen. Und damit kommen wir auch schon zur kleinen Tatsache Nummer 2 ... Schau jetzt ganz genau hin, Dylan.«

Er holt eine Fernbedienung aus der Schreibtischschublade, erhebt sich von seinem Stuhl und kommt zu uns. Mike und ich könnten ihn wahrscheinlich ganz einfach überwältigen, und das, obwohl ich nicht der unsterbliche Iron Fist bin, aber der Typ hat irgendetwas an sich. Er erinnert mich an diese niederträchtigen Kobolde aus alten Märchen, denen man seine Seele verkauft, ohne es überhaupt zu merken.

Bradley drückt auf die Fernbedienung und der Fernseher an der Wand erwacht flimmernd zum Leben.

»Das ist mir wieder eingefallen, während du geredet hast.« Er schaut kurz über seine Schulter zu uns. »Ich erinnere mich *tatsächlich* an deinen Freund. Ja, allerdings, er hat einen ziemlichen Eindruck hinterlassen. Silvester, kurz nach Mitternacht, an der Hauptbar. Und jetzt – geht's – los!«

Er drückt Start und ein schwarz-weißes Bild erwacht zum Leben. Das bist du, El, gesund und munter, an einem der Abende während der Weihnachtsferien, als du unerklärlicherweise aus meinem Leben verschwunden warst. Ich stehe da und schaue, und mir zieht es den Boden unter den Füßen weg.

»Yippie!« Bradley lacht in sich hinein. »Ich muss schon sagen, da geht es ganz schön heiß her. Also, Dylan, ich weiß nicht, ob du mir gerade folgen kannst, aber ich möchte, dass du weißt, dass ich dir damit einen Gefallen tue. Du kannst aufhören zu trauern, verstehst du, denn dein sogenannter Freund ... Tja, offensichtlich hat er sich einen Dreck um dich geschert, nicht wahr? Wie wär's also, wenn du das alles einfach gut sein lässt und mein großzügiges Angebot annimmst?«

Ich stehe da und starre durch einen Tränenschleier auf den Fernseher, du liegst in den Armen eines Fremden, und ich sehe, wie ihr euch küsst, euch aneinander reibt und du dich total in ihm verlierst. Was habe ich an Silvester gemacht? Auf mein Handy gestarrt, gebetet, dass du auf eine meiner Nachrichten reagierst, und mich gefragt, was ich falsch gemacht habe.

Ich drehe mich zu Bradley. »Danke, Mr Hinchcliffe, Sie sind ein Gentleman. Ich hätte jetzt gerne den Drink.«

DAMALS:
Sonntag, 8. Dezember

Das Schlafzimmer

Ich entdecke El auf einem Plastikstuhl in der Notaufnahme, wo er zwischen den Fingern seine Perlenkette verdreht.
»Wie geht es ihr?«, frage ich und lasse mich neben ihn auf den Platz fallen.
Er schaut zu mir, und einen Moment lang bin ich mir nicht sicher, ob er weiß, wo er ist.
»Oh, ich weiß nicht. Es ist noch niemand gekommen, um mir Bescheid zu geben.«
Ich nicke und schiebe meine Hände zwischen meine Knie, wo ich sie einklemme, denn das mache ich immer, wenn ich keine Ahnung habe, was ich sonst tun soll. Nach ein, zwei Minuten schwankt El gegen mich und ich spüre, wie sein Kopf auf meine Schulter sinkt. Seine Haare kitzeln mich an der Wange, und gerade als ich auch meinen Kopf gegen seinen lehne, fällt mir das Paar auf, das uns gegenübersitzt.
Sie stecken in diesen riesigen Mänteln, die alte Leute bei jedem Wetter anzuziehen scheinen, und werfen uns diesen empörten Blick zu. Er lässt sich nur schwer genauer beschreiben, aber es ist ein bisschen so, als hätten sie beobachtet, wie eine Gruppe Jugendlicher Hundescheiße vom Bürgersteig kratzt, und befürchten nun, dass besagte Scheiße in ihrem Briefkasten landet. Der alte Mann verzieht die Lippen und seine Frau murmelt etwas. Wahrscheinlich das T-Wort.

»Tee«, sage ich und stehe auf. »Am Ende des Gangs gibt es einen Automaten.«

»Wow.« El nickt. »Diese Häuser sind ja echt super ausgestattet.«

El läuft mir zum Getränkeautomaten nach und sieht dabei zu, wie ich ihn mit Münzen füttere.

»Eigentlich wollte *ich dir* Tee machen.«

»Ich weiß. Milch? Zucker?«

Ich tippe unsere Bestellung ein und der Kasten brummt, dann wirft er zwei Plastikbecher aus, um anschließend Flüssigkeit und Pulver auszuspeien. Ich greife nach den brühend heißen Rändern und reiche El seinen Becher. Er nippt daran und verzieht das Gesicht.

»Das schmeckt grässlich.«

»Ich glaube, das soll so sein. Ich meine, das muss doch Absicht sein, oder nicht? So etwas Scheußliches bietet doch niemand *aus Versehen* an. Ich stelle mir dieses Geheimlabor vor, wo pensionierte Sportlehrer sich die Getränke ausdenken, die in den Automaten der Krankenhäuser verkauft werden. Natürlich ist das nicht wie in alten Tagen, aber sadistisch bleib sadistisch, oder?«

Er prustet los. Ich liebe es, wie El lacht, herzhaft und melodiös und so, als wäre niemand sonst im Raum. Ich wünschte, ich könnte so lachen. Wir schlendern zu unseren Plätzen zurück, wo wir wegen unseres Tees angewidert die Gesichter verziehen. Eine Zeit lang schweigen wir.

»Sie hat mich gerettet, weißt du«, sagt er dann und hält den dampfenden Becher vor seine Brust. »Als meine Eltern mich rausgeworfen haben, war sie die Einzige, die auch nur eine Spur von Mitgefühl gezeigt und mich unterstützt hat. Kannst du dir vorstellen, wie sich das anfühlt? Wenn du bloß diesen einen Menschen hast, der bereit ist, dir ein wenig Sicherheit zu schenken. Es ist, als wärst du lediglich durch einen einzigen Faden mit der Welt verbunden, aber was, wenn dieser Faden reißt?« Er schaut mich mit diesen riesigen Augen an. »Was würde dann aus mir werden?«

Er erzählt mir seine Coming-out-Geschichte und es zerreißt mir das Herz. Ich reise mit ihm von verschlossener Tür zu verschlossener Tür, das Geld in seinen Taschen verwandelt sich von Scheinen in Münzen, von Silber in Kupfer, bis er frierend und halb verhungert in Ferrivale landet, wo ihn die Großcousine seiner Mutter aufnimmt. Sie gibt ihm zu essen und ein Bett, viel wichtiger aber noch: Sie legt ihre warmen Arme um ihn und sagt ihm, dass er wunderbar ist, so wie er ist.

Eine Woche später fand er sie zum ersten Mal bewusstlos in der Küche.

Els Gesicht wird grimmig. »Bradley Hinchcliffe. Seine Jungs verkaufen ihr schon jahrelang den Stoff.«

»Aber jeder kennt den Kerl«, sage ich. »Er hat letztes Jahr in der Schule sogar einen Vortrag über ethische Kapitalanlagen und Gemeinschaftsgeist gehalten.«

»Oh, von außen betrachtet ist er der wiedergeborene Messias.« Er lächelt. »Aber wenn man ein wenig genauer hinschaut ...«

Er zerquetscht seinen Becher und verschüttet etwas Tee auf sein Shirt. Da fällt mir wieder ein, dass er noch immer in seinen blutigen Kleidern dasitzt. Ich wühle in der Tasche, die ich aus der Wohnung mitgebracht habe, und nehme ein frisches T-Shirt heraus. Er bedankt sich und wir gehen zu den Toiletten. Es gibt nur eine Einzeltoilette, also reiche ich El das Shirt durch den Türspalt. Ich warte draußen, während endlose Sekunden verstreichen.

»Alles in Ordnung?«, frage ich schließlich.

»Es funktioniert nicht«, murmelt er. »Meine Hände zittern zu sehr. Es tut mir leid, Dylan, aber kannst du mir helfen?«

»Oh. Ja. Natürlich. Kein Problem.«

Ich suche den Gang nach empörten Blicken ab und schlüpfe durch den Türspalt. Die Toilette ist klein und der Geruch des Industriereinigers juckt in meinen Augen. El steht mit dem T-Shirt in den Händen vor mir. In dem Moment huscht sein Blick kurz zu meinem eigenen Shirt.

»Oh, tut mir leid.« Ich werde rot. »Da war etwas Blut an mir und ich ...«

»Das ist in Ordnung. Mehr als in Ordnung. Gelb steht dir. Es betont das Gold in deinen Haaren und die kleinen bernsteinfarbenen Flecken in deinen Augen. Die sind mir noch gar nicht aufgefallen ...«

Er berührt eine Haarsträhne und ich spüre diese Berührung mit jeder Faser meines Körpers. Mein Herz klopft, und als ich auf das kanariengelbe Stück Stoff über meiner Brust schaue, zuckt es im Takt.

El zieht sein verflecktes George-Ezra-Shirt in einer geschmeidigen Bewegung aus. Tut mir leid, aber ich muss einfach hinschauen. Er hat einen definierten honigbraunen Körper, breite Schultern und eine schmale Taille, die in diese scharfe Hüfte übergeht, wie man sie immer nur in Zeitschriften sieht. Ich schaue zu, wie er sich umdreht, und mein Herz donnert. Wie gerne würde ich seine feste Brust und seinen flachen Bauch küssen, jede straffe Rundung und weiche Kuhle erkunden und herausfinden, wie die leichten Pigmentveränderungen seinen Körper hervorheben. Gleichzeitig aber würde ich am liebsten davonlaufen und mich vor dieser einschüchternden Vollkommenheit verstecken.

Ich tue nichts davon. Sondern reiche ihm sein Shirt.

»Danke schön.« Er lächelt und zieht es über. Ist das ein wissendes Lächeln? Meine Röte wird zur Supernova.

»Bell?«, dringt eine Stimme durch die Tür. »Ellis Bell?«

Wir schauen uns kurz an und schlüpfen aus der Einzeltoilette. Als wir in den Gang stolpern, grinst uns ein Arzt mit einem Klemmbrett schief an.

»Mr Bell?«

»Wie geht es ihr?«, unterbricht El ihn.

Der junge Arzt führt uns in ein kleines Büro, wo wir uns hinsetzen.

»Ihrer Tante geht es gut. Die Platzwunde vom Sturz war ziemlich ernst, aber ich bin sicher, dass sie recht gut verheilen wird. Wir haben ihr ein Beruhigungsmittel gegeben und werden sie hierbehalten ...«

»Warum?«

Der Arzt macht eine besänftigende Handbewegung. »In solchen Fällen ist es üblich, über Nacht zu bleiben. Wir wollen sichergehen, dass sie an keiner Gehirnerschütterung leidet. Gleich morgen früh sollte sie dann entlassen werden. Allerdings gibt es noch die andere Angelegenheit. Wissen Sie, wie lange sie schon Drogen konsumiert?«

El schüttelt den Kopf. »Ich bin erst vor ein paar Monaten hergezogen, und davor ... kannte ich meine Tante nicht besonders gut. Ich glaube, dass sie das Zeug schon eine Weile nimmt.«

»Verstehe. Gut, hören Sie, es ist wichtig, dass wir uns um Hilfe kümmern. Ich werde morgen mit ihr sprechen, und dann schauen wir, welche Art von Behandlung am besten funktionieren könnte, aber ich möchte Ihnen nichts vormachen, sie wird in Zukunft eine Menge Unterstützung brauchen.«

»Die wird sie bekommen«, sagt El fest. »Gar keine Frage.«

Der Arzt notiert sich kurz etwas und steht dann auf, um zu gehen.

»Darf ich sie sehen?«, fragt El.

Uns wird der Weg zu einer mit Vorhängen abgegrenzten Kabine gleich hinter der Schwesternstation gezeigt. El ist plötzlich ganz aufgelöst. Er lässt sich neben seiner schlafenden Tante auf den Stuhl fallen und vergräbt sein Gesicht in den Händen. Um ihren Kopf klebt ein frischer Verband, ihr Gesicht ist gewaschen und mir fällt zum ersten Mal die Ähnlichkeit zwischen Tante und Neffe auf. Selbst im Schlaf sieht sie freundlich aus. Ich lasse El einen Moment Zeit, dann krame ich in meiner Tasche herum und lege ihm eine Hand auf die Schulter. Als er aufschaut und sieht, was ich ihm hinhalte, lacht er durch seine Tränen.

»Maoam! Du kannst Gedanken lesen, Sprosse.«

Die nächsten Stunden über halten wir Wache. Hin und wieder schlüpfe ich für Getränke und Snacks nach draußen. Als ein Pflegehelfer Julia auf eine richtige Station bringen will, besteht El darauf, sie zu begleiten. Da steckt der junge Doktor den Kopf in die Kabine.

»Seid ihr Jungs noch immer hier? Hören Sie, Ihrer Tante wird über Nacht nichts passieren, und für den Fall, dass sich etwas ändern sollte, haben wir Ihre Nummer. Gehen Sie nach Hause. Ruhen Sie sich etwas aus. Das werden Sie noch brauchen, wenn Sie sie in den nächsten Wochen unterstützen wollen.«

»Warum kommst du nicht mit zu mir?«, schlage ich vor.

»Meine Familie ist über Nacht weg und ich kann uns eine fiese Tiefkühlpizza auftauen.« Er will schon ausschlagen, aber ich lasse nicht locker. »Du schuldest mir noch was, vergessen? Also tausche ich das Bargeld gegen deine Gesellschaft.« Er widerspricht sofort und gräbt in seiner Tasche nach dem Auto-

reparaturgeld. Ich nehme sein Handgelenk und ziehe ihn in einen Handschlag. »Du, Ellis Maximillian Bell, schwörst hiermit, dass du als vollständige und endgültige Rückzahlung für alle ausstehenden Schulden einen Abend lang die unmittelbare Nähe von Dylan ›Sprosse‹ McKee ertragen wirst. Außerdem wirst du nicht verlangen, dass es irgendetwas Gesundes zur Pizza gibt, schlichtweg Nein.«
El schüttelt meine Hand. »Bist du dir sicher? Also gut, abgemacht.«
Als wir durch die Notaufnahme laufen, legt er seinen Arm um mich. Und auch wenn es unmöglich scheint, das alte Paar sitzt in seinen großen Mänteln noch immer genau am selben Fleck. Ich weiß ja nicht, aber machen die aus ihrem Krankenhausbesuch einen Ganztagesausflug? Auf jeden Fall sehen sie uns und werfen uns wieder diesen empörten Blick zu, und noch bevor ich es richtig merke, schaue ich grimmig zurück. Dann lege ich meinen Arm fest um El und zeige ihnen mit meiner freien Hand den wunderbaren Mittelfinger.

⌇ ⌇ ⌇

»Entschuldigung«, sage ich, als wir frierend in der Diele stehen, »aus irgendeinem unerfindlichen Grund ist die Heizung ausgegangen. Dauert nicht lang.«
Ich flitze nach oben zum Heißwasserspeicherschrank und drücke einen Schalter. Irgendwo dröhnt etwas, und ich schätze, dass es bald wieder warm wird. Als ich in die Diele zurückhüpfe, sucht El gerade nach einem Platz, um seine Jacke aufzuhängen. Ich nehme sie ihm ab und lege sie über diese merkwürdige exotische Skulptur, die meine Mutter in einem ihrer Abendkurse gemacht hat.
»Meine Mutter ist auch Künstlerin, weißt du.« Ich grinse.

»Das sehe ich.«

»Yep ... Sie ist schlecht, oder?«

»Da besteht Potenzial«, sagt er und beißt sich auf die Unterlippe. »Aber ja, tut mir leid, das ist vor allem schlecht.«

Als ich mein Meisterwerk aus dem Ofen nehme, ist die Temperatur in der Küche fast schon erträglich. El schaut von mir zur Pizza und wieder zurück.

»Und was genau sollen wir damit tun?«

»Blödmann. Disse meine Kebab-Pfannen-Pizza nicht.«

»Meinst du damit dieses gegrillte graue Zeug obendrauf? Ich hatte schon überlegt, ob sich vielleicht ein Hund reingeschlichen und seine schuppigen Klöten darübergeschubbert hat.«

Ich zucke mit den Schultern. »Mehr für mich.« Ich nehme mir ein fettiges Stück vom Teller und stopfe mir das ganze Teil in den Mund. »Ah, Wahnsinn, himmlisch.«

»Dee McKee, du bist echt eklig.« El schüttelt den Kopf, nimmt sich ein Stück und knabbert daran. Dann kaut er ein paarmal testweise darauf herum und schlingt es anschließend hinunter, als wäre das der letzte Bissen Nahrung, den er jemals zu sich nehmen wird. Noch kauend hebt er einen fettigen Finger. »Davon darf nie jemand erfahren. Versprich mir das.«

Ich gebe ihm mein Pfadfinderehrenwort und wische mir die Hände an der Jeans ab.

»Mist, ich hab was vergessen. Warte mal kurz.«

Ich renne zu Mums exotischem Kunstwerk und schnappe Els Geschenk aus meiner Jackentasche. Ich bin der unfähigste Geschenkeinpacker der Welt, und obwohl ich mir bei dem hier wirklich Mühe gegeben habe, sieht es noch immer aus, als hätte ein unkoordinierter Trottel in einem dunklen Raum aufs Geratewohl Alufolienstücke zusammengeklebt.

El holt sich eine Serviette von der Anrichte und putzt sich die Finger.

»Wow. Das ist ein Geschenk, oder? Ich meine, du hasst mich nicht, oder so?«

»Mach es einfach auf, Klugscheißer.«

Eine Minute lang kämpft er mit dem Tesafilm, doch irgendwann hält er eine nigelnagelneue Schneekugel in der Hand. Er starrt durch das Schneetreiben auf den grimmigen kleinen Elf, der seinen Geschenkesack zu bewachen scheint.

»Ich glaube, der Typ versucht, Weihnachten zu stehlen, Dylan. Nein, lach nicht, schau ihn dir doch an. Er ist eindeutig in die Werkstatt des Weihnachtsmanns eingebrochen und hat sich den Zaubersack vom Nikolaus gegrapscht. Sei nicht kindisch, Sprosse, Ja, ich habe ›seinen Zaubersack gegrapscht‹ gesagt. Er ist ein Elf auf der Flucht.«

»Okay.« Ich streiche über mein Kinn. »Das ist nachvollziehbar. Er ist tatsächlich eine Art Gangsta.«

El wirft mir die Arme um den Hals. »Er ist großartig. Danke schön. Gangsta-Elf-auf-der-Flucht wird einen Ehrenplatz auf meinem Armaturenbrett bekommen.«

»Und«, sage ich und huste, als er mich loslässt, »hat die Polizei herausbekommen, wer dein Auto demoliert hat?«

»Nee. Ich hab es nicht gemeldet.«

»Was? Warum?«

»Ich weiß auch nicht. Wahrscheinlich tut derjenige mir irgendwie leid. Du musst echt total unglücklich sein, um so etwas zu machen.«

Er schaut weg, und in dem Moment frage ich mich dann doch, ob er weiß, wer es war.

»He, magst du mein Zimmer sehen?«

Ich gehe voraus die Treppe hoch. Die Heizung ist inzwischen definitiv angesprungen. Auf jeden Fall ist mir warm und ich fühle mich verschwitzt.

Ich öffne die Tür, und obwohl mein Zimmer mehr als doppelt so groß ist wie seins, wird mir plötzlich bewusst, wie langweilig und misslungen es wirkt. Alles darin – die Superheldenposter an der Wand, die aufgepinselten Geschichtszitate und Mottos über dem Bett, die alten Spielsachen und Actionfiguren auf meinem Bücherregal – stammt von jemand anderem. Ich habe zu diesem Raum absolut nichts beigetragen. Ich denke an die Individualität und den betriebenen Aufwand, die Els Zimmer so besonders machen, und ich habe den Eindruck, als hätte mich jemand durchschaut und für mangelhaft erklärt.

Er schlendert durch mein Zimmer, nimmt Sachen in die Hand und lächelt. Ich möchte ihm sagen, wie ich mich fühle, aber ich kann es nicht in Worte fassen. Dann bemerkt er die Karten auf meinem Schreibtisch und bleibt wie angewurzelt stehen.

»Hast du Geburtstag, Sprosse? Heute?«
Ich nicke.
»Und du besorgst *mir* ein Geschenk?«
Ich zucke mit den Schultern. »Ich hab doch schon ein Geschenk.« Ich wühle den Schuldschein aus meinem Geldbeutel. »Das ist das Beste, das mir je geschenkt wurde.«

Er erklärt mich nicht für verrückt, sondern nickt bloß. Und dann sprintet er aus dem Zimmer und ruft über seine Schulter: »Warte kurz, ich brauche etwas aus meiner Tasche.«

Ich lasse mich in meinen Schreibtischstuhl fallen, drehe mich herum, zähle ein paarmal meine Karten, stehe auf und werfe meine schmutzige Unterwäsche in den Wäschekorb. Dann ist El zurück und schwenkt sein Notizbuch.

»Krikelkrakel.« Ich lächle.

Er setzt sich auf meinen Stuhl und zieht einen schwarzen Fineliner unter dem Gummiband des Notizbuches hervor.
»Darf ich es mir anschauen?«, frage ich und strecke meine Hand aus.

Er schüttelt den Kopf. »Jeder braucht einen geheimen Ort nur für sich allein, Sprosse.«

Ich setze mich auf mein Bett. »Selbst vor mir?«

Seine Augen sind ganz ernst, aber es steckt auch eine Art Lachen in ihnen. »Selbst vor dir, Süßer. Du wirst diesen Ort auch haben. Vielleicht ist es kein Buch, aber es gibt einen Platz, den du ganz für dich behältst, und ich werde nicht dort sein. Und jetzt lehne dich an die Wand und beweg dich nicht.«

Was dann folgt, sind so ziemlich die besten fünfzehn Minuten meines Lebens. Ich schlage meine Beine unter und setze diesen lächerlich ernsthaften Gesichtsausdruck auf, bis El mit mir schimpft und mich um ein natürliches Lächeln bittet. Immer wieder werfe ich ihm beim Arbeiten einen heimlichen Blick zu. In solchen Momenten ist er sogar noch schöner. Da ist diese eine tiefe Furche auf seiner Stirn und ein kleines Zucken in den Mundwinkeln und seine langen dunklen Wimpern, die zittern, während seine Augen über die Seite huschen. Und seine Finger *tanzen*. Ich kann es nicht anders beschreiben. Sie tanzen wie die Finger eines Dirigenten, der von einem Orchester erst alles verlangt und es dann leise weiterspielen lässt. Schließlich steht er auf und bringt mir mein Geschenk.

»Tut mir leid. Mir gelingt nie, wirklich das einzufangen, was ich einfangen will.« Er lässt sich neben mich fallen und rutscht zu mir. »Findest du es sehr schlimm?«

Mir hat es die Sprache verschlagen. Das bin nicht ich. Das ist unmöglich.

»Warum …?« Ich schlucke schwer. »Warum bist du so von meinen Sommersprossen besessen?«

Er lehnt sich zu mir und küsst die Sprenkel auf meiner Nase. »Weil sie zu dir gehören.«

Jetzt ist es so weit. Kein Zurück mehr. Ich ergreife die Chance, bevor mich der Mut verlässt.

»Ellis?«

»Ja, Dylan.«

»Ich bin schwul.«

Das ist die offensichtlichste Aussage der Welt, aber er zieht mich nicht auf. Ich denke, er weiß, dass ich das laut aussprechen musste. Er kniet sich neben mich, legt die Hand unter mein Kinn und lädt mich ein, ihn anzuschauen.

»Dylan?«

»Ja?«

»Ich glaube, ich mag dich.«

»Ja?«

»Ich mag dich sogar sehr, sehr gern.«

Er küsst mich wieder. Dieses Mal auf die Lippen. Es ist ein zarter, federleichter Kuss und ich küsse ihn zurück. Er fährt mit diesen tanzenden Fingern durch meine Haare, streicht meinen Nacken entlang und kratzt dabei leicht über meine Haut. Er drückt fester und ich öffne meinen Mund und spüre ganz sanft seine Zungenspitze an meiner. Und dann küsst er mein Gesicht, mein Kinn, meinen Nacken und seine Hand liegt unter meinem Shirt, *seinem* Shirt, und er streicht mit den Fingernägeln über meine Brust.

Und dann, ich bin nun einmal Dylan, sage ich etwas Blödes.

»Du hast mir den Geschichtskurs versaut.«

Mit verschmierten Lippen zieht er sich ein wenig zurück und grinst. »Was?«

»Ich weiß absolut nichts über die Französische Revolution, obwohl wir die jetzt schon einen Monat lang durchnehmen. Was vor allem daran liegt, dass ich ständig zu dir schauen muss, und ich einfach ...«

Els Handy klingelt. Wir schauen uns an und ich sehe die Panik in seinen Augen. Julia. Irgendetwas stimmt nicht. Er fummelt an seiner Tasche herum und zieht mit fast Dylan-artiger Unbeholfenheit sein gebrauchtes Samsung heraus, drückt auf dem Bildschirm herum und lässt es dann auf den Boden fallen. Übers Bett gelehnt schauen wir beide auf Mr Denman, Els hippen Kunstlehrer.

»Oh.« Denman blinzelt uns vom Bildschirm entgegen. »Hallo, Ellis. Und ist das ... Dylan McKee? Entschuldigung, störe ich gerade?«

El wirft mir einen verruchten Seitenblick zu. »Überhaupt nicht, Sir. Ist was passiert?«

»Ja, Ellis, nein, alles gut. Ich wollte nur kurz anrufen, um zu sagen, wie beeindruckend ich die jüngsten Verbesserungen an deiner Skulptur finde. Ich denke, mit ihr als Hauptprojekt solltest du keine Probleme haben, in die Uni deiner Wahl zu kommen.« Er geht zur Seite und ich erkenne, dass er sich in einem der Kunsträume der Schule aufhält. Hinter ihm steht dieses unglaubliche, geflügelte Monster, dessen Körper ein blickdurchlässiges Gebilde aus Drähten ist und durch dessen Inneres Adern aus roten Stoffbändern laufen. Während meiner heimlichen Besuche im Kunsttrakt habe ich gesehen, wie die Skulptur langsam Gestalt angenommen hat. Sie ist verstörend und sie ist perfekt. Was auch sonst. »Trotzdem glaube ich, dass noch ein paar Kleinigkeiten verändert werden sollten«, fährt Denman fort. »Vielleicht könnten wir uns einmal nach der Schule treffen und darüber reden.«

El nickt. »Klar. Vielen Dank, Mr D.«

Denman grinst uns beide wissend an. »Okay, Jungs. Macht weiter.«

El atmet erleichtert aus und beendet den Anruf.

»Wow.« Ich stoße ihm den Ellbogen in die Seite. »Dein Kunstlehrer hat deine Nummer. Und ich dachte, ich wäre der Streber vom Dienst.«

»Ach, Dylan.« Er lächelt. »Du bist *so was von* der Streber vom Dienst.«

»Was?«

Ich werfe mich auf ihn und wir wälzen uns übers Bett. Ich küsse ihn und ich weiß, dass ich das richtig mache, denn ich kann ihn hart an meinem Schenkel spüren. Nach einer köstlichen Ewigkeit drehen wir uns auf den Rücken und schauen zur Decke, an die ich vor tausend Jahren eine ganze Galaxie fluoreszierender Sterne geklebt habe.

»Bist du jetzt mein fester Freund, Ellis?«, frage ich mit zitternder Stimme.

»Dylan ...« Er dreht sich zu mir. »Eins solltest du auf jeden Fall wissen ...« Er küsst mich wieder, sanft und leidenschaftlich. »Ich bin *ganz bestimmt* dein fester Freund.«

HEUTE:
Mittwoch, 29. April

15

Ich hasse dich, El.
Ich hasse dich.
Ich stolpere aus Bradley Hinchcliffes Büro und bahne mir einen Weg über die Tanzfläche. Irgendjemand ruft »He!« und geht mir nach. Hinter der Bar hängt ein großer Spiegel mit Regalen voller Flaschen, worin dieser Paarundzwanzigjährige, der doppelt so groß ist wie ich, mit blankem Hass in den Augen reflektiert wird. Ist mir scheißegal. Soll er mich doch vermöbeln, wen kümmert's. Aber dann packt Bradley ihn an der Schulter und zischt ihm etwas ins Ohr und der Typ gibt sich geschlagen. Als ich die Bar erreiche, ist er zurück auf der Tanzfläche und reibt sich an seiner Freundin.
Bradleys Spiegelbild gibt dem Barmann ein Zeichen, der zu mir eilt.
»Was darf's sein?« Ich vergrabe meine Hand in meiner Jeanstasche. »Nein, nein. Das geht aufs Haus. Sie sind Mister Hinchcliffes Gast, richtig?«
»Klar.« Ich grinse ihn zombiemäßig an. »Können Sie mir für den Anfang drei flambierte Sambucas bringen?«
Ich habe keine Ahnung, wie ein flambierter Sambuca schmeckt, aber Chris hat mir erzählt, dass sie der Hammer sind. Wie auch immer, mein persönlicher Cocktailkellner zuckt nicht einmal mit der Wimper.

»Kommt sofort.«

Ich warte und trommle mit den Fingern auf den klebrigen Tresen. Im Spiegel beobachte ich, wie Mike mit diesen riesigen, besorgten Augen zu mir kommt. Einen Scheiß muss er sich über irgendetwas Sorgen machen! Oh Gott, was denke ich da? Ich schäme mich abgrundtief, wodurch ich noch unfreundlicher und wütender werde. Eigentlich überrascht es mich einigermaßen, dass ich nicht weine … aber nein, ich bekomme gerade nichts anderes hin, als diesen Videoüberwachungsfilm in meinem Kopf ablaufen zu lassen.

Bis heute dachte ich, ich wäre leer. Da lag ich falsch. Wie's aussieht, gab es noch einen kleinen Teil von mir, den du nicht mit dir in die Dunkelheit genommen hast, El. Nun, jetzt hast du auch den. Du hast ihn herausgekratzt und nur die Hülle übrig gelassen. Du bist nicht derjenige, für den ich dich gehalten habe, Ellis Bell.

Gerade als die Getränke kommen, stößt Mike zu mir. Ich drehe mich zu ihm und klopfe ihm auf die Schulter, als würden wir regelmäßig miteinander saufen.

»Michael, mein Freund. Flambierter Sambuca? Der wird dir Haare auf dem Kopf wachsen lassen.«

Okay, ich hasse mich, aber ich habe es gesagt. Und kann es nicht mehr zurücknehmen.

»Dylan, nicht.«

Sein Einspruch ist, ganz, wie es sich gehört, prägnant und auf den Punkt. Ich reiche ihm ein Schnapsglas und puste bei meinem die blaue Flamme aus.

»Lass mich nicht allein trinken, Mike-i-lein.« Ich trinke, und mein Kopf fühlt sich an, als würde er mit Anislikör vollgepumpt. Es ist ekelhaft lecker. »Alter! Das musst du probieren.« Als er das nicht tut, nehme ich sein Glas und stürze es hinunter, dann wende ich mich dem Sambuca auf dem Tre-

sen zu. »Ernsthaft, Mike, ohne dieses Gesöff ist dein Leben nur halb so schön.«
Ich gebe dem Barkeeper ein Zeichen, der nickt, schenkt mir ein und zündet das Getränk an. Was war denn nun deine geheime Identität, El? Dein Bruce Wayne? Dein Peter Parker? Denn wenn ich aufgrund dessen, was ich gerade gesehen habe, raten sollte, hast du mir den sanftmütigen Schüler gegeben, während der Typ im Video den dunklen Ritter kennengelernt hat. Ich konnte mir nicht vorstellen, dass es eine Seite an dir gab, die intensiver und leidenschaftlicher war als diejenige, die du mir gezeigt hast. Ich dachte, diese erste Nacht, mein Geburtstag, als meine Eltern nicht da waren, wäre für dich genauso perfekt gewesen wie für mich. Aber ich schätze, das passt irgendwie. Vielleicht hingen deine Stimmungsumschwünge ja mit deinen Zuneigungsumschwüngen zusammen, ein ständiger, heimlicher Wechsel. Und jetzt, wo ich gerade meinen vierten Sambuca in mich schütte, fällt mir wieder ein, was ich einmal über dich gedacht habe: *Els Leidenschaften sind intensiv, aber kurzlebig.* Damals hab ich noch versucht, mir vorzumachen, ich würde die Ausnahme bilden.

Ich starre auf mein Spiegelbild. Ich stürze ab. Ich weiß es und es ist mir egal. Aber nein, seien wir ehrlich – ich hebe mein Glas und proste deinem Geist zu – ich wusste immer, dass das passieren würde. Wie oft habe ich mir gesagt, dass du zu gut für mich bist? Es war einfach, wie Mike es nennen würde, welten-unlogisch, dass jemand, der so talentiert und schlau war wie du, mich beachtet. Den scheuen, linkischen, langweiligen Schüler, der nicht einmal eine Packung Süßigkeiten aus seiner Tasche nehmen konnte, ohne daraus eine Comedyeinlage zu machen.

In meinem Kopf läuft Bradley Hinchcliffes Video auf

Dauerschleife. Du gegen diesen jungen Mann in Jeanshemd gedrückt, eure Lippen fest aufeinandergepresst, deine Hand in seinen Haaren vergraben, seine Hände im Bund deiner Jeans.

Ich drehe mich zu Mike.

»So hat El mich nie geküsst. Kein einziges Mal.«

»Da bin ich froh.«

»Was zum Teufel soll das denn heißen?« Ich strecke fragend meine Arme aus und verschütte den fünften Sambuca.

»Das soll ...«

»Silvester«, unterbreche ich ihn. »Wir hatten zwei gute Wochen, bevor die Merkwürdigkeiten anfingen. Weißt du, wann wir wirklich zusammengekommen sind?«

»An deinem Geburtstag«, sagt Mike. Er versucht, seinen Arm um meine Schulter zu legen, aber ich schüttle ihn ab.

»Richtig. Die Zeit vor den Ferien war unglaublich. Ich wollte es noch immer niemandem erzählen und El hat das respektiert, aber wir nutzten jede Gelegenheit ... Dabei ging es nicht nur um Sex. Wir hielten Händchen, redeten. Und dann begannen die Ferien und er ist einfach verschwunden. Das hat mir Angst gemacht, verstehst du? Ich bin immer wieder alles durchgegangen und habe mich gefragt, ob ich etwas Falsches gesagt oder getan habe.«

»Es lag nicht an dir«, beruhigt Mike mich.

»Nach meinen üblichen Selbstbezichtigungen dachte ich das auch. Ihr Jungs hattet vor den Winterferien eure letzten Spiele vermasselt, und ich weiß, dass El dachte, er hätte euch im Stich gelassen. Außerdem machte er sich Sorgen wegen seines Kunstprojektes, weil Mr Denman die ganze Zeit daran herumkrittelte. Als er dann nicht mehr auf meine Anrufe und Textnachrichten reagiert hat, dachte ich, ich lasse ihm ein bisschen Raum. Allerdings brachte mich die Vorstellung fast um, dass er mich nicht mehr mochte und mich so schnell satthatte. Ich habe ein paarmal bei ihm zu Hause vorbeigeschaut, aber Julia sagte immer, er sei nicht da oder schlafe und er rufe mich später an. So schuldbewusst, wie sie mich angeschaut hat, war es offensichtlich, dass sie ihn deckte.

Und dann kamen wir ein paar Tage nach Silvester wieder zusammen und alles war in Ordnung. Er war derselbe alte El. Allerdings konnte ich ihn nie dazu bewegen, mir zu erzählen, was über die Feiertage passiert war. Tja, ich schätze, jetzt weiß ich's.«

Ich schnappe mir meinen fünften Sambuca oder ist das schon mein sechster? Noch eine Sache, in der ich scheiße bin: trinken.

»Er hat mir erzählt, dass ihn nichts verängstigt oder durcheinandergebracht hätte«, sage ich. »Er wollte einfach nur ein wenig Zeit für sich. Sieht ganz so aus, als war er meinen Amateursex leid und wollte woanders die Sau rauslassen. Einmal hat er mir erzählt, dass wir alle einen geheimen Ort brauchen, den nicht einmal die Menschen, die einem am nächsten stehen, betreten dürfen. Vermutlich war das hier dieser Ort.«

»Dylan, hör sofort damit auf.«

Mit schweren Augen starre ich meinen besten Freund an. »Womit aufhören?«

»Mit deinem Selbstmitleid«, sagt er. »Du hast überhaupt keine Ahnung, was mit El los war. Du hast einen zwanzigsekündigen Ausschnitt mit ihm gesehen, wo er einen großen Fehler macht ...«

»Und deswegen ist es in Ordnung, wenn er mich betrügt?«

»Nein, natürlich nicht. Und wenn ich an dem Abend da gewesen wäre, hätte ich ihm in deinem Namen in den Hintern getreten. Aber du kanntest El besser als jeder andere. Er war ein anständiger Kerl.«

Ich schnaube verächtlich.
»Und er hatte Glück, dich zu haben.«
Mein Blick wandert kurz den Tresen entlang und ich entdecke diesen hinreißenden Typen, der sich seitlich von uns mit einem Bier an die Theke lehnt und zuhört.
»Ist was?«, blaffe ich ihn an.
Er schüttelt den Kopf und wendet sich ab.
»Ich will, dass du jetzt mit mir nach Hause kommst«, sagt Mike. »Ich muss dir etwas Wichtiges zeigen. Etwas, das du auf dem Video übersehen hast.«
»Erklärt deine große Enthüllung, warum mein Freund dem anderen Kerl das Gesicht weggeknutscht hat?
»Nein, aber wir müssen reden, Dylan.«
»Wir reden doch. Und bekommen umsonst Getränke. Schenkst du mir in der Casa Berrington auch flambierte Sambucas ein? Ich bezweifle, dass Mumzilla und Big M damit einverstanden wären. Hör mal, Mike, das ist in Ordnung.« Ich winke mit der Hand Richtung Tür. »Geh ruhig.«
Er weiß, dass es zwecklos ist, und als ich sehe, wie sein Vertrauen in mich schwindet, gebe ich beinahe nach.
»Na schön«, murmelt er. »Ganz, wie du willst. Ich rede mit dir, wenn du wieder du selbst bist.«
Ich rufe ihn beinahe zurück. Beinahe.
Eine Nebelmaschine wabert Schwaden um meine Füße. Rotes und orangefarbenes Licht tanzt über den Nebel und mir wird schlecht. Ich denke an Gemmas Party und wie die Leute vor deinem Bild herumgehampelt haben. Ich denke an den Nebel über dem See und die flackernden Scheinwerferlichter des Autos in der Tiefe.
Eine kühle Hand streicht meinen Arm entlang und schiebt sich über mein Getränk. Der Typ nimmt es mir ab und kippt es in einem Zug hinunter.

»Hey«, sagt er.

»Hey.«

Zuerst denke ich, dass es der Typ vom Tresen ist, aber der hier hat feuerrote Haare und meergrüne Augen. Er fragt mich, ob er noch einen Drink haben kann, und ich rufe den Barkeeper zu uns. Mein neuer Freund grinst. Er scheint nur aus Zähnen zu bestehen, ist aber irgendwie süß.

»Ich bin George.«

»Dylan.«

»Hier ist es ganz schön langweilig.«

»Warum bist du dann hier?«

»Na schön, Oscar aus der Tonne.« Er schlägt mir gegen die Brust. »Ich schätze, es ist ganz in Ordnung. Besonders, wenn mir gut aussehende junge Männer Getränke spendieren. Ich werde dich nicht fragen, ob du oft hierherkommst, denn das wäre total ...«

»Langweilig?«

»Wow. Du *bist* aber gut gelaunt. Also schön, hier kommt mein Plan: Wenn du mir noch fünf von denen hier spendierst, verspreche ich, dass ich dir dein Lächeln zurück aufs Gesicht zaubere.«

Die Zeit scheint sich zu verschieben und rinnt mir wie Sand durch die Finger. In einem Moment stehen wir noch an der Bar und George erzählt mir von seiner nervigen Mutter und seiner nervigen Schwester und ihrer nervigen Katze und dem nervigen Manager seiner nervigen Arbeit, und im nächsten sind wir in einer Klokabine und ich lehne mit dem Rücken an der Wand. Für eine Nachtklubtoilette ist sie, glaube ich, ganz in Ordnung, aber meine Erfahrungen sind da beschränkt. George informiert mich jedenfalls verlässlich, dass niemand auf den Boden gepinkelt hat. Das ist doch schon mal was. Mir schwirrt der Kopf, immer wieder dreht sich alles wie im Schleudergang der Waschmaschine. Ich bin mir nicht sicher, ob ich das durchziehen möchte, aber George versichert mir, dass ich das tue, und mir fehlen die Worte, um ihm zu widersprechen.

Es ist wie eine außerkörperliche Erfahrung. Ich sehe ihm zu, denke dabei aber nur an dich. Wie du mir das alles gezeigt hast und dabei geduldig und sanft warst, mir erklärt hast, was dir gefällt, und mich gefragt hast, was mir gefällt. Du warst zärtlich, El. Du hast diesen verängstigenden Sexkram zu etwas Sicherem und Wundervollem gemacht. Und ich glaube nicht, dass du diese Person in dem Video warst. Nicht wirklich.

Ich liebe dich.

Es tut mir leid.

»Nein«, nuschle ich. »Bitte. Nicht.«

Ich versuche, Georges Hände wegzuschlagen, aber er drückt mein Handgelenk gegen die Wand.

»Was stellst du dich so an?«, knurrt er. »Ich will dir doch einfach nur einen bla…«

Und dann reißt jemand an der Tür, Gott sei Dank ist das Schloss kaputt und fliegt weg. Es trifft George am Mund. Blut spritzt auf die Trennwand. Dann greifen zwei Hände in die Klokabine und ziehen meinen Saufkumpan in den Vorraum. Ich stolpere ihm rechtzeitig nach, um mitzubekommen, wie der hinreißende Typ vom Tresen George auf die Füße zieht und gegen die Wand schubst.

»Lass deine dreckigen kleinen Hände von ihm.«

»Oder was, Raj?« George wischt sich mit dem Ärmel das Blut vom Mund. »Oder was?«

Raj ist mit zwei Schritten bei ihm. »Oder ich erzähle Bradley, dass du in den Toiletten anschaffen gehst und ihn nicht beteiligst.«

Raj lässt ihn los und George geht grummelnd zur Tür. Als wir allein sind, sieht Raj mich gequält an.

»Ich denke, du brauchst Wasser.«

Ich schüttle den Kopf. Irgendetwas an dem Typen kommt mir bekannt vor. Ich kann es nicht ganz ...

»Du bist er«, nuschle ich. »Du bist der, mit dem Ellis an Silvester zusammen war.«

Raj nickt. »Stimmt, Dylan, ich denke, wir müssen uns unterhalten.«

HEUTE:
Donnerstag, 30. April

16

Die Digitaluhr über dem Tresen springt auf 00:14 Uhr und das erste Mal in meinem Leben schiebe ich ein Stück einwandfrei genießbare Pizza von mir weg. Mein Magen fühlt sich an wie eine Mülltüte, die im Müllwagen zusammengepresst wird. Sobald ich auf die Neonreklame im Fenster des Takeaways schaue, explodieren Sterne hinter meinen Augen. Der Tisch ist nicht abgewischt, aber das ist mir egal. Ich muss mein Gesicht auf irgendetwas Kühles legen.

Als Raj mit einer Flasche Wasser zurückkommt, hebe ich meinen Kopf ein paar Zentimeter und bemerke, dass mir eine kalte Pommes an der Wange klebt.

»Wow.« Er nickt und reicht mir mein Getränk. »Ich kann total verstehen, warum Ellis sich in dich verliebt hat.«

Ich kratze mir die Pommes runter. »Klar, er dachte ganz eindeutig, dass ich ein richtig guter Fang bin.«

Das ist das Nonplusultra an Skurrilität – der Liebhaber meines toten Freundes ist freundlich zu mir und kauft mir etwas zu essen. Ich weiß nicht wirklich, wie wir hierhergekommen sind. In einem Moment ziehe ich mir in der Klokabine noch den Reißverschluss zu und im nächsten warte ich auf ein Stück Pizza, um das ich nie gebeten habe, und presse meine Knie gegen meine verschwitzten Hände.

Raj setzt sich mir gegenüber und trinkt einen kräftigen

Schluck von seinem eigenen Wasser. Und ehrlich gesagt, El, verstehe ich, was dich an ihm angezogen hat. Dieser Junge hat ernste Augen. Soll heißen, so dunkel wie Onyx und dermaßen unergründlich, dass ich nicht wegschauen kann.

»Also, ich habe gehört, wie du und dein traumhaft schöner Freund euch an der Bar unterhalten habt.«

»Ja, Mike. Er ist hetero.«

»Die Welt steckt voller tragischer Geschichten.«

Er zeichnet mit dem Finger Muster in das verschüttete Salz auf den Tisch, Zacken und kleine Pfeile, die mich an den hellen Blitz auf der dunklen Straße erinnern.

»Na schön«, seufzt er. »Wenn ich das richtig mitbekommen habe, hat Bradley dir das Silvestervideo von Ellis und mir gezeigt. Es gibt ein paar Dinge, die du über das, was du *glaubst,* gesehen zu haben, wissen solltest. Erstens und am allerwichtigsten: Zwischen mir und Ellis lief nichts.«

»Wirklich?« Ich drücke mich im Stuhl zurück und will plötzlich ein bisschen Abstand zwischen uns bringen. »Ich muss schon sagen, ihr habt mich komplett getäuscht.«

Er lehnt sich nach vorn. Er lässt mich nicht davonkommen. »Kann ich mir vorstellen, aber weißt du was, Dylan? Eine zwanzigsekündige Momentaufnahme aus dem Leben eines Menschen kann ziemlich irreführend sein. Da hatte dein bedauerlicherweise Heterofreund absolut recht. Also lass mich eins klarstellen: Ich habe Ellis einmal geküsst. *Ein Mal.* Und was du auf dem Video gesehen hast, war der erste Akt, das Zwischenspiel und der letzte Vorhang unserer gesamten stürmischen Liebesgeschichte. Klar fand ich ihn süß, als er an dem Abend in den Club kam. Willst du mir das vorhalten?«

Nein, El, das kann ich ihm nicht vorhalten.

Raj verzieht das Gesicht, versucht sich zu erinnern, oder

vielleicht sucht er ja nur nach den richtigen Worten. »Er sah so traurig aus und, ich weiß auch nicht, so verzweifelt.«

»Verzweifelt?« Ich nicke. »Na dann.«

»Dylan, bitte hör auf, so empfindlich zu sein. Nach allem, was ich über dich weiß, passt die launische Teenager-Nummer nicht zu dir.«

»Und was genau *weißt* du über mich?«

»So einiges. Ellis ist nach diesem zwanzigsekündigen und einzigen Kuss buchstäblich zusammengebrochen. Was du da heute Abend in dem Video gesehen hast, war weder Liebe noch Zuneigung und auch keine Begierde. Ich bin schon ein bisschen rumgekommen, glaub mir, und ich weiß, was diese Art zu küssen bedeutet. Alles, was Ellis in dem Moment brauchte, war jemanden zum Festhalten.«

»Warum hat er dann nicht *mich* festgehalten? Ich wäre für ihn da gewesen. Er hätte bloß zum Telefon greifen oder auf eine meiner tausend Nachrichten reagieren müssen, die ich ihm die ganze Woche über geschickt habe.«

»Vielleicht warst du ihm so wichtig, dass er diese Dunkelheit nicht zu dir bringen wollte. Denn das war Dunkelheit, Dylan.« Raj wendet zum ersten Mal seinen Blick von mir ab. »Ich habe es ihm angesehen. Er hat etwas sehr Schlimmes erlebt.«

Meine Gedanken rasen zu der Nacht, in der du gestorben bist. Mein Instinkt sagt mir noch immer, dass die Dunkelheit, von der Raj redet, irgendwie mit dem in Verbindung steht, was dich am Osterball verängstigt hat. Aber wie können diese beiden Ereignisse zusammenhängen?

»Jedenfalls«, fährt Raj fort, »habe ich ihn zu einer Sitzecke geführt und wir haben fast die ganze Nacht lang geredet. Nicht darüber, was ihm so zusetzte, darüber wollte er nicht sprechen. Aber weißt du, worüber wir uns unterhalten haben? Wovon er besessen war und worum praktisch jeder Gedanke in diesem albernen, hübschen Kopf kreiste?«

Raj grinst, fasst über den Tisch und stupst gegen meine Nase.

»Um dich, du Dussel. Gott, ich weiß jede Kleinigkeit über dich! Dass du es keine fünf Minuten ohne eine Comicanspielung aushältst. Wie schrecklich dein Musikgeschmack ist. Dass du mit acht Jahren bei einer Hochzeitsfeier aufgestanden bist und dem Pfarrer verkündet hast, das glückliche Paar könne nicht heiraten, weil deine Mutter finde, der Partner ihrer Cousine rieche ein bisschen nach Katzenfutter und habe diese komischen kleinen Füße.«

»Komischen kleinen Hände«, korrigiere ich ihn und muss plötzlich lächeln.

»Meinetwegen. Aber ich wusste genug, um dir diese ekelhafte Pizza zu bestellen, oder? Hör mal, ich weiß nicht, was passiert ist und zu diesem Silvesterabend führte, aber eins weiß ich bestimmt: Ellis hat dich *geliebt*. Es ging ihm nicht gut an diesem Abend und er hat einen dummen Fehler gemacht. Und Gott, wenn er Single gewesen wäre, hätte ich ihn mir auf der Stelle geschnappt. Aber das war er nicht. Und er hatte ein verdammt schlechtes Gewissen, nachdem er mich geküsst hat.«

Rajs Lächeln ist ansteckend, und ich kann mir nicht helfen, aber ich mag ihn. Wenn du dich an dem Abend schon an einer Schulter ausweinen musstest, bin ich froh, dass es seine war.

»Du bist ein Glückspilz, Dylan McKee. Wenigstens einmal im Leben geliebt zu werden ...« Über diese tiefschwarzen Onyxseen legt sich ein Glanz. »Das ist schon was Besonderes.«

Ich stehe langsam von meinem Stuhl auf und Raj tut es

mir gleich. Himmel, dieser Typ kann ungelogen hellsehen, er scheint einfach *Bescheid* zu wissen. Denn noch bevor ich meine Arme ausbreiten kann, legt er seine für eine Ewigkeit um mich. Ich umarme ihn auch. Es ist schön, so gehalten zu werden, und ich fühle mich ausnahmsweise einmal nicht schuldig. Ich hoffe sogar, dass wir eines Tages vielleicht Freunde sein können.

∽ ∽ ∽

In dieser Nacht finde ich dich wieder. Auf den verschlungenen Feldwegen, die wir Hand in Hand zusammen entlangliefen, weil wir uns dort vor den Blicken von Ferrivale sicher fühlten. Ich finde dich auf den mondbeschienenen Feldern wieder, die du so gerne gezeichnet hast. Und ich finde dich in Rajs Worten und in meiner neu gewonnenen Gewissheit über dich und wer du warst wieder.

Die Nacht ist warm, aber immer wenn ich einen vertrauten Ort erreiche, bekomme ich eine Gänsehaut. Hinter mir funkeln die Lichter der Stadt so finster wie die Augen des alten Paars im Krankenhaus. Aber da ist der Zauntritt, über den ich gestolpert bin, bevor du mich aufgefangen und dann in einem großen Kreis herumgeschwenkt hast, bis meine Füße wieder fest auf dem Boden standen. Und dort, auf der anderen Seite des gelben Feldes, verläuft der Wanderweg mit dem schiefen Wegweiser, der in Richtung von *Ferrivale, Matchesby, Goatstone* und *Dorral* zeigt. Der Wegweiser, auf den du lachend geklettert bist und über den du deine Hände gelegt hast, bis dort nur noch »Mach's Gott oral« stand.

Ich laufe die Nacht ab, erreiche mein Ziel, setze mich auf einen Grabstein und warte auf den Morgen. Dort bleibe ich bis 10:30 Uhr, erst dann nehme ich mein Handy heraus und rufe Mike an. Ich sage ihm, dass ich ihn sehen muss, aber nur, wenn ihm danach ist.

»Gib mir eine Stunde«, stöhnt er und legt auf.

Ich weiß, El, du musst mir das nicht sagen. So einen guten Freund verdiene ich überhaupt nicht.

Ich versuche, nicht zu unserem Ort zu schauen. Nicht, bis Mike bei mir ist und mir ein bisschen Kraft gibt. Ich versuche, an nichts zu denken und mich an nichts zu erinnern. Ich sitze einfach nur da und warte ...

Irgendetwas Helles schnüffelt herum und zieht durch den morgendlichen Nebel seine Runden, schlängelt sich durch die Bäume und sucht sich seinen Weg über die eingebrochene Mauer, bis es mich findet. Ich fasse nach unten und lege meine Hand um Becks Schnauze. Hunde urteilen nicht, oder? Selbst wenn du dich ihren Herrchen gegenüber wie ein komplettes Arschloch benommen hast.

»Hey«, sage ich, als Mike auf den Friedhof kommt.

Er geht langsam an den Grabsteinen vorbei und sein Blick wandert von Inschrift zu Inschrift. Ich weiß, dass er sie nicht lesen kann. Du und ich haben während unserer Stunden hier jede zerbröckelnde Steintafel untersucht und uns sogar dicht davorgehockt, aber wir konnten immer nur ein paar einzelne Worte und Daten entziffern. Ich frage mich, wie viele Liebesgeschichten hier in den Jahren, seit dieser Ort verlassen wurde, verwittert sind. Ihre Trauer muss ihnen genauso tief und einzigartig vorgekommen sein wie mir meine, und doch sind ihre Romanzen vergessen. Das wird mit unserer auch eines Tages passieren. Dadurch sollten die Dinge vermutlich ins richtige Verhältnis gerückt werden. Was nicht der Fall ist. Es ist noch immer falsch, dass die Welt weder zerbrochen noch stehen geblieben ist, seitdem du kein Teil mehr von ihr bist.

Mike nimmt den Grabstein neben meinem und reicht mir

eine Thermoskanne und etwas Warmes, köstlich Duftendes, das in Alufolie gewickelt ist. Mein Magen knurrt. Während ich mein Baconsandwich auspacke, schenkt Mike heißen, süßen Tee in zwei Plastikbecher.

»Warst du zu Hause?«

»Nein.« Der Bacon ist salzig und knusprig und das Himmlischste, was ich je gegessen habe. Mike wartet, bis ich fertig bin.

»Du bist so ein manipulierbarer Idiot, Dylan. Aber das weißt du, oder?« Ich wische mir über den Mund und nicke.

»Na gut, solange wir das geklärt hätten.«

Ich füttere Becks ein Stück von der Speckkruste. Die Sonne wirft lange Friedhofsschatten und der Nebel löst sich allmählich auf.

»Es tut mir leid.«

Er seufzt. »In Ordnung. Aber dir ist schon klar, wonach das schreit?«

»Alter, nein.«

Er leckt über seinen Zeigefinger. »Ertrage deine Strafe wie ein Mann, Dylan.« Ich sitze völlig bewegungslos da, während er mit seinem nassen Finger in meinem Ohr rumwackelt. Becks bellt hell und jagt seinem Schwanz nach, als wolle er zeigen, dass er den Slapstickhumor auch draufhat.

»Bin ich noch immer einer der Unglaublichen Dödelbrüder?«, frage ich.

»Der dödeligste.« Er nickt.

Also lege ich direkt los. Ich erzähle ihm von meiner Begegnung mit Raj, lasse allerdings den Teil mit George und dem abgebrochenen Blowjob in der Klokabine aus, weil ein Junge nicht unendlich viel Schmach erträgt. Mike hört zu, spielt mit Becks und wirft Stöckchen. Dann erzähle ich ihm von meiner bestärkten Gewissheit, dass die Sache, die dir

über die Weihnachtsferien Angst eingejagt hat, mit der zusammenhängt, die dich am Osterball aus der Fassung gebracht hat. Als er nachdenklich nickt, weiß ich, dass ich nicht nur besoffenes Gefasel von mir gebe.
»Ich sollte nach Hause«, sage ich. »Vielleicht ist eine neue Seite aus dem Notizbuch aufgetaucht. Ich weiß, das klingt jetzt verrückt, aber irgendwie fühlt es sich nicht so an, als hätte das erst vor zwei Tagen begonnen. Es fühlt sich so an, als würde ich diese Seiten schon ewig bekommen.«
Mike sieht unsicher zu mir. »Du weißt schon, Dylan, dass nichts davon dir El zurückbringen wird?«
»Himmel, Mike.« Ich schaue ihn unverwandt an. »Mir ist klar, dass ich ein Idiot bin, aber blöd bin ich nicht.«
Er fährt mit der Hand unter seine Baseballcap und richtet seinen Blick auf die alte Kirche. Die Westseite ist im Morgenglanz so dunkel wie die Nacht.
»Ich weiß nicht, Mann. Das ganze Zeug, es ist, als wäre die Zeit stehen geblieben. Du trauerst nicht, zumindest nicht richtig. Du ...«
»Gehst nicht weiter?« Ich will mich nicht mit ihm streiten, nicht, wo wir uns gerade wieder vertragen haben. Ganz abgesehen davon fehlt mir die Kraft dazu. »Hör mal, ich werde das nicht einfach bleiben lassen«, erkläre ich ihm. »Ich werde nicht aufhören, Mike, bis ich herausgefunden habe, was ihm zugestoßen ist. Wenn ich nicht verstehe, was ihm Angst eingejagt hat, werde ich wahrscheinlich verrückt. Aber du musst mir nicht helfen.« Ich strecke den Arm aus und reibe ihm über die Schulter. Wo früher gesunde Muskeln waren, spüre ich jetzt spitze Knochen. »Ich bekomme das allein hin.«
Er holt tief Luft, und ungeachtet dessen, was ich gerade gesagt habe, bekomme ich doch irgendwie Angst, weil ich

nämlich ehrlich gesagt nicht glaube, dass ich das *wirklich* allein hinbekomme.

»Dann machen wir weiter«, sagt er schließlich.

Er stellt seinen Tee beiseite, wühlt in seiner Manteltasche und holt sein Handy heraus. »Und wo du dich jetzt nicht mehr wie ein Riesenidiot verhältst, gibt es etwas, das du sehen solltest.« Er ruft seine Bildergalerie auf und öffnet ein verschwommenes Foto. »Du warst so darauf konzentriert, was zwischen El und diesem Raj abging, dass du nicht mitbekommen hast, was im Hintergrund der Aufnahme passiert ist. Ich hab schon in der Bar versucht, es dir zu sagen, aber du wolltest nichts hören. Also, ich habe keine Ahnung, was das bedeutet, aber es ist seltsam, oder?«

Er gibt mir das Handy und zeigt auf eine Gestalt im Hintergrund des Video-Schnappschusses. Zuerst kapiere ich nicht, was er mir zeigen möchte. Aber dann erkenne ich das wellige Haar, das fast seine Augen verdeckt, und diese seltsam defensive Art mit dem Arm vor dem Bauch, mit der er immer dasteht. Er hat sich halb von El und Raj weggedreht, als würde ihn nicht wirklich interessieren, was da abläuft. Was aber irgendwie komisch wäre, weil praktisch jeder im Club glotzt. Außerdem ist sein Auftritt nicht gerade überzeugend, denn Ollie Reynolds filmt das Ganze mit seinem Handy.

Ich drehe mich zu Mike und sehe meine Fassungslosigkeit in seinem Gesicht gespiegelt.

»Was zum Henker bedeutet das?«

DAMALS:
Donnerstag, 2. Januar

Die Kirche

Ich sitze mit den Händen zwischen den Knien auf einem Grabstein und mein Atem steigt in kleinen Wölkchen auf. Es weht kaum ein Wind und die Landschaft um mich herum ist ganz makellos und weiß und still. Selbst diese verlassene Kirche, die sonst immer knarzt und ächzt, regt sich nicht. Ich schaue zum fünfzigsten Mal auf die Straße. Kein Auto, das qualmend den Weg entlangkommt und mir El zurückbringt. Ich trete gegen den verstreuten Müll und bete, dass er bald auftaucht und mir erklärt, was ich falsch gemacht habe.

Zwölf Tage lang waren wir glücklich. Julia hatte mit ihrer Behandlung begonnen und es ging ihr gut, Ellis arbeitete intensiv an seiner Skulptur und wir nutzten jede Sekunde, die uns blieb, gemeinsam. Zwölf Tage voller Freistunden, in denen wir zu mir rasten, bevor meine Eltern nach Hause kamen, und uns gegenseitig die Kleider vom Leib rissen. Zwölf Tage, in denen wir über Politik und Filme und Musik und Geschichte und all die komischen Sachen redeten, von denen ich dachte, ich würde sie nie mit jemandem teilen. Zwölf Tage, in denen wir manchmal überhaupt nicht redeten, sondern einfach nur dalagen und ineinander versunken waren.

Na gut, es gab da noch diese unerwartete Meinungsverschiedenheit. Er konnte nicht verstehen, warum ich es meinen Eltern nicht sagen wollte. Er hatte sie bisher zwar noch nicht richtig kennengelernt, aber durch meine unzähligen Geschichten über sie klangen sie vermutlich recht cool. Ich konnte ihm nicht klarmachen, was es für uns bedeutete, wenn sie Bescheid wussten. Jedenfalls akzeptierte er meine Entscheidung und versicherte mir, dass er für mich da wäre, wann immer es sich für mich richtig anfühlte.

Dann kam der letzte Schultag und alles änderte sich. Wir wollten uns am nächsten Tag treffen. Der neue Star-Wars-Film war draußen, und ich überzeugte El davon, dass lange vergangene Abenteuer in einer weit, weit entfernten Galaxie nicht nur etwas für kleine Kinder waren. Im Grunde waren die Filme überhaupt nicht für Kinder gedacht, und wenn eine Rotzgöre während eines Laserschwertkampfes anfangen würde herumzubrabbeln? Nun, dann konnte ich für nichts garantieren. El lachte und versprach, dort zu sein.

Er tauchte nie auf. Ich rief an und schrieb ihm. Nichts. Das war seltsam. Ich überlegte, ob ich Mike anrufen und ihm Els Eintrittskarte anbieten sollte, aber zwei Dinge hielten mich davon ab: Erstens ging es Mike nicht besonders und er war die ganze letzte Woche zu Hause geblieben, und zweitens machte ich mir plötzlich fürchterliche Sorgen um El. Letztendlich kehrte ich dem Film, auf den ich zwei ganze Jahre lang gewartet hatte, den Rücken und fuhr nach Mount Pleasant.

Ich machte mir keine Gedanken darüber, ob Julia da sein könnte, denn El hatte ihr bereits von uns erzählt, und sie hatte es natürlich ganz locker genommen. Sie hatte mir sogar diesen Doppelsnickersriegel zum Coming-out geschenkt, den sie gerade zur Hand hatte, obwohl noch gar nicht alle Bescheid wussten, und mich auf die Wange geküsst, bis ich aussah, als hätte mich ein Grizzlybär mit Ruby-Woo-roten Lippen zerfleischt (dank El weiß ich inzwischen eine Menge

über Lippenstifte). Auf jeden Fall fiel mir auf dem Weg dorthin ein, dass Julia zur Spätschicht in der Bäckerei war.
Die »123« auf der Tür zur Wohnung 123 zitterte ein wenig, als ich klopfte. Aber wie auf meine Anrufe auch jetzt keine Reaktion. Ich wollte gerade wieder klopfen, als mir ein Schatten hinter dem Türspalt auffiel.
»El? El, ich bin's.« Der Schatten erstarrte. »Ist alles in Ordnung? Wir waren doch beim Kino verabredet, aber wenn es dir nicht gut geht ...? Komm schon, El, das ist nicht lustig. Das ist ...« Ich versuchte zu schlucken, aber ich konnte nicht. »Hab ich was falsch gemacht? Bist du sauer auf mich?«
Schweigende Dunkelheit unter der Tür.
»Hallo? Nimmst du mich gerade auf den Arm?« Ich versuchte es mit einem Lächeln, aber das rutschte mir gleich wieder aus dem Gesicht. »Was habe ich gemacht, Ellis? Warum redest du nicht mit mir?«
Ich bin Dylan McKee, ich mache keine Szenen, aber in jenem Moment hämmerte ich gegen die Tür.
»El, bitte, sag doch was!«
Doch das tat er nicht, und zu guter Letzt musste ich aufhören, denn die Nachbarn streckten schon ihre Köpfe aus den Türen und funkelten mich grimmig an.
Und wieder vergingen zwölf Tage, dieses Mal waren sie die Hölle. Ich schrieb und schrieb und schrieb, aber die einzigen Nachrichten, die ich erhielt, kamen von Mike und ein paar Schülern, die nach Abgabefristen für irgendwelche Aufsätze fragten. Und so krochen die Tage dahin, und ich versuchte alles in meiner Macht Stehende, um dich zu erreichen. Ich schickte E-Mails und schrieb sogar einen Brief, während das ausgetüftelte kleine Foltergerät zwischen meinen Ohren auf Hochtouren lief: *Es lag am Sex, Dylan. Hey, er hat sein Bestes gegeben, aber mit einer ahnungslosen Jungfrau kann man nicht*

ewig viel anfangen ... Es lag an deinem Comiczeug, Dylan. Du hast ihn zu Tode gelangweilt ... Es lag an dir, Dylan. An dem seltsamen, trampeligen, linkischen kleinen Dylan. Er ist endlich zur Vernunft gekommen.

Jeden Tag, den ich zu meiner Stelle vor Mount Pleasant stapfte, gingen mir diese Gedanken aufs Neue durch den Kopf. Selbst am ersten Weihnachtsfeiertag geisterte ich über den Bürgersteig, während kleine Kinder auf ihren neuen Fahrrädern wackelig um mich herumfuhren. Und auch wenn ich ein paarmal in Julia lief, die immer sagte, dass du krank seist, und dabei meinem Blick auswich, dich bekam ich kein einziges Mal zu Gesicht. Damals glaubte ich, dass ich mich nie unglücklicher fühlen könnte.

Ich hatte unrecht. Am Neujahrstag saß ich auf Mikes Bett und köpfte Vampire, als ich schließlich den Controller auf einen Kissenstapel warf und mich zu ihm drehte.

»Mike?«

»Jep?«

Während er einen sauberen Kopfschuss ausführte, klemmte seine Zunge zwischen den Zähnen. Ich nahm ihm den Controller ab und er wollte sich schon beschweren, als er meinen Gesichtsausdruck bemerkte und die Stirn runzelte.

»Alles in Ordnung? Was ist los, Alter?« Er drehte sich nun ganz zu mir. Jetzt oder nie. Keine Ahnung, was ich tun würde, wenn Mike mich danach hasste, aber ich konnte nicht mehr zurück. Es gab keine Enthüllungen, die ich stattdessen vorschieben könnte und die er mir abnehmen würde ... weil ich nämlich weinte.

»Ich bin nicht normal gepolt«, sagte ich.

Er lachte, denn was ich da sagte, klang typisch Dylan-absurd. Dann hörte er plötzlich auf und nickte.

»Du bist also schwul?«

»Ja.«

»Bist du dir sicher?« Er hob fragend eine Augenbraue.

»Warum sollte ich mir nicht sicher sein?«

Er blies die Backen auf. »Keine Ahnung, Mann, du bist einfach der unstylischste Mensch, der mir je begegnet ist. Und du tanzt grauenhaft.«

»Hey.« Ich stieß ihn grinsend mit dem Ellbogen. »Dir ist schon klar, dass es irgendwie homophob ist, wenn man annimmt, dass alle Schwulen erstaunliche Tänzer sind?«

Sein Lächeln wurde unsicher und er warf mir diesen langen Blick zu. »Es tut mir leid, Dylan.«

Mir rutschte das Herz in die Hose. Es tat ihm leid. Leid, weil er nicht mehr mein bester Freund sein konnte? Leid, weil ich eine Missgeburt war? Leid und er würde trotzdem für mich beten?

»Diese ganzen blöden Witze«, stöhnte er. »Dieses ganze beschissene Schwulengeplänkel. Herrje, wenn ich daran denke, ist mir das echt unangenehm. Also, wenn ich eine Ahnung gehabt hätte, hätte ich nie ...« Und plötzlich weinte er auch, warf seine Arme um mich und drückte mich auf diese typisch ungestüme Mike-Art fest an sich. »Es tut mir so leid. Ich als kompletter Vollpfosten habe das Ganze bestimmt noch schwieriger für dich gemacht.«

»Schon in Ordnung«, sagte ich und tätschelte seinen blonden Haarschopf, der jetzt an meinem Hals lag. »Ich habe dich bereits als kompletten Vollpfosten akzeptiert, als wir drei Jahre alt waren.«

Er lachte und lehnte sich zurück. »Egal wann du dich outen willst, ich halte zu dir. Und falls sich irgendein Idiot in der Schule mit dir anlegt?« Er führte seine Hand wie ein Messer über die Kehle. »Und ...« Dann machte er dieselbe Bewegung über seinem Schritt.

»Du schneidest ihnen die Schwänze ab?«
»Aber so was von, Mann. Oder so was von Queer. Oder so was von was immer du willst.« Dann tupfte er seinen Finger auf die Zunge und wackelte damit in meinem Ohr. »Ich hab dich lieb, Alter.«
»Danke, Mann.«
»Tja.« Er atmete lange und hörbar aus. »Schwul. Cool. Hast du es sonst noch jemandem gesagt?«
Und da erzählte ich ihm alles über mich und El. Als ich ihm von den Anfängen mit den Neckereien und dem Flirten und meinen Rückzügen berichtete – oder dem Dylantanz, wie El es gern nannte –, saß Mike mit diesem schiefen Grinsen im Gesicht einfach nur da. Dann kam ich zu den ersten zwölf Tagen unserer festen Beziehung, und in meinem Redeschwall entschlüpften mir ein, zwei pornografische Details. Mike vergrub sein Gesicht im Kissen und murmelte: »Zu viele Details, Alter, zu viele verdammte Details!« und ich spürte, wie sich der Inbegriff von einem ›vor Verlegenheit erröten‹ auf meinem Gesicht breitmachte.

Dann kamen wir zur vergangenen Woche. Mike hörte zu und legte mir einen Arm um die Schulter.

»Ich weiß gar nicht, was ich sagen soll. El ist ein guter Kerl. Ernsthaft, ich habe ihn ein bisschen auf und jenseits des Fußballplatzes kennengelernt und ich hätte dir keinen besseren Freund aussuchen können. Ich kapiere das einfach nicht.«

»Da sind wir schon zu zweit.«

Wir saßen eine Weile da und hörten Mumzilla zu, die unten für den Chor probte. Carol hat eine unglaublich melodische Stimme, die ich immer sehr beruhigend fand. Heute allerdings nicht.

»Dylan«, murmelte Mike.

»Ja?«

»Wo heute irgendwie der Outing-Tag ist ...«
Ich wirbelte zu ihm herum. »Du doch nicht!«
»Nee.« Er lächelte mich auf diese traurige Weise an. »Aber ich muss dir etwas sagen ...«

∼ ∼ ∼

Ich schaue zum einundfünfzigsten Mal prüfend zur Straße und springe auf. Ein zerbeulter alter Nissan rollt Richtung Kirche. Mein Herz pocht gegen meine Rippen. Ich denke an den Anruf von heute Morgen, den Anruf, bei dem ich vor Weinen kaum ein Wort herausbrachte.
»Ellis, bitte nimm ab ... Es geht nicht um uns. Es geht um Mike ... Es ist mir egal, wenn du mich nicht mehr willst, aber ich muss mit dir reden. Mike. Ihm ... ihm geht es nicht gut. Genau genommen ist er richtig, *richtig* krank. Bitte, El ... *Bitte*.«
»Dylan?« Als du endlich, *endlich* zurückgerufen hast, hat deine Stimme mich beinahe umgehauen. »Ist alles in Ordnung mit dir? Was ist mit Mike?«
Ich wollte das Furcht einflößende Wort nicht sagen, aber irgendwie gelang es mir doch, und El wurde so still, dass ich schon dachte, er hätte aufgelegt.
Dann:
»Ich will dich sehen, Dylan.«
»Wo?«
»Entscheide du.«
Also stehe ich bei meinem Grabstein und wage nicht, mich zu rühren. Das Auto hält. El steigt aus. Er geht vorn herum und – ich kann nicht anders – ich renne zu ihm.
Er fängt mich auf und hält mich fest, seine Hände packen mich an meinen Schultern, an meinem Rücken, im Nacken,

als hätte er Angst, dass ich abhauen könnte. Und in dem Moment weiß ich, dass all das Gift, dass mein Hirn die letzte Woche über versprüht hat, absoluter Blödsinn ist. Er liebt mich. Das tut er eindeutig. Ich gehe ein Stück zurück und lege meine Hände um sein Gesicht. Er versucht wegzuschauen, aber das lasse ich nicht zu.

»Was ist passiert?«

»Es tut mir leid.« Sein Gesicht verzieht sich und ich streiche mit dem Daumen warme Tränen von seinen Wangen. »Ich habe Weihnachten zum ersten Mal ohne meine Familie verbracht, ohne meine Schwester, und … Ich weiß auch nicht, irgendwie bin ich ein paar Tage lang vollkommen durchgedreht. Verzeihst du mir?« Er nimmt meine Hände und küsst die Innenflächen, dann wirkt er irgendwie von sich angewidert, als würde er eine billige Show abziehen. »Mist, was sage ich denn da? Ich würde mir nicht verzeihen, warum solltest du also?«

Ich will ihm glauben, ganz bestimmt, aber die Art und Weise, wie er aus meinem Leben verschwunden ist, war zu extrem.

»Ich hätte geholfen«, erwidere ich, drehe mich um und gehe ein paar Schritte auf Abstand. »So wie ich es in den Millionen Nachrichten gesagt habe, die ich dir hinterlassen habe. Wenn dich etwas aufgewühlt hat, wäre ich für dich da gewesen.«

Er holt mich ein und fasst nach meiner Hand. »Ich weiß. Ich weiß. Ich war ein Idiot.«

»Das warst du.«

Eine Weile lang stehen wir schweigend da, nur das Laub zwischen unseren Füßen raschelt.

»Hab ich es versaut?«

Ich schüttle den Kopf und stelle mich auf die Zehenspitzen. Als wir uns küssen, läuft eine Träne – seine Träne – zwischen uns herunter.

»Bist du dir sicher, dass du mir sonst nichts erzählen willst?«

»Ja. Ja, danke.« Er nickt. »Und ich werde dich nie mehr wieder so ausschließen. Versprochen.«

Und obwohl ich weiß, dass er mir etwas verschweigt, weiß ich ebenfalls, dass das alles ist, was er preisgeben wird. Denn wie in seinem Notizbuch verbirgt er in seinem Innern einen geheimen Ort, an den er mich vermutlich nie lassen wird. Das tut mir im Herzen weh, aber ich schätze, der Großteil von ihm genügt mir auch. Und um ganz ehrlich zu sein: Ich bin ein Feigling – ich habe Angst, ihn für immer zu verlieren, wenn ich ihn zu sehr dränge.

»Also«, sagt er und holt Luft, »Mike.«

Wir sitzen zwischen den Grabsteinen und reden. Ich teile ihm Mikes Diagnose mit und er hält meine Hand, während ich all meine Hoffnungen und Ängste aufzähle. El kann das nicht wieder richten, er kann mir nicht garantieren, dass Mike in Ordnung kommt, aber er hört mir zu und tröstet mich, und indem er das tut, richtet er es *doch*. Ein bisschen.

»Wir werden ihn nicht allein lassen«, sagt er. »Und Michael ist ein zäher Hund.«

Nach einer Weile stehen wir auf und ich nehme die Vorräte, die ich für den Fall, dass es heute klappt, mitgebracht habe. El grinst, als ich die Hälfte der Tüten fallen lasse und über den Rest strauchle, dann schaut er auf die vernagelte Kirchentür.

»Was ist das für ein Ort?«

Ich stolpere ihm hinterher und werfe ihm eine Tüte zu. Die er mühelos fängt.

»Du hast dein Krikelkrakel ... tja, das ist mein geheimer

Ort. Seit ich die Kirche auf einer Familienradtour entdeckt habe, komme ich immer wieder hierher. Frag nicht. Wir haben die Ausflüge aufgegeben, nachdem Chris in meinen Vater gefahren ist und ihm den Knöchel gebrochen hat. Jedenfalls fand ich irgendwie, dass es hier ziemlich romantisch ist, und ich habe mir alle möglichen Geschichten ausgedacht.«

»Ich wette, du hast verdammt gut recherchiert. Typisch Sprosse.«

»Ehrlich gesagt, nein. Ich wollte, dass der Ort ein unbeschriebenes Blatt bleibt und ich mir meine eigenen Geschichten vorstellen kann.«

Ich schiebe ein morsches Brett zur Seite und wir quetschen uns durch das Portal in das hallend leere Kirchenschiff. Aus dem Gebälk stürzt auf einmal ein Schwall Federn hervor. Ein Schwarm Wintervögel taumelt durch die Löcher im Dach. Die Hälfte der Kirchenbänke sind wie Dominosteine umgefallen und die meisten der Buntglasfenster sind zerbrochen, die Augen der Kirche sind durch die Metallbleche blind. Aber das Licht, das durch das Dach dringt, gibt dem Ganzen eine märchenhafte Traurigkeit, die mich immer wieder packt.

Ich nehme Els freie Hand und führe ihn durch den Mittelgang.

»Die Kirche ist irgendwie eine düstere Schönheit, findest du nicht? Ich habe mir immer vorgestellt, dass sie früher Teil eines riesigen Klosters mit Mönchschören war, die diese wunderbaren Lieder singen.« Ich werde rot und es ist mir egal, als El es bemerkt. »Es gab da einmal diese beiden Novizen, Lukas und Matthias, die ihre Tage hier innerhalb der Mauern der düsteren Schönheit verbrachten. Und während sie beteten und fasteten und Gott lobpriesen, achteten sie immer darauf, dass ihre Gedanken nie abschweiften. Doch dann, zur Erntezeit, verletzte Lukas sich auf den Feldern und wurde in Matthias' Krankenstube gebracht. Die Wunde war tief, er bekam Fieber. Keine der Arzneien, die Matthias ausprobierte, konnten die Infektion aufhalten. Während Matthias an Lukas' letztem Abend seine Hand hielt, gestand er seinem Bruder, dass es zwischen all den Gebeten Momente gegeben hatte, in denen seine Blicke zu Lukas gewandert waren, und als der nun seinen Blick erwiderte, wusste er, dass Lukas dasselbe empfand. Aber jetzt war es zu spät. Deshalb kroch er neben seinen Bruder aufs Bett und nahm den sterbenden Lukas in die Arme, damit sie wenigstens diesen einen aufrichtigen Moment miteinander teilten.«

El lächelt. »Und Lukas wacht auf und küsst Matthias und sie flüchten auf einen mittelalterlichen Kreuzzug.«

Ich lächle auch. »Es geht um verpasste Chancen, El. Ich habe gespürt, wie ich damals selbst welche verpasst habe. Bevor wir uns kennengelernt haben. Ich will nichts mehr verpassen.«

Ich führe ihn zum nördlichen Querschiff und der Wendeltreppe, die dort versteckt ist.

»Ist die sicher?«, fragt El, während er hinter mir herklettert.

»Das bezweifle ich.«

Hoch oben in dem glockenlosen Turm streicht uns ein sanfter Wind durch die Haare. Vor uns breitet sich eine weite, verschneite Landschaft aus und im Hintergrund liegen Ferrivale und der blau glitzernde Hunters Lake. Ich gehe über die knarzenden Holzdielen und stelle El meinem besten nichtmenschlichen Freund vor. El tut so, als würde er ihm die Pfote schütteln.

»Wie heißt er?«

»Ähm …«

»Hat der große Geschichtenerzähler diesem armen Kerl etwa keinen Namen gegeben?« Er streichelt den gehörnten Kopf des kauernden Wasserspeiers. »Monster, ich taufe dich Stanley. Mögest du immer über meinen Sprosse wachen und ihn beschützen.«

»Stanley?« Ich lache.

Er zuckt mit den Schultern. »Der Kerl sieht wie ein Stanley aus.«

Wir stellen unsere Vorräte ab, und während ich einen Zweimannschlafsack ausrolle, holt El sein Krikelkrakel heraus und zeichnet Stanley.

»Wasserspeier sollen das Böse abwehren«, sage ich. »Ein bisschen wie deine Tattoos.«

Er schaut mich über seine Zeichnung hinweg an. »Dann sind wir doppelt sicher.«

Er hat recht. Genau das empfinde ich. Nach all den Ängsten und dem Liebeskummer über Weihnachten fühle ich mich endlich wieder sicher. Zumindest glaube ich das.

Als er mit Zeichnen fertig ist, kuschle ich mich in den Schlafsack und rufe ihn. Er schlängelt sich zu mir und dann liegen wir uns gegenüber und atmen langsam.

»Danke, dass du mir das gezeigt hast«, murmelt er. »Ich verstehe, warum du diesen Ort liebst. Die Geschichten und seine Geschichte.«

»Er erinnert mich daran, wie klein ich bin«, sage ich. »Im großen Lauf der Dinge, verstehst du. Da spielt es keine Rolle, was ich jetzt glaube oder fühle. Nicht wirklich. Denn am Ende sind wir alle nur Geschichte.«

El schweigt eine Weile und drückt mich dann an sich. »Das klang tiefgründig, Sprosse. Aber es ist auch das Dämlichste, was ich je von dir gehört habe. Du *spielst eine Rolle*.« Er lässt mich los und für einen Sekundenbruchteil kehrt die Sache zurück, die ihm in den letzten Wochen zugesetzt hat. »Du spielst eine riesige Rolle für mich. Begreifst du das überhaupt?«

Darauf erwidere ich nichts. Ich halte ihn einfach und versuche, die Zweifel und Unsicherheiten zu ignorieren, die in meinem Kopf flüstern.

HEUTE:
Donnerstag, 30. April

17

Ich starre auf das Bild von Ollie, der dich und Raj filmt. Mike hat es mir auf mein Handy geschickt, und selbst als ich unbefugt meine alte Schule betrete, starre ich es die ganze Zeit über an. Wie passt dieser verschlagene, hinterlistige Ollie zu dem, der mir auf Gemmas Party zu Hilfe geeilt ist? Ich kann mir das echt überhaupt nicht erklären. Nach der Nacht im Club bin ich müde und aufgelöst, und die Nachricht, die ich heute um kurz nach eins am Kühlschrank gefunden habe, als ich nach Hause kam, war nicht unbedingt förderlich.

Als ich mich über die Seitentür hineingeschlichen habe, war niemand zu Hause. Ich war mir ziemlich sicher, dass Dad an einem Donnerstag auf der Arbeit ist und Chris seinen faulen Arsch aus dem Bett gehievt hat, um Mum zum Zumba zu fahren (hin und wieder muss er auf diese Weise seine Existenz rechtfertigen). Obwohl Mikes Baconsandwich gegen meinen Kater geholfen hat, sehnte ich mich trotzdem nach einer Dusche und einen paar Stunden Schlaf. Nachdem ich das Bild von Ollie gesehen hatte, war mein erster Impuls, direkt bei ihm aufzulaufen – aber ein Blick auf Mike sagte mir, dass das nicht infrage kam. Dort zwischen den Grabsteinen wirkte er im Sonnenlicht fast durchscheinend. Und Mike hatte sowieso einen besseren Plan ...

Zurück zur Nachricht: Ich holte gerade eine Packung Milch aus dem Kühlschrank, als sie mir ins Auge fiel.

Dylan, Michael hat uns freundlicherweise darüber informiert, dass du gesund und munter bist. Aber – es gibt etwas Wichtiges, das wir besprechen müssen. Bitte sei heute Abend zu Hause – deine Mutter macht sich Sorgen und wir können so nicht weiterleben. Alles Liebe, Dad

Ich riss die Nachricht ab und stopfte sie zerknüllt in meine Tasche. *Wir können so nicht weiterleben.* Wollten sie mich rauswerfen? Vermutlich fühlten sie sich durch meine Anfeindungen und mein mürrisches Schweigen von ihrem Standpunkt aus betrachtet im Recht. Tja, sollten sie das tatsächlich vorhaben, war es vielleicht genau das, was ich brauchte. Ich war zu feige, um von allein von zu Hause wegzugehen – ein Rauswurf war womöglich das Beste, was mir passieren konnte.

An dem Nachmittag tauchte niemand unerwartet zu Hause auf. Mums Zumbaprogramm beinhaltet normalerweise ein ziemlich üppiges Mittagessen und einen nachmittäglichen Kinobesuch mit Chris. Daher hatte ich bis fünfzehn Uhr ein wenig Schlaf nachgeholt, lang und heiß geduscht, meine alte Schuluniform angezogen und war auf dem Weg zur Ferrivale High.

Als ich die Schule betrete, ist meine größte Sorge, dass ich zufällig in einen Lehrer laufe. Irgendwelchen Schülern kann ich etwas vormachen – *O ja, ich bin nur für einen Tag zurück, um zu schauen, wie sich das anfühlt –*, aber die Lehrer wissen, was Sache ist. Selbst wenn ich zurückkommen wollte, müsste es zuerst ein Gespräch über diese Veranstaltung geben, bei der ich den Polizisten vor einer ganzen Meute Siebtklässler als »Hohlbirne« bezeichnet habe. Haupt-Dementorin Harper wäre vermutlich der wahre Albtraum, aber irgendwie fürchte ich mich vor einer Begegnung mit Mister Morris sogar noch mehr. Der Blick, den er mir zugeworfen hat, als ich ihm mitgeteilt habe, dass ich die Schule abbreche, ähnelte ein bisschen einem traurig dreinblickenden Beagle, der gerade davon unterrichtet wurde, dass sein Lieblingswelpe den ganzen Küchenboden vollgepisst hat. Ich würde lügen, wenn ich behaupten würde, dass mich das kaltgelassen hat.

Aber ich laufe weder Harper noch Morris über den Weg. Sondern deinem alten Kunstlehrer, El, dem hinreißenden Denman. Wir stoßen vor der Jungsumkleide zusammen. Mr Denman entschuldigt sich, obwohl ich es war, der in ihn gerannt ist, und er fängt an, seine Pinsel und Kohlestifte aufzusammeln, die er mit sich herumgeschleppt hat. Ich glaube, ihm ist gar nicht klar, dass ich es bin, und ich könnte ganz einfach über ihn drübersteigen und weitergehen. Aber dann fällt mir auf, wie steif und klauenartig er seinen rechten Arm hält. Der Autounfall setzt ihm noch schwer zu.

Plötzlich kommt mir ein Gedanke: Was wäre, wenn dich an Weihnachten nicht eine große Sache aus der Bahn geworfen hätte, sondern verschiedene Dinge, die sich allmählich aufgebaut haben? Vielleicht stimmte es ja, als du gesagt hast, du würdest deine Schwester vermissen. Dann war da noch der ganze Stress mit euren letzten Spielen, bei denen ihr grottenschlecht wart, und dann hat sich auch noch dieser Kerl, dein Mentor, einen Monat, bevor dein Hauptprojekt bewertet werden sollte, zerlegt. Vielleicht war diese Art von ständig tröpfelndem Stress zu viel.

Wenn das allerdings der Fall war, warum hast du mir das dann nicht einfach gesagt?

Ich gehe neben Denman in die Hocke und helfe ihm, seine Kohlestifte zurück in die Schachtel zu packen.

»Dylan?« Mit einer Hand nach einem Kohlestift ausgestreckt kauert er unbeholfen vor mir. »Tut mir leid, ich habe dich ... Hör mal, solltest du überhaupt hier sein?« Er schaut kurz über die Schulter den Flur entlang zum Lehrerzimmer. Ich weiß noch, wie ich dich damit aufgezogen habe, weil du für den Typen geschwärmt hast, aber für einen Lehrer ist er echt ziemlich süß. Blonde, widerspenstige Haare und diese klaren blauen Augen. Na gut, mit seinem abwesenden Blick und seinen Strickjacken, die so altmodisch aussehen, dass sie fast schon wieder cool sind, wirkt er vielleicht ein bisschen zu sehr wie ein ›Katalogmodel‹, aber ich verstehe die Anziehung.

»Himmel.« Er steht unbeholfen auf. »Tut mir leid. Ich hoffe, das hat sich nicht wie ein Verhör angefühlt? Wen kümmert's, ob du hier bist, richtig? Tu, was immer du tun musst.« Er klemmt sich die Schachtel mit den Kohlestiften unter den Arm und tätschelt meine Schulter. »Das muss so grauenhaft für dich sein, Dylan. Achte einfach nicht auf den Mist, den meine Kollegen dir womöglich verzapfen. Es ist wichtig, dass du dir die Zeit nimmst, die du brauchst. Und hör mal, falls du mit irgendjemandem reden willst, meine Tür steht dir immer offen, ja? Wir könnten auch einen Kaffee zusammen trinken. Ich werkle nach dem Unterricht meistens noch in den Schulateliers herum. Du musst mit all dem nicht allein klarkommen, in Ordnung?«

Also ja, er ist schon irgendwie cool, zumindest droht er nicht damit, mich für immer aus diesen heiligen Hallen des Wissens zu verbannen. Ich nicke dankbar.

Plötzlich taucht Mike hinter Denman auf, schnappt meinen Ellbogen und zieht mich weg. Denman muss zweimal hinschauen, was ich eigentlich nur aus Cartoons kenne, aber da verschwinden Mike und ich schon hinter der Umkleidetür.

»Alter«, sage ich erschrocken, »was sollte das denn?«
Mike zuckt mit den Schultern. »Wir haben nicht viel Zeit. Ollie ist draußen auf dem Platz, aber das Training dauert nur noch gut zehn Minuten. Ich geh jetzt zu ihnen. Wenn Mr Highfield Feierabend macht, verwickle ich ihn in ein Gespräch, und du musst hier raus sein, bevor die Jungs zurückkommen.«
Er führt mich zu Ollies Spind und dreht an den Zahlen seines Vorhängeschlosses.
»Warum kennst du seine Kombination?«, frage ich.
»Weil Ollie nicht der Kreativste ist. Also hat er höchstwahrscheinlich sein Geburtsdatum genommen.«
Das Schloss klickt, was beweist, dass Mike im Gegensatz zu Ollie ein Genie ist. Mike reißt den Spind auf und nickt mir zu. »Zehn Minuten.«
Ich schaue ihm beim Rausgehen nach. Irgendetwas ist los mit meinem Freund. Selbst als er mir seine Diagnose mitgeteilt hat oder als ich mit ihm im Krankenhaus bei der Chemo saß und mir verzweifelt lustige Geschichten ausdachte, um ihn von den unvermeidlich bevorstehenden Kotzattacken abzulenken, war er immer gechillt. Verdammt, er war sogar gestern Abend gechillt, als ich ihn übelst provoziert habe. Aber im Moment zucken seine Wangenmuskeln und mir gefällt der Ausdruck in seinen Augen nicht. Ist er wirklich so sauer auf Ollie? Durchaus möglich. Ollie ist *sein* Freund, und wenn ich ehrlich bin, habe ich mich nur Mike zuliebe mit ihm abgegeben. Mit den ganzen Fußballstatistiken und lahmen Witzen ist Reynolds so unterhaltsam wie Becks, wenn er sich die Klöten leckt. Streich das. Verglichen mit ihm ist ein klötenleckender Becks wie ein *Avengers*-Filmmarathon. Daher ist es tatsächlich gut möglich, dass Mike sich wegen Ollies Verrat mitschuldig fühlt. Was Blödsinn ist.

Aber egal, wie sehr ich mich um Mike sorge, im Moment habe ich keine Zeit, darüber nachzudenken. Ich wühle in Ollies Spind und werfe dreckverkrustete Socken und verschwitzte Boxershorts zur Seite. Nach einer Weile finde ich, wonach ich suche, obwohl ich es zuerst komplett übersehe, weil der sicherheitsbewusste Ollie es in die Schuhspitze eines alten Nikeschuhs gesteckt hat. Doch zu guter Letzt ziehe ich das Handy heraus und wische über den Bildschirm.

Es ist passwortgeschützt. Drei Fehlversuche, und ich bin ausgesperrt.

Ich versuche mich an alles zu erinnern, was ich über Ollie Reynolds weiß, und obwohl ich ihn im Moment hasse, muss ich beschämenderweise zugeben, dass das nicht viel ist. Was bei genauerer Betrachtung ein wenig schockierend ist. Ich hänge seit der siebten Klasse mit Mikes Fußballmannschaft ab und weiß trotzdem so gut wie nichts über sie. Möglicherweise wissen sie auch nichts über mich, aber das ist gerade nicht der Punkt.

Wie kommt es, dass wir in der Mittelstufe aufhören, uns füreinander zu interessieren? Ich meine, *wirklich* interessieren. Ich erinnere mich noch, wie wir in der Grundschulzeit an den Erfolgen und Niederlagen, aber auch an dem langweiligen Kram der anderen Anteil genommen haben, und plötzlich wird mir klar, dass ich mir wahrscheinlich keinerlei Sorgen über ein Coming-out gemacht hätte, wenn mir mit neun oder zehn Jahren klar gewesen wäre, dass ich schwul bin, weil meine Klassenkameraden es wahrscheinlich schon gewusst hätten. Erst mit der Pubertät machen wir dermaßen dicht und werden uns selbst zu Rätseln.

Schon gut, El, ich höre dich regelrecht in mein Ohr flüstern: *Sehr beeindruckendes Philosophieren, Sprosse, aber das Handy ist noch immer gesperrt, also komm in die Hufe.*

Ich hüpfe ungeschickt über die Umkleidebänke und klettere zu den Oberlichtern. Auf der anderen Seite des Spielfelds schaut Mr Highfield auf seine Uhr, die Trillerpfeife ragt aus seinem Bart. Gesichter drehen sich immer wieder von ihm zum Ball und zurück. Mist. Ich springe runter, pflanze mich auf die Bank und lege Ollies Handy neben mich. Wahrscheinlich könnte ich es einfach mitnehmen und in aller Ruhe versuchen, das Passwort zu knacken, aber selbst wenn ich mit meiner Vermutung recht habe, was ich dort finden werde, ist das noch immer Diebstahl. Diebstahl, Durchwühlen eines Spinds, unerlaubtes Betreten des Schulgeländes und Missbrauch der Schuluniform. Noch mehr Munition für meine Eltern, falls sie mich tatsächlich vertreiben wollen.

Aus den undichten Duschköpfen in den Waschräumen trommeln die Tropfen einen Countdown – zehn, neun, acht, sieben ... und ...

Eine Idee.

Ollie hat ein schlichtes Gemüt, meinte Mike, und falls er sich aus irgendeinem Grund in etwas verrannt hat, dann ... Ich tippe E L L I S und auf dem Bildschirm öffnet sich die Menüseite.

Irgendwo in der Ferne höre ich eine Trillerpfeife. Mir bleiben nur noch Minuten. Wahrscheinlich nur noch Sekunden. Ich gehe direkt zur Galerie mit den Videos. Meine Hände zittern. Als es zum Schulschluss läutet, erschrecke ich mich dermaßen, dass mir fast das Handy runterfällt. Die trommelnden Füße auf dem Flur und das Gebrüll der Lehrer spiegeln den Aufruhr in meiner Brust wider. Ich scrolle durch ein halbes Dutzend Clips, in denen Ollie den Ball in der Luft hält, einen Ausschnitt vom Geburtstag seiner Mutter und eine Aufnahme irgendeines Konzertes ...

Dann entdecke ich es.

Der dreißigsekündige Filmausschnitt, der mein Leben für immer verändert hat.

Ich will mir das nicht noch einmal anschauen, aber ich kann es nicht lassen. Ich drücke auf den Bildschirm und der wackelige und alles verändernde Clip erwacht zum Leben. Eine Pospalte, eine zupackende Hand, Lippen auf Haut, ein kurzer Schwenk zu Schamhaaren, unsere aneinandergepressten Gesichter und meine Stimme, die ganz blechern und ziemlich peinlich klingt.

Das war bei Weitem nicht unser erstes Mal, El, aber damals hast du mir gesagt, dass wir immer zusammenbleiben würden.

In dem Moment, als die Türen zur Umkleide auffliegen, halte ich den Clip an und schiebe das Handy in meine Tasche. Die Fußballer strömen herein, zerren sich die Trikots über den Kopf, lachen und ziehen sich gegenseitig auf. Mit heißem Gesicht und geballten Fäusten dränge ich mich durch den Pulk. Jemand versucht, meinen Arm zu fassen.

»Hey! Dylan! Wahnsinn, bist du wieder zurück? Schön, dich zu sehen, Kumpel.«

Ich schüttle ihn ab und schiebe mich mit der Schulter zur Tür.

18

Jetzt kennen wir also die Identität unseres Pornoperverslings. Und müssen nur noch den Mistkerl entlarven, der dich auf dem Schulball verängstigt und am See im Stich gelassen hat. Und natürlich auch die Person, die mir die Notizbuchseiten schickt. Könnte dahinter auch Ollie stecken? Das habe ich schon einmal überlegt, als ich Ollies Blumen am See entdeckt habe, aber genau wie damals passt die Vorstellung nicht richtig. Warum vergesse ich bei all den Verdächtigen eigentlich immer wieder den Notizbuchsender? Womöglich, weil die anderen sich wie Feinde anfühlen, während er/sie/es uns scheinbar helfen will. Irgendein scheues Individuum, das nicht vortreten und mir einfach das Tagebuch übergeben möchte, weil es ihm/ihr unangenehm ist, es überhaupt genommen zu haben. Nur, warum schickt mir derjenige nicht einfach das ganze blöde Ding? So wirkt das alles irgendwie ziemlich willkürlich und unbeholfen.

Egal, jetzt wird es Zeit, Ollie Reynolds gegenüberzutreten. Im Moment habe ich, ehrlich gesagt, keine Ahnung, warum er das getan hat – mein Hirn ist zu durcheinander, um auch nur ansatzweise irgendwelche Vermutungen anzustellen –, aber auf die ein oder andere Weise werde ich es herausfinden.

Ich stürze durch den Nebeneingang und überquere den Sportplatz. Dort vorn an der Seitenlinie stehen nur noch Ollie und Mike, Mike fährt ein ums andere Mal mit der Hand unter seiner Baseballcap entlang, während Ollie Fußbälle in einen Netzbeutel packt. Seit heute Morgen hat der Wind aufgefrischt, und ich kann nicht verstehen, worüber sie sich unterhalten, aber Mike sieht echt aufgewühlt aus.

Während ich mich an sie heranschleiche, überfällt mich eine ungewollte Erinnerung. Der Abend mit ›Ein Feuer für unsere heißen Jungs‹. Ich, Mike, Ollie, Gemma und der Rest der Komiteehexen dicht gedrängt um den riesigen, noch nicht angezündeten Holzstapel. Das waren die letzten Momente der v.-E.-Ära. So unterteile ich inzwischen mein Leben. Vor Ellis und nach Ellis. Meine Existenz ist kolossal unfair aufgeteilt: siebzehn Jahre v. E., sechs Monate n. E. Aber wer weiß? Vielleicht gibt es ein schwulenfreundliches Jenseits, wo wir noch unsterbliche Jahre auf das n.-E.-Konto packen können, eine Art immerwährender LGBTQ-Schutzraum, der speziell für uns eingerichtet wurde.

Als ich bei ihnen ankomme, richtet Ollie sich gerade auf.

»Oh. Hallo, Dylan«, sagt er mit einem unsicheren Lächeln.

»Hängst du heute mit Mike ab? War das vielleicht ein verkorkster Mist auf Gemmas Party, tut mir leid, dass du das durchmachen musstest. Manchmal ist sie abartig boshaft. Wahrscheinlich hab ich deswegen auch mit ihr Schluss gemacht.«

»Wahrscheinlich?« Ich lächle zurück. »Heißt das, du weißt es nicht genau?«

Er schnappt sich den vollgestopften Netzbeutel und zuckt mit den Schultern. In dem Moment, als er zur Schule laufen will, blockiert Mike ihm mit versteinerter Miene den Weg. Ollie lacht, dann bleibt er stehen. Sein Blick huscht zwischen uns hin und her.

»Leute. Was soll das?«

Ich sage nichts, sondern nehme einfach seine kleine Filmkamera aus meiner Tasche und wedle damit vor seiner Nase. Er versucht, mit einem Satz nach seinem Handy zu greifen, und lässt das Netz fallen, die Fußbälle hüpfen davon.

»Woher hast du das? Gib es zurück.«

Mike stellt sich ihm wieder in den Weg. Ich bin mir nicht sicher, ob Ollie sich nicht dazu durchringen kann, einen Krebskranken niederzuringen, oder ob Mikes Haltung ihn einschüchtert, auf jeden Fall jagt mir das allmählich Angst ein.

»He, kommt schon, das ist nicht lustig. Was, verdammt noch mal, wollt ihr damit überhaupt beweisen? Mike? Komm schon, Alter, wir sind Freunde. Was immer ihr zu wissen glaubt, ich habe nur ...«

Ich habe genug gehört. Es macht mich ganz krank, das zu tun, aber ich drücke trotzdem auf den Bildschirm und meine Stimme tönt übers Feld. Mike dreht sich nicht zu mir um. Sein Blick brennt sich wie ein Laser in Ollie, der dasteht, als wäre er zum Tod durch den Strick verurteilt. Er leckt sich über die Lippen und versucht, etwas zu sagen. Er kann nicht. Ihm treten Tränen in die Augen, aber er ist so klug, sie nicht vor uns zu vergießen. Er sieht dermaßen elend aus, dass ich denke, ich könnte ihm vergeben, aber dann verdirbt er alles mit diesem feigen Lächeln.

»Ich hab das einfach aus dem Internet runtergeladen. Ich weiß ehrlich gesagt gar nicht, warum ich das gemacht habe, aber alle haben die ganze Zeit über das Video geredet und ... Es tut mir leid, Dylan. Ich schätze, ich hab einfach vergessen, es zu löschen.«

»Du bist ein beschissener Lügner«, sage ich zu ihm. »Ich hab die Eigenschaften der Datei überprüft. Die wurde einen Tag, bevor das Video von mir und El auf Instagram auftauchte, erstellt. Das ist die Originaldatei.«

Ich balle meine Hände zu Fäusten. Ich habe in meinem ganzen Leben noch nie jemanden geschlagen, noch nicht einmal bei Raufereien auf dem Spielplatz, aber im Augenblick würde ich Ollie Reynolds gern wehtun. Als ich einen Satz nach vorn mache, zischt plötzlich etwas an mir vorbei und Mike nimmt ihn in die Mangel.

Beim ersten Schlag taumelt Ollie nach hinten und stolpert über die herumliegenden Fußbälle. Gerade als er sich fast wieder gefangen hat, schlägt Mike noch einmal zu, und dieses Mal geht Ollie zu Boden. Zuerst kann ich mich nicht rühren. Während Mike seinen Vorteil nutzt, stehe ich einfach nur starrend da. Es ist mir egal, was da gerade passiert. Genau genommen genieße ich das Schauspiel sogar.

Aber dann höre ich dich streng in meinem Kopf: *Mach dem ein Ende, Sprosse. Mach dem ein Ende, bevor es zu weit geht.* Du hast recht, El. Das hat nichts mit der Lektion zu tun, die du Alistair Pardue am Lagerfeuer erteilt hast – dieser eine elegante Schlag, mit dem du deinen Standpunkt verdeutlicht hast. Das hier grenzt an Raserei und ich liebe Mike zu sehr und will weder, dass er das Ollie noch sich antut. Ich benötige all meine Kraft, um Mike unter die Arme zu greifen und ihn fortzuziehen.

Wir brauchen alle einen Moment. Mike und ich stehen schwer atmend beisammen, Ollie liegt blutend und zitternd am Boden. Nach einer Weile gehe ich zu ihm und helfe ihm, aufzustehen. Er wischt sich die Nase an seinem Arm ab und starrt auf das Blut.

»Ist sie gebrochen?«

Er schüttelt den Kopf. Er ist verletzt und scheint das zu akzeptieren.

»Ollie ...« Ich schließe die Augen, öffne sie wieder und starre ihn an. »Was zum Geier?«

Dieser Blick, mit dem er uns anschaut. Ich weiß nicht. Selbst Mike muss sich wegdrehen.

»Ich mochte ihn«, schluchzt er. »Ich mochte ihn einfach.«

Mike schaut zum Himmel. »Du Idiot.«

»Ich weiß«, sagt Ollie, berührt seine Wange und atmet scharf ein. »Ich weiß ... Deshalb habe ich auch mit Gemma Schluss gemacht. Durch El hab ich auf einmal einiges begriffen. Damit meine ich nicht, dass wir eine große Unterhaltung geführt haben oder ich einen Aha-Moment hatte. Das nicht. Aber wenn ich ihn angesehen habe, habe ich einfach Dinge gespürt, die bisher nur, ich weiß auch nicht, wie Schatten im Hintergrund lagen. Vielleicht habe ich sie ja extra dort gelassen. Meine Eltern ...« Ihm läuft eine einzelne Träne seitlich das Gesicht hinunter. »Sie schleppen uns jeden Sonntag in die Kirche, zu jeder Mahlzeit wird gebetet, und ich wusste einfach, was sie sagen würden, falls ich jemals ... Also habe ich mir eingeredet, dass ich es nicht wäre. Wenn man sich genug Mühe gibt, kann man sich alles einreden, versteht ihr. Aber dann war da El. Der einfach ...«

»Hereinplatzt.«

Ollie schaut auf und schenkt mir ein Lächeln, bei dem ich ihn am liebsten umarmen möchte. Was ich nicht tue, aber trotzdem.

»Ja. Ich denke ›hereinplatzen‹ trifft es gut. Es gab kein Verstecken mehr. Zumindest nicht vor mir selbst. Also habe ich mit Gemma Schluss gemacht. Ich dachte, es wäre edel von mir, wenn ich sie nicht als Alibi missbrauche. Für ein Coming-out war ich allerdings noch nicht bereit, also hab ich ihr erzählt, dass ich nicht gut genug für sie sei, irgend so einen Mist eben, doch ich denke, sie wusste, was wirklich los war. Wenn man von jemandem besessen ist, kann man seine

Blicke nicht verbergen, richtig? Auf dem Spielfeld, in den Kursräumen ...«

Das ähnelt so sehr meinen Tagen als unbeholfener Tollpatsch, bevor ich und El zusammenkamen, dass es sich fast übergriffig anfühlt. Ich dachte, ich wäre der Einzige, der El heimlich Blicke zugeworfen hat.

»Sie wusste, warum«, fuhr Ollie fort, »daher durfte ich mir von ihr danach diese kleinen Anspielungen anhören. *Oh, Ollie, jaha, für ihn war ich wahrscheinlich zu sehr Frau.* Und ähnlichen Quatsch. Sie hatte schon Ärger mit El, bevor wir uns trennten, und das hat sie nur noch in ihrem Hass bestärkt – als wäre irgendetwas davon seine Schuld. Ich weiß auch nicht. Gemmas Logik«, stöhnt er und streckt dann plötzlich einen Arm nach mir aus. Ich schiebe meine Hand vor und stoße ihn weg und er nickt. »Verstehst du, Dylan? Er war alles, was ich sein wollte. Offen und stolz und mutig. Aber ich bin nicht mutig. Ich weiß, dass meine Eltern sofort ein ernstes Gespräch mit mir führen würden, in dem sie mir mitteilen, dass sie mich noch immer lieben, und dann würden wir unseren Pastor treffen und ich müsste mir anhören: *Du bist verwirrt, Oliver. Gott hat dich niemals so erschaffen. Und jetzt lass uns beten, dass er uns führt.*«

»Okay«, sage ich, »aber sie würden dir nicht die Zähne ausschlagen und dich rausschmeißen, oder? El hatte es schwerer als irgendeiner von uns und trotzdem war er noch immer El.«

»Das wusste ich nicht. Über seine Familie ...« Er ballt wie ein frustriertes Kind, das versucht, das Gehörte zu begreifen, seine Hände. »Ich war besessen, okay? Ich weiß, das klingt verrückt, aber ja, ich fing an, ihm zu folgen, machte Fotos und ... Gott, es tut mir leid. Das klingt so schräg.«

»Das *ist* schräg!«, blafft Mike.

»Was weißt du denn schon?«, schießt er zurück, doch in seinen Worten schwingt keine Wut mit, sondern bloß eine Traurigkeit, die mir allzu bekannt vorkommt. »Wenn man nicht völlig der sein kann, der man ist, stellt das wahrscheinlich etwas mit einem an. Es verdreht dich irgendwie. Treibt dich in den Wahnsinn. Ich weiß, was ich falsch gemacht habe, aber allein die Fotos von ihm ... Und dass ich ihm gefolgt bin, das war meine Art, Mut zu fassen.«

»Um was zu tun?«

»Fragen, ob er mit mir ausgehen will? Ihm sagen, was ich fühle?« Er zuckt mit den Schultern. »Keine Ahnung. Am Tag vor dem Osterball bekam ich meinen Scheiß dann endlich auf die Reihe. Es war nach dem Training, wir waren die letzten, haben herumgealbert und Zeug weggeräumt. Ich hab mich aus dem Fenster gelehnt und er ... er wollte nicht, Dylan. Natürlich wusste ich inzwischen von euch beiden.«

»Wie?«

»Wie schon gesagt, ich bin ihm gefolgt. Ihr wart vorsichtig, aber man kann sich nur bis zu einem gewissen Grad verstecken. An einem Abend habe ich euch zusammen beim alten Supermarkt gesehen.«

Mir stockt der Atem. Ich erinnere mich:

Es ist März, die eigenartigen Weihnachtstage liegen lange zurück, das Grillen bei Berringtons steht an und du setzt dein Leben aufs Spiel. Du bringst mir das Fahren bei. Auf dem verlassenen Parkplatz gibt es kein einziges Hindernis, trotzdem bin ich mir sicher, dass ich irgendwo dagegenfahren werde. Der Gangsta-Elf-auf-der-Flucht auf dem Armaturenbrett scheint mir zuzublinzeln.

»Ignoriere ihn.« Du fasst vom Beifahrersitz rüber und legst deine Hand über den Bösewicht. »Hände auf neun und drei Uhr ans Lenkrad. Dann der Spiegel, Blinker ...«

Mein Fuß stößt gegen das Gaspedal und wir kommen hoppelnd zum Stehen.
»Lenken.«
Ich zucke mit den Schultern. *»Wenigstens habe ich nichts geschrammt.«*
»Ich fürchte schon.« Du schaust kummervoll auf deinen Schoß. »Es tut mir leid, dir das mitteilen zu müssen, Sprosse, vor allem weil es sich auch auf deine Schadenfreiheitsklasse auswirken wird, aber durch deinen rücksichtslosen Fahrstil hast du meinen Schwanz geprellt.«
Ich ziehe fragend eine Augenbraue nach oben. »Ist das irgendeine vorgeschobene Behauptung?«
Du formst mit deinen Lippen dieses kleine, empörte »O«. »Ich bin schockiert und verletzt. Ich schwöre auf das Allerheiligste, Euer Ehren, dass der Gurt direkt in mein Prachtstück geschnitten hat und ich jetzt Todesängste ausstehe, dass mein Schwengel abfällt. Außer ...«, du grinst spitzbübisch, »... er wird notfallversorgt.«
»Nun«, sage ich und streife meinen Sicherheitsgurt ab, »du bist der Fahrlehrer ...«

Ich starre Ollie an. »Du warst an dem Abend da?«
Er schließt die Augen. »Es tut mir leid. Ich weiß nicht, was ich sonst ...«
»El hatte dich also zurückgewiesen«, unterbricht Mike ihn. »Erzähl einfach zu Ende.«
»Ich habe die Dinge missverstanden, in Ordnung? Inzwischen weiß ich, dass El einfach immer so freundlich war. Doch damals dachte ich, er flirtet mit mir und ich ... Ich habe mein Herz aufs Spiel gesetzt. Das hört sich dürftig an, aber es stimmt. Ich habe einen Versuch gestartet und er hat einen Riegel vorgeschoben.«
»Warum hat er mir nichts erzählt?«

»Er wusste, dass Mike und ich Freunde sind«, sagt Ollie. »Vielleicht wollte er nicht, dass es zwischen uns allen komisch wird.«

»Aber du bist nicht gut damit zurechtgekommen, dass El dich abgewiesen hat, richtig?«, sagt Mike.

»Wollt ihr die Wahrheit hören? Ich habe ihn dafür gehasst.« Ollie schlingt sich die Arme um den Bauch, eine defensive Geste, die mich an Mr Denman erinnert. »Ich hatte Gemma bereits abserviert und sie verbreitete irgendwelchen Scheiß über mich. Ich war eifersüchtig auf das, was ihr beiden hattet, Dylan. Und ich fühlte mich wahrscheinlich einfach ziemlich ... einsam. Meine Gedanken kreisten nur noch um El – und als er mich abgeschossen hat, ja, da wollte ich mich rächen. Ich folgte euch an diesem Abend aufs Schuldach und ... Tja, den Rest kennt ihr.«

»Aber als das Video auf Instagram aufgetaucht ist, muss Ellis gewusst haben, dass du das warst«, sagt Mike, »oder es zumindest vermutet haben.«

»Vielleicht hat er das. Ich ging jedenfalls davon aus und bin deshalb nicht zum Ball gekommen.«

»Du wolltest uns bestrafen«, sagte ich leise. »Weil wir glücklich waren.«

»Nein, Dylan. Weil ich *unglücklich* war.«

Ich nicke. Es fällt mir schwer, das zuzugeben, aber ich verstehe ihn. Wenn ich an Ollies Stelle gewesen wäre – was durchaus möglich gewesen wäre –, dann ... Ich weiß nicht.

»Und deshalb hast du Dylan an Gemmas Party so verteidigt?«, fragt Mike. »Du hast dich schuldig gefühlt.«

»Ich würde gerne glauben, dass ich mich auch so für ihn starkgemacht hätte.« Ollie nickt. »Aber ja, wahrscheinlich schon.«

»Und die Blumen und die Karte am See?«, frage ich.

Er schluchzt wieder, diesmal leise. »Wenn ich das Video nicht gepostet hätte, wärst du nicht gezwungen gewesen, dich zu outen, Dylan. Und dann hätte El dich nicht zum Ball mitgenommen, um eine große Show daraus zu machen, dass ihr zusammen seid. Ihr wärt danach nie auf der Straße gewesen und der Unfall ...« Er weicht zurück und schlägt sich die Hände vors Gesicht. »Ich bin schuld. Ich habe ihn umgebracht.«

»Du hast ihn nicht umgebracht«, murmle ich. »Du hast uns sehr verletzt, Ollie, aber du hast ihn nicht umgebracht. Die Schuld musst du wirklich nicht mit dir herumschleppen.«

Er spreizt die Finger und es zerreißt mich fast. Ich hasse diesen Typen nicht ... aber nein, vergeben kann ich ihm auch nicht. Ich muss das Kapitel Ollie Reynolds einfach nur abschließen.

»Gibt es noch etwas, was du uns erzählen willst?«

»Nein«, sagt Ollie leise. »Außer ... Ich weiß, dass ich von ihm besessen war, Dylan. Und ich glaube, dass er diese Besessenheit auf gewisse Weise provoziert hat. Nicht absichtlich, nicht bewusst. Er war einfach er selbst. Aber womöglich war es ja gefährlich, Ellis zu sein. Besessenheit kann zu Hass werden. Das ist mir passiert.«

Mike und ich lassen Ollie auf dem Spielfeld stehen und laufen nach Hause. Mikes Knöchel sind blutig und geprellt, aber er beklagt sich nicht. Auf unserem Weg geistern mir Ollies Worte durch den Kopf. Du hast Besessenheit provoziert, El. Ist das vielleicht der entscheidende Hinweis? Eine tiefere Botschaft, die ich nur noch nicht verstehe.

Als wir vor meiner Tür stehen, sieht Mike aus, als würde er gleich umkippen.

»Alter«, sage ich, »alles in Ordnung?«

»Ja.« Er nickt müde. »Ich habe Mumzilla geschrieben, damit sie mich abholt. Sie wird gleich kommen.« Er klopft mir auf die Schulter und läuft die Auffahrt runter.

Ich würde am liebsten auch zusammenklappen. Aber ich warte, bis Carol vorfährt, und winke den beiden so fröhlich wie möglich zu, hole dann tief Luft und gehe rein. Es wird Zeit für den McKee-Showdown, die Einladung dazu hängt an der Kühlschranktür. Ich weiß nicht genau, was meine Eltern mir mitteilen wollen, aber ich bin mir ziemlich sicher, dass es mit meinen gepackten Taschen endet und ich mindestens ein oder zwei Nächte auf Mikes Zustellbett verbringen werde.

Der Flur ist leer. Ich werfe meinen Mantel auf Mums exotische Skulptur und schlendere in die Küche. Mit einem vagen Gedanken an Tee laufe ich zum Wasserkocher, als ich die Post auf der Anrichte entdecke. Ein vertrauter brauner Umschlag lugt aus dem Stapel hervor. Der dritte Umschlag innerhalb von drei Tagen. Wird dieser mir endlich die Antworten liefern, die ich brauche?

Dieses Mal zittern meine Hände nicht. Ich bin zu müde, um nervös zu sein. Als ich den Umschlag aufreiße, flattert ein einzelnes gelbes Blatt heraus. Ich falte die herausgerissene Seite vorsichtig auseinander, deine Zeichnungen sind wie immer verblüffend. Dieses Mal ist es eine Folge von disneyhaften Cartoons. Auf dem ersten Panel befindet sich eine überspitzte, rotgesichtige Version meines Vaters vor eurer Tür in Mount Pleasant. Er schwallt dich zu, und du stehst vor ihm und schüttelst den Kopf, während ein Strom von Geld aus seinem Mund fließt. Im nächsten Panel weinst du und stößt das Geld zu ihm zurück, und dann ist Julia an deiner Seite, aufgebracht und zornig schreit sie meinen Vater an, dass er verschwinden soll …

Unsere Haustür geht auf. Ich höre, wie Mum und Chris mit ihren Einkäufen hereinwuseln, dann folgt Dads Stimme, er fragt sie, ob sie ihn wieder in den Ruin getrieben haben. Alle lachen. Sehr witzig. Doch dann erstirbt die Unterhaltung. Sie haben mich entdeckt, aber ich kann mich nicht umdrehen, um zu ihnen zu schauen, weil meine Augen auf dem letzten Panel des Cartoons ruhen. Du, allein in deinem wunderschönen Zimmer, mit deinem blutenden Herz in den Händen. Daran hängt ein Preisschild: £ 100.

»Schatz?«, sagt Mum. »Alles in Ordnung?«

»Dylan?«

»Bruderherz?«

Ich drehe mich langsam um.

»Was habt ihr getan?«, frage ich. Und als sie nicht antworten, schreie ich: »*Was habt ihr getan?!*«

DAMALS:
Samstag, 14. März

Das Grillfest

»Sprosse, du bist albern. Ich denke, wir sollten es ihnen einfach sagen.«

Wir haben fünf ruhige Minuten in Mikes Küche erwischt und sitzen am Frühstückstisch, der schon Schauplatz von unendlich vielen Marvel-vs-DC-Actionfigur-Kriegen war. Weil praktisch jeder, der Mike kennenlernt, ihn einfach liebt, sind ungefähr zweihundert Leute im riesigen Garten der Berringtons und alle haben Geschenke für das Geburtstagskind mitgebracht. Da es für Mitte März ungewöhnlich warm ist und niemand dem Haus auch nur nahe kommt, lehne ich mich nach vorn und küsse ihn schnell.

»Fordere dein Glück nicht heraus«, erkläre ich El. »Ich habe lediglich auf der Basis, dass wir Freunde sind, zugestimmt, dass du heute meine unglaublich langweilige Verwandtschaft kennenlernen darfst.«

»Und ich habe zugestimmt, meine Perlenkette zu Hause zu lassen. Was sich übrigens total seltsam anfühlt.«

Ich drücke seine Hand an meine Wange. Wie ich mich hasse. Nur weil ich zu feige bin, gestehe ich El nicht zu, vor meiner Familie er selbst zu sein, und ich muss ihn bitten, sich anzupassen. Das ist falsch und egoistisch, aber ich kann diese jämmerliche Version von mir scheinbar nicht überwinden. Davon abgesehen könnte es nicht besser laufen. Seit den eigenartigen Weihnachtstagen sind ein wenig mehr als zwei Monate vergangen, und obwohl es mich noch immer nervt, dass er sich mir nicht ganz anvertraut, bin ich wahnsinnig glücklich. Allein schon, Zeit mit ihm zu verbringen, ist irgendwie magisch (ich weiß, haltet die Kotztüten bereit) und der Sex mit ihm ist der Wahnsinn!

Zugegeben, am Anfang war es unangenehm und unbeholfen, aber beim zweiten, dritten und jedem weiteren Mal war es einfach unglaublich, was vor allem daran liegt, dass El ein zärtlicher Lehrer ist, aber ich schätze, ein leicht peinliches und leicht schmerzhaftes erstes Mal gilt sowohl für hetero wie für schwulen Sex (wobei ich nicht vorhabe, das herauszufinden). Letzte Nacht läuft jedenfalls noch auf Dauerschleife in meinem Kopf, und das nicht, weil es superromantisch oder so war – mir stach der Schaltknüppel in den Hintern, wo ich jetzt einen blauen Fleck habe –, sondern weil es für einen Freitagabend auf einem verlassenen Supermarktparkplatz ziemlich heiß herging.

In dem Moment wuseln Mumzilla und Big Mike mit schweren Einkaufstüten herein. El springt auf, schnappt sich sechs davon und hievt sie auf die Arbeitsplatte.

»Danke«, keucht Carol und dreht sich dann zu ihrem Ehemann. »Ich schwöre bei Gott, Michael, du hast mir *nicht* erzählt, dass du deine idiotischen Lauftrefffreunde eingeladen hast. Jetzt brauchen wir mindestens eine Stunde, um die zusätzlichen Mäuler zu stopfen, und ich finde einfach ...«

Big Mike drückt Mumzilla einen Kuss auf die Stirn. »Mein Augenstern, können wir uns darauf einigen, dass wir unterschiedlicher Meinung sind? Wir haben Besuch. Magst du uns nicht vorstellen, Dylan?«

Ich höre mit dem Auspacken auf. »Oh. Natürlich. Das ist El. Ellis.«

Big Mike grinst. »War nur Spaß, ich kenne den Jungen. Carol, darf ich dich mit dem spektakulärsten Stürmer bekannt machen, der die Ferrivale High je beehrt hat? Vor Weihnachten hattet ihr ja ehrlich gesagt eine schwierige Phase, aber im neuen Jahr habt ihr das Blatt noch einmal richtig gewendet. Es ist so schade, dass Mike nicht ...«

Sein Lächeln wirkt angestrengt und die Falten um seine Augen werden tiefer. Carol tritt zu ihm und reibt ihm über den Arm.

»Bestimmt ist Mike schon bald wieder mit uns draußen«, sagt El. »Wir brauchen ihn dringend und nach seiner letzten Chemo akzeptiere ich keine Ausreden mehr. Dann heißt es jeden Tag nach der Schule Einzeltraining mit mir.«

Big Mike reibt sich die Augen und klatscht dann in die Hände. »So«, verkündet er, »Burger.«

El und ich helfen Mumzilla beim Brötchenaufschneiden, während sich Big Mike seine »Heiße Ware im Anmarsch«-Schürze um den Hals hängt. Vorne ist ein Bild von diesen megaausgeprägten Bauchmuskeln aufgedruckt. Big Mike weiß, dass sein Sohn die Schürze oberpeinlich findet, weswegen er natürlich jedes Jahr an seinem Geburtstag damit auftritt. Während wir die Brötchen halbieren, unterhält sich El mit Carol, macht Witze und hebt die Stimmung. Als er auf die Toilette geht, stupst sie mich gegen den Ellbogen.

»Ich liebe ihn.«

Ich starre auf meinen Brötchenhaufen. »Oh, meinst du El? Ja, er ist cool.«

Ich spüre, wie sie mich beobachtet, und als ich schließlich vorsichtig aus den Augenwinkeln zu ihr schiele, zieht sie die Nase kraus und lächelt mir verschmitzt zu. Meine Ersatzmutter weiß also Bescheid, und ich bin mir hundertprozentig sicher, dass Mike nichts verraten hat. Sieht ganz so aus, als hätte Mumzilla übersinnliche Kräfte. Auf jeden Fall ist sie außerdem noch feinfühlig und wechselt das Thema.

»Wie schlägt sich mein kleiner Kerl?«

Mike ist inzwischen einen Kopf größer als Carol, aber für sie wird er immer ihr kleiner Kerl bleiben.

»Er spielt mit ein paar seiner Fußballjungs Tischfußball. Und er scheint ganz guter Dinge zu sein.«

Sie reicht mir keine Brötchen mehr und legt stattdessen beide Hände flach auf die Anrichte, dann nickt sie mit gesenktem Kopf. »Danke, Dylan.«

»Sei nicht albern.« Ich stupse sie an. »Ich schneide nur Brot. Obwohl es schon cool von dir ist, dass du mir nach dem Notaufnahmevorfall am neunten Geburtstag wieder ein Messer anvertraust.«

»Blödmann. Ich meine, danke, weil du ihn zu seinen Chemositzungen begleitest. Das sind schwere Tage für ihn, für uns alle, und du sitzt die ganze Zeit bei ihm und bringst ihn zum Lachen … Ich weiß wirklich nicht, was wir ohne dich täten.« Als El wieder zurückkommt, kämpfen Mumzilla und ich gegen die Tränen. Carol lacht zittrig und streckt ihm eine Hand entgegen. »Danke, ihr beide. Mike hat mir erzählt, dass du ihm auch ein guter Freund warst, Ellis.«

Sie zieht uns in eine feste Umarmung. Und mit den Armen um meinen Freund und meine zweite Mutter stelle ich mir einen Moment lang vor, wie einfach alles sein könnte, wenn ich tatsächlich ein Berrington wäre. Ich würde garantiert keine Sekunde mehr damit verschwenden, so zu tun, als ob. Ich würde Carol und Big Mike alles erzählen, und ich weiß, dass null Peinlichkeit entstehen würde, sondern nur Gelächter und Liebe und Unterstützung.

»Wie auch immer«, Carol gluckst, »ihr müsst mir nicht mehr helfen. Geht spielen.«

»Du weißt schon, dass wir keine acht mehr sind, Mumma Z?«

»Für mich wirst du immer acht bleiben, Dylan.«

Gerade als wir zur Verandatür hinauswollen, schiebt Big Mike wegen des Brötchennachschubs seinen Kopf um die Ecke. Ich sage ihm, dass ich ein paar hole, und schlage El vor, nachzuschauen, wie es Mike geht. Er macht den Pfadfindergruß und ich folge Big Mike auf die Terrasse.

»Wie geht es deinen Leuten, Dylan?«, fragt BM. »Hat Chris schon einen Job? Wenn das mein Junge wäre, würde ich ihm den Hals umdrehen.«

»Die Stelle eines Chris-Attentäters ist noch zu haben und sehr gut bezahlt«, erkläre ich ihm.

Kurz stehe ich mit Big Mike hinter seinem ganzen Stolz: einem glänzenden Grill mit unglaublichen Ausmaßen. Wir reden über meine Schularbeiten, Unipläne, mein Liebesleben. Es wird schnell klar, dass Big Mike im Gegensatz zu seiner besseren Hälfte keine Gedanken lesen kann. Auf jeden Fall erzähle ich ihm gerade von Els erstaunlicher 3D-Collage, sein Ersatz für die Harpyien-Skulptur, die er kurz nach Weihnachten zerstört hat, als ich meinen Freund in einem intensiven Gespräch mit meinen Eltern entdecke.

Mir gefriert das Blut in den Adern.

»Ich geh dann mal«, brabble ich und stürze über die Terrasse.

Ich nehme immer drei Stufen auf einmal zum Garten und wende dabei meinen Blick nicht von dieser beängstigenden Vierergruppe neben Mikes altem Trampolin ab. Als ich mich mit einem aufgesetzten Lächeln durch die Freunde der Berringtons schlängle, die ich vage kenne, stellt sich mir Gemma Argyle in den Weg.

»Gemma«, keuche ich. »Hi.«

»Dylan McKee.« Sieht so aus, als hätte sie endlich meinen Namen gelernt. Sie drückt mir einen knallbunten gelb- und rosafarbenen Flyer in die Hand. »Osterball. Erst in ein paar Wochen. Komm. Es ist für einen guten Zweck.«
»Oh«, sage ich, »wird da getanzt? Ähm, tja, ich denke, das ist nicht so mein Ding.«
Ich erzähle ihr nicht, dass Mike und ich das Fest schon lange in »Der Idiotenball« umgetauft haben. Sie tut meine Antwort mit einem Schulterzucken im Stil von Wen-kümmertes-was-dein-Ding-ist-McKee ab und geht weiter.

Ich gehe auch weiter, und als ich das Grüppchen erreiche, wird mir plötzlich eine Sache klar. Letztes Jahr um die Zeit wäre ich niemals in der Lage gewesen, durch dieses Gedrängel zu flitzen. Stattdessen wäre ich mit gesenktem Kopf langsam gelaufen und hätte verdruckst gegrüßt. Ich weiß, was mein Leben verändert hat, obwohl mir unklar ist, wie er das angestellt hat. Ich glaube, El ist schlicht ein Wundertäter, der in gutem Glauben handelt. Aber er kann einem auch echt auf den Geist gehen. Zum Beispiel:

»Was für eine hübsche Perlenkette, Mrs McKee! Genauso eine habe ich auch zu Hause.«

Ich schließe die Augen, setze ein Lächeln auf und geselle mich zu ihnen.

»Na, ihr Lieben, was treibt ihr?«

Dad hält einen Pappteller mit einem Stück Käse, während Mum an einem kleinen Weißwein nippt. Chris hat ein Bier in der Hand und beobachtet El, als wäre er auf einer Safari und hätte ein verblüffend seltenes Exemplar entdeckt. El schiebt sich näher zu mir und ich rücke minimal von ihm ab.

»Also, Ellis hier …«, meine Mutter scheint ratlos zu sein, »ist ein Freund von dir, Dylan?«

»Er ist unser aller Freund«, sage ich, was fürchterlich ungrammatisch klingt. Ich stelle mich jedenfalls auf die Zehenspitzen und reibe mit den Fingerknöcheln über seinen Kopf. »Dieser Scherzkeks.«

Mum nippt, Dad knabbert, Chris schlürft.

»Ellis hat uns erzählt, dass er mit seiner Tante in der neuen Siedlung wohnt. Sind das hübsche Wohnungen, Ellis? Gordon fand, dass der Bau der Wohnungen der Stadt richtig gutgetan hat, nicht wahr, Schatz?«

»Mount Pleasant ist sicher gut für die lokale Wirtschaft.« Dad nickt. »Solange die Neuzugezogenen ihr Bestes geben, um sich anzupassen, finde ich das wunderbar.«

El lächelt. »Was genau soll das heißen? Sich anpassen?«

»Nun, das liegt doch auf der Hand, oder?«, sagt Dad und kaut zwischen den Sätzen an seinem Brie. »Wie jede Gemeinde haben auch wir unsere Maßstäbe und Traditionen. Jetzt liegt es schlichtweg an einigen der neuen Mieter, unsere Art und wie wir die Dinge angehen, zu respektieren. Besonders die aus anderen Kulturen und mit anderen Ansichten.«

»Aber was ist, wenn Leute wie ich Veränderungen wollen?« El zieht fragend die Schultern hoch. »Vielleicht wollen wir, dass sich in unserem kleinen Teil von Ferrivale auch unsere Kultur widerspiegelt. Anstatt dass wir uns nur Ihnen anpassen, möchten Sie sich ja vielleicht auch uns anpassen. Auf die Art könnten wir voneinander lernen.«

»Ja, Ellis«, sagt mein Dad, legt seine Gabel ab und schaut ihn herablassend an. »Das ist sicher alles sehr idealistisch. Aber, tja, du musst verstehen, dass wir …«

Er scheint unsicher zu sein, wie er den Satz beenden soll, und Ellis nickt einfach.

»Dass Sie zuerst hier waren?«

Dad wird dunkelrot. »Nein! Das meinte ich ganz und gar nicht!«

»Also«, unterbricht Mum, »du hast erzählt, dass du bei deiner Tante wohnst. Wie schön. Was arbeitet sie?«

»Els Tante führt die Bettinsons Bäckerei«, sage ich. »Sechzig Stunden die Woche zuzüglich Überstunden. Ich habe keine Ahnung, wie sie das schafft.«

Ich bohre mir die Fingernägel in die Hände. El lächelt mir kurz zu, aber mir ist klar, wie mein Lob für Julia rübergekommen ist: als würde ich einen Misserfolg überkompensieren, den es gar nicht gibt.

»Ich habe eine Frage.« Chris hebt sein Bier, als wäre er in einem der Kurse, in denen er vor vier Jahren durchgefallen ist. »Warst du jemals in einer Gang, Ellis?«

»War ich nicht«, sagt El, »aber falls ich jemals eine gründe, darfst du mein erster Anwärter sein.« Er schaut meinen Bruder kurz von oben bis unten an. »Aber ich weiß nicht, Chris, vielleicht gehörst du ja schon zu meiner Gang und weißt es noch gar nicht.«

Chris folgt dem Beispiel meines Vaters, sein Gesicht wird so rot wie eine Tomate.

»Bist du in allen von Dylans Kursen?«, flötet Mum.

»Nur in Geschichte. Aber Dylan ist ein begeisterter Fan unserer Fußballmannschaft.«

Bevor Mum sich wundern kann, woher mein plötzliches Interesse an verschwitzten Männern rührt, die einem Stück heiß verklebtem Polyurethan nachjagen, schaltet Chris sich ein:

»Du spielst *Fußball?*«

»Da kannst du deinen Arsch drauf verwetten, Christopher.«

»Okay.« Chris drückt mir sein Bier in die Hand und klaut Mikes kleinen Cousins und Cousinen den Ball. Ich sage nur

»Tränen«, aber Chris bemerkt es nicht einmal. »Kleine Runde, Mann gegen Mann.«

El schnappt sich den Ball und dribbelt. »Du bist dran.«

Chris trägt Shorts und ein brandneues Paar Adidas Ultraboost, das Mum ihm auf einem Einkaufsbummel nach Zumba gekauft hat. El hingegen steckt in Skinnyjeans und Motorradstiefeln. Um den Kampf zwischen Titan und Trottel bildet sich eine kleine Gruppe einschließlich Ollie Reynolds und den Fußballjungs. El braucht keine Unterstützung, aber schon skandieren einige: »El-lis! El-lis!« Ich weiß, dass Mum und Dad mich heimlich beobachten, aber scheiß drauf, ich grinse trotzdem.

El vernichtet meinen Bruder. Und damit meine ich wirklich regelrecht *vernichten*. Chris probiert immer wieder, ihm den Ball abzunehmen, sogar mit miesen Schienbeintritten oder unverfrorenem Gezerre am Shirt, was ihm die Buhrufe der Jungs einbringt, aber El steht gelassen drüber. Ich weiß noch, wie ich einmal dachte, dass seine Finger beim Zeichnen tanzen, tatsächlich buchstäblich *tanzen*. Mit seinen Füßen ist es genauso. El lenkt den Ball, als wäre er ein Teil von ihm, er führt ihn elegant über, unter und um die ungeschickten Ausfallschritte seines Gegners. Am Ende ist Chris kein einziges Mal an den Ball gekommen und El verlässt unter tosendem Applaus das Schlachtfeld. Die meisten hätten sich jetzt würdevoll mit einer Verbeugung verabschiedet, aber mein Bruder ist der König der Vollidioten.

»Weißt du eigentlich«, hechelt er, als er und El sich wieder zu uns gesellen, »dass Mum und Dad große Unterstützer von euereins sind?«

»Ach ja?« El schnuppert an seinem Kragen, obwohl ich nicht einen Schweißtropfen auf seiner Stirn entdecke.

»Jep. Total schwulenfreundlich, meine Eltern. Eingetragene Lebenspartnerschaften, Homo-Ehen, das ganze Programm.«

El schenkt meinen Leuten ein wunderschönes Lächeln. »Das ist großartig von Ihnen, Mr and Mrs McKee.«

»Nun«, schwadroniert mein Vater, »es ist nur recht und billig, dass wir denjenigen, die einen anderen Weg wählen, dieselben Privilegien einräumen, die wir genießen.«

»Wählen?« El schmeckt dem Wort nach. »Okay.«

»Wie auch immer«, sage ich, »wir sollten wirklich nach Mike sehen.«

»Hat mich gefreut«, ruft El über seine Schulter, als ich mit ihm abmarschiere. Mir ist sogar egal, dass ich ihn am Ellbogen halte, es geht nicht anders.

»Ich liebe dich, Schatz«, sage ich, »und ich weiß, sie waren schrecklich, aber das gerade war einfach … Ich weiß nicht einmal, was das war. Ich glaube, dir ist es gelungen, innerhalb von fünf Minuten meine gesamte Familie zu verärgern.«

»Findest du? Ich dachte, sie mochten mich.«

»Klar«, informiere ich ihn, »aber du lebst in Ellis-Land, wo sich jeder die neuesten Ellis-Ohren auf den Kopf setzt und findet, dass alle Fahrgeschäfte toll sind.«

Wir entdecken Mike umgeben von eingepackten Geschenken auf einem Liegestuhl, wo er uns kopfschüttelnd angrinst.

»Jungs, ihr wisst schon, dass ihr euch ziemlich offensichtlich verhaltet, oder?«

Ich reiße die Hand vom Ellbogen meines Freundes. El zieht eine Schnute. Egal. Es ist Zeit, sich auf Mike zu konzentrieren. In Anbetracht der Umstände sieht mein bester Freund ganz ordentlich aus. Seine Wangen sind ein wenig eingefallen und seine Kleider irgendwie sackig, aber wenn man sich alle paar Wochen die Seele aus dem Leib kotzt, muss das wohl so kommen. Wir setzen uns wie Lakaien eines Kaisers zu beiden Seiten von ihm ins Gras.

»Geschenke?«, schlage ich vor.

»Geschenke!« Er grinst.

Während ich durch den Haufen um ihn wühle, versucht El mich zu dirigieren, obwohl er keine Ahnung hat, wo ich meine Geschenke abgeladen habe. Ich funkle ihn an und Mike lacht.

»Ihr zwei seid so was von niedlich, wie ein altes Ehepaar.«

»Bingo!«, sage ich, halte drei Päckchen hoch und werfe sie Mike auf den Schoß. »Das hier ist das erste.«

Mikes Geknibbel dauert El zu lang, und er beschließt, ihm zu helfen, und nach einer fieberhaften Hektik hält Mike einen regenbogenfarbenen Regenschirm in der Hand, der an einem Kopfband befestigt ist.

»Also, ich weiß, dass du Mützen hasst«, erkläre ich ihm, »aber du wirst dort oben ein wenig schütter und bald ist Sommer. Deshalb …«

El wickelt eine von Mikes weizenblonden Locken um seinen Finger. »Du solltest sie einfach abrasieren. Du hast coole Haare, Mike, aber ich glaube echt, dass du den Skinhead-Biker-Look rocken würdest.«

Wir lachen. Ich weiß nicht, wie El das hinbekommt, aber er verleiht den unangenehmsten Unterhaltungen Leichtigkeit. Womöglich muss man ja ein härteres Leben geführt haben, um in so etwas Experte zu werden. Wenn ich über ihn nachdenke, geht es mir oft so – meine Bewunderung für seinen Charme und seine Begabungen wird von der traurigen Vorstellung getrübt, wie er zu dem Ellis wurde, den ich kenne und liebe. Und dann wandern meine Gedanken auch schon wieder zu Weihnachten. Die Erklärungen, die er mir für sein spurloses Verschwinden gegeben hat, kaufe ich ihm immer noch nicht ab. Von Zeit zu Zeit bemerke ich nämlich noch diese Dunkelheit in ihm, was mir Sorgen bereitet.

Als ich wieder aufschaue, hält Mike das Fußballshirt, das ich ihm gekauft habe, und ein paar Ausmalbücher in den Händen.

»Das Shirt, weil du es dir gewünscht hast«, sage ich. »Und das da sind Chemo-Ausmalbücher: Batmanschurken und fremde Planeten aus dem DC-Universum. Ich werde unsere Zeiten mit dem Handy stoppen. Der schnellste Ausmaler gewinnt einen dieser kostenlosen Spucknäpfe. Und ich will keine dieser Aber-mein-Zeichenarm-hängt-doch-am-Tropf-Ausreden hören.

»Jetzt ich«, sagt El und hüpft auf der Stelle. »Ich hab es nicht eingepackt, tut mir leid.«

Er greift in seine Hemdtasche und holt einen kleinen Onyxanhänger an einer bunten Schnur heraus. Ich weiß sofort, dass El den Stein selbst bearbeitet und poliert hat, weil er nie etwas ohne persönliche Note verschenken würde. Er dreht ihn zum Sonnenlicht und ich erkenne ein auffallendes Symbol aus winzigen silbernen Punkten.

»Das ist ein Horusauge«, sagt er und bindet die Schnur um Mikes Hals. »Es ist ein altes Schutzzeichen. Es wird über dich wachen und dich behüten.«

Als Mike den Stein berührt, klingt seine Stimme heiser. »Danke, Mann.« Dann sammelt er sich. »Also, in fünfzehn Minuten gibt es Geburtstagskuchen, aber bis dahin, mein Schlafzimmer ist frei.«

»Alter«, sage ich, »auf gar keinen Fall! Dort haben wir zusammen übernachtet, seit wir sechs waren.«

»Wir sind keine sechs mehr, Dylan. Jedenfalls habt ihr meine Erlaubnis für fünfzehn Minuten Knutschen und Petting.«

Er hebt wie zum Segen zwei Finger. »Das ist an diesem verheißungsvollen Tag *mein* Geschenk an euch.«

El und ich schauen uns kurz an und gehen dann so lässig wie möglich zurück ins Haus. Sekunden später schließe ich die Schlafzimmertür hinter uns. El zieht mich an sich und wir verplempern die meiste Zeit mit Knutschen. Kostbare Minuten vergehen wie im Flug, bis wir Big Mike plötzlich »KUCHEN« brüllen hören, woraufhin wir voneinander ablassen und gemeinsam aufstöhnen.

»Hoffentlich ist es Maoamkuchen«, sagt El. »Das wäre eine gewisse Entschädigung.«

»Ich glaube nicht, dass es so einen Kuchen gibt.«

Er verdreht die Augen. »Ich hasse das Universum.«

»Alles daran?«

Er packt mich an der Taille und zieht mich von der Tür fort.

»Nein, nicht alles.«

»Auf geht's.« Ich schleppe ihn mit mir in den Flur. »Vergiss nicht, heute ist Mikes Tag.«

»Oh!« Er schlägt sich gegen die Stirn. »Ich hab dein Geschenk ganz vergessen! Also, ich dachte, dass du vielleicht auf Mikes erstaunlich wohl überlegtes Geschenk eifersüchtig bist, und ich wollte keinen schmollenden Freund, der mich den ganzen Tag mit seinen wundervollen Schmolllippen anschmollt, daher bitte sehr.«

Er nimmt aus derselben Tasche, aus der er auch Mikes Amulett geholt hat, ein einzelnes gelbes Blatt und reicht es mir. Ich falte die Zeichnung auseinander und mir schießt das Blut ins Gesicht.

»Du bist so entzückend, wenn du rot wirst.« El grinst.

»Das ist ...« Ich starre auf das Bild. »Das ist der totale Schweinkram, Ellis Bell.«

Ellis' Lächeln erlischt. Er nimmt die Zeichnung und hält sie zwischen uns.

»Nein, Dylan, das bin ich und *das* bist du. Du bist das Schönste, was ich in meinem Leben gesehen habe, und ich möchte, dass du dich auch so siehst. Hör auf, dich zu verstecken, hör auf, an dir zu zweifeln. Ich liebe dich, weil du freundlich und schlau und lustig bist und außerdem noch verdammt sexy! Verstanden?«

»Okay.« Ich glaube ihm nicht so recht, obwohl ich weiß, dass El bei so etwas nie lügen würde. Aber mein Freund ist nicht unfehlbar und ... Nun, so sehe ich in echt doch niemals aus, oder? »Aber wo soll ich es aufbewahren?«

Er legt mir seinen Arm um die Schulter. »Kleb es unter deine Schreibtischschublade.«

Auf der untersten Stufe lassen wir uns los und gehen durch die leere Küche. Draußen im Garten wird Mike von den Fußballjungs auf seinem Liegestuhl herumgetragen, während Big Mike ihnen folgt und den Kuchen in die Höhe hält und alle anderen Mikes Namen skandieren. Er sieht tatsächlich aus wie ein römischer Kaiser. Plötzlich ruft Carol nach mir, damit ich ihr beim Kuchenschneiden helfe.

In den folgenden Minuten verliere ich El aus den Augen. Mike und ich lachen uns schlapp, als Ollie Reynolds versucht, zu »Happy Birthday« zu beatboxen, während Big Mike alle mit Luftschlangen überschüttet. Die Leute wogen um uns herum. Und dann entdecke ich El, der sich mit meinem Vater unterhält. Aufgeregt will ich gerade hinüberlaufen, als Ellis mich sieht und die Unterhaltung beendet.

»Alles gut?«, frage ich, als er bei mir ist.

Einen Moment lang wirkt er ganz verloren, dann kratzt er sich am Ellbogen und schaut zur Straße.

»Ja. Aber wow, dein Vater mag es wirklich gar nicht, wenn man ihm in einer Diskussion widerspricht, oder?«

»Gott«, sage ich. »Was hat er gesagt?«

»Nichts, alles in Ordnung. Aber hör mal, Julia hat diese Therapiesitzung und ich hab versprochen, sie zu begleiten.« Er schaut kurz auf seine Uhr. »Richtest du Mike aus, wie leid es mir tut, dass ich abhauen musste?«

»Natürlich.«

Und dann ist er auch schon verschwunden.

Ich schaue nach drüben, wo meine Eltern mit Chris stehen. Dad hat ganz sicher etwas gesagt, das El gekränkt hat, und im Moment will ich nichts lieber, als es aus ihm herausbekommen. Aber ich sage mir, dass heute Mikes Tag ist, setze ein Lächeln auf und schließe mich wieder dem Geburtstagskind an.

JETZT:
Donnerstag, 30. April

19

Mein Blick kehrt zu dem Cartoon zurück. Zu meinem Vater, der Geld nach dir wirft, während du weinst und deine Tante Julia ihn anschreit, dass er verschwinden soll. Zu der Zeichnung, in der du dein Herz in den Händen hältst und zu dem Preisschild, das deine Liebe für mich mit mickrigen hundert Pfund beziffert.

»Was habt ihr getan?«, frage ich wieder.

Dad kommt auf mich zu, bleibt aber wie angewurzelt stehen, als ich die Zeichnung hochhalte. Es dauert einen Augenblick, bis er es kapiert.

»Dylan«, fängt er erschrocken an. »Wir wollten heute Abend mit dir darüber sprechen. Du verstehst doch sicher ...«

Ich halte einen Zeigefinger hoch. Ich will nichts mehr hören. »Du hältst jetzt die Klappe.«

»Sprich nicht so mit Dad!«, schreit Chris von der Küchentür.

»Ihr alle miteinander«, schreie ich zurück, »haltet die Klappe, bis ich fertig bin!«

Ich nehme mein Handy raus und beobachte, wie sie schweigend warten, während sich der Anruf aufbaut. Als Julia abnimmt, wird mir klar, dass ich ihren Anblick nicht länger ertrage. Ich drehe mich um und fasse nach meinem Handgelenk, weil meine Handyhand übelst zittert. Vielleicht hast du ja etwas missverstanden, El. Vielleicht habe ich deinen Cartoon falsch aufgefasst. Denn meine Familie kann unmöglich so seelenlos sein, oder?

»Hallo, hübscher Junge.« Julias Stimme dringt in meine Gedanken. Sie klingt müde und heiser, aber da ist keine Spur dieser verräterischen Müdigkeit, daher glaube ich nicht, dass sie wieder Drogen nimmt. »Wie schön, von dir zu hören. Ich habe mir nach der Beerdigung Sorgen gemacht, weißt du.«

»Es tut mir leid. Was dort geschehen ist«, erkläre ich ihr. »Aber jetzt geht es mir gut.«

»Tut es das, Dylan?«

Ich bin froh, dass ich ihnen den Rücken zudrehe. »Nein. Nein, nicht wirklich.«

»Nein«, wiederholt sie traurig.

»Wie geht es *dir*, Julia?«

»Ach, weißt du. Eigentlich ist es komisch, denn ich kannte unseren Jungen ja gar nicht, bis er damals vor meiner Tür auftauchte … Wann war das noch mal?«

»November. Ich meine, ich habe ihn im November kennengelernt. Zu dir kam er, glaube ich, Ende Oktober. Um Halloween herum.«

»Armes Kind. Als ich ihn das erste Mal zu Gesicht bekam, sah er selbst ein bisschen wie ein Halloween-Ghul aus. ›Ich bin dein Neffe Ellis‹, sagte er, ›und wenn du nicht so beschissen wie der Rest unserer Familie bist, hoffe ich, dass ich bei dir bleiben kann.‹ Er war schmutzig und roch und sein armer Zahn fehlte, aber, ich weiß auch nicht, seine Worte brachten mich zum Lachen. Es hat mich immer wieder überrascht, wie er das anstellte. Dich zum Lächeln zu bringen, wenn du eigentlich auf dem Boden liegen und dir die verdammten Augen ausweinen müsstest. Das fehlt mir am meisten.«

»Mir auch.« In dem Moment driftet Mum in mein Blickfeld, aber ich strecke abwehrend meinen Arm aus und sie driftet wieder davon. Ich werde nicht zulassen, dass sie in diesen Moment mit der einzig anderen Person, die dich so sehr liebte wie ich, eindringen. »Julia, ich muss dich fragen, ob ...«

»Er ist da!«, sagt sie plötzlich.

Ich verliere fast den Verstand. In ihrer Stimme liegt eine Heiterkeit, an die ich mich von den vielen Anrufen erinnere und in denen sie das Gespräch immer mit »*Er ist da!*« eröffnete – weil sie sich so freute, mir mitzuteilen, dass Ellis zu Hause war. Ich spüre, wie die Fliesen unter meinen Füßen schwanken. Ich stelle mir vor, dass du da bist, El, dass du gemütlich in der 123 auf deinem Bett sitzt oder vor deinem Zeichenbrett, wo deine Finger tanzen. Dass nichts davon real ist. Weder der Idiotenball noch der Unfall, der See oder die Beerdigung – keine einzige schreckliche Sekunde ist wirklich passiert. Ich habe mich einfach nur wieder von dir zurückgezogen. Mein feiges Hirn hat diesen Albtraum geschaffen, in dem ich gerettet wurde und du ertrinken musstest. Ein Lächeln umspielt meine Lippen. Natürlich war das nicht real. So etwas Schreckliches kann niemandem passieren, der einen anderen Menschen so sehr liebt wie ich. Da wäre das Universum ja vollkommen zwecklos oder von einem psychotischen Comicschurken erschaffen.

»Sie haben heute Morgen die Urne geschickt«, fährt sie fort. »Wenn du also gern vorbeikommen und ihn mit zu dir nach Hause nehmen möchtest, ist er da.«

Einen Moment lang glaube ich, dass meine Beine unter mir nachgeben, aber ich halte mich auf den Füßen.

»Bist du noch dran?«

»Ja ... Ja, ich ... Ich kann ihn dir nicht wegnehmen, Julia.«

»Dylan«, sagt sie langsam, »er war immer mehr dein Junge als meiner. Du hast zu ihm gehört und er hat zu dir gehört. Aber die Entscheidung liegt bei dir.«
Ich kann es nicht länger hinausschieben. Ich muss ihr die Frage stellen. »Julia, hat mein Vater jemals Ellis besucht?«
Ich spüre eine Bewegung hinter mir und höre ein trockenes Husten, als wolle mich jemand unterbrechen. Was niemand tut. »Hat er …« Ich brauche meine ganze Kraft, um die Worte hervorzupressen. »Hat mein Vater Ellis Geld angeboten, damit er mich nicht mehr sieht?«
In der Leitung ist es still. Eine Stille, die alles bestätigt.
»Dylan«, sagt sie. »Ach, Schätzchen. Ich bin mir nicht sicher, ob …«
»Bitte, erzähl es mir einfach«, sage ich. »Ich muss das wissen.«
Sie lässt sich einen Moment Zeit. »In Ordnung. Es war vor ungefähr einem Monat. Ich saß gerade in der Küche, als ich mitbekam, wie sich dein Vater draußen im Flur mit El unterhielt. Ich konnte nicht glauben, was ich da hörte, daher marschierte ich geradewegs dort raus und erklärte ihm, dass er sich vom Acker machen soll. Danach haben wir lange geredet. Ich war der Meinung, dass du ein Recht darauf hättest, das zu erfahren, aber ich musste El schwören, dir nie davon zu erzählen. Er war der Meinung, es würde dich zu sehr verletzen.«
Ich umklammere mein Handy und schließe die Augen. »Danke, Julia.«
»Dylan, warte. Was deine Eltern getan haben, war grausam und gedankenlos.« Sie seufzt. »Aber sie sind noch immer deine Eltern.«
Ich verspreche ihr, dass ich bald einmal vorbeikomme und wir uns dann gemeinsam um dein Zimmer kümmern, El,

und ich ihr dabei helfe, dein Leben wegzupacken. Dann lege ich auf und drehe mich zu ihnen um.

Ein weiteres Geheimnis, das du in deinem Notizbuch verschlossen hast, El. Warum hast du mir nichts davon erzählt? Weil es meine Familie in Stücke reißen würde? War dir nicht klar, dass manche Dinge schon so kaputt sind, dass ihnen ein wenig mehr Reißen nichts mehr ausmacht?

Mir fehlt die Kraft, weiter herumzuwüten. Ich stelle einfach meine Fragen.

»Warum habt ihr ihn gehasst?«

»Dylan …«, beginnt Mum mit aschfahlem Gesicht.

»Jetzt geht's los«, fällt Chris ihr ins Wort, »die Melodramastunde.«

»Halt die Klappe, Chris«, sagt Dad, was sowohl meine Mutter als auch meinen hirnlosen Bruder erschreckt. Dad spreizt die Hände, als wollte er vor der Jury eine Ansprache halten, wobei er gar nicht diese Art von Anwalt ist. »Hör mal, Sohn, wir dachten, dass du möglicherweise hinter diese Sache kommst. Dass seiner Tante vielleicht etwas herausrutscht. Deshalb wollten wir uns die letzten paar Tage mit dir zusammensetzen, damit du nicht durch jemand anderen davon erfährst und das irgendwie in den falschen Hals bekommst.«

»Das irgendwie in den falschen Hals bekommst?« Ich schwenke den Cartoon. »Wie soll ich das denn bitte schön falsch verstehen?«

Meine Gedanken rasen zu der Nacht vom Osterball und meiner Unterhaltung mit Mike. *»Also sehen sie das mit El entspannt?«*, hatte er gefragt und ich war nicht weiter darauf eingegangen. Denn selbst gegenüber Mike, der die McKees und ihre vielen kleinen Eigenheiten kennt, konnte ich nicht einfach zugeben, dass sie das mit dir *nicht* entspannt sahen. Der Blick, den sich Mum und Dad zuwarfen, als wir es ihnen erzählten, der Blick, den du nicht mitbekommen hast, sagte wirklich alles. Zu dem Zeitpunkt hatten sie bereits versucht, dich zu bestechen, damit du mich nicht mehr triffst.

»Wann hat das alles angefangen?«, frage ich. »Habt ihr schon beim Grillen vermutet, dass wir zusammen sind? Wahrscheinlich. Und dann, was? Dann hast du mal eben auf ein kleines Wort mit El in Mount Pleasant vorbeigeschaut? Ihr seid alle so verdammte Heuchler«, knurre ich. »Ihr unterschreibt Petitionen, damit Leute wie ich Rechte bekommen, die wir ohnehin haben sollten. Ihr tut so, als würdet ihr die Menschen hassen, die uns hassen. Aber ihr seid genauso schlimm. Am liebsten sind euch doch bloß so ungefährliche Schwule wie ich. Diejenigen, die einen netten, ruhigen Freund finden und sich unauffällig verhalten und ihr Schwulenzeug im Privaten machen und sich nicht aufdrängen.«

Chris lacht. »Hast du deine Psychopharmaka genommen, Brüderchen? Hört sich nämlich an, als bräuchtest du sie.«

Dieses Mal ist es meine Mutter, die sich wohl selbst überrascht, als sie Chris sagt, er soll die Klappe halten.

»Ich möchte euch etwas fragen«, sage ich.

Dad nickt. »Wenn möglich, werde ich dir eine ehrliche Antwort geben.«

»Immer mit Einschränkungen, nicht wahr, Dad? Immer eine Ausstiegsklausel. Na schön, hier kommt meine Frage: Wenn einer von euch in dieser Nacht am See gewesen wäre, hättet ihr ihn ertrinken lassen? Einfach, weil ihr dachtet, dass El mich zu sehr vereinnahmt und mich schwul macht, was euch irgendwie angewidert hat.« Ich schaue direkt zu Chris und er schaut weg. »Oder dachtet ihr, dass er mich irgendwie verdirbt?« Ich drehe mich zu Mum, die ihre Hände vor den Mund geschlagen hat. »Oder habt ihr aufgrund eines Treffens beschlossen, dass er nicht gut genug für euren kostbaren

Sohn ist?« Mein Vater erwidert meinen Blick, aber seine Miene verändert sich irgendwie. Die Sicherheit ist verschwunden, ein Zweifel schleicht sich ein. »Das werdet ihr wahrscheinlich nicht wissen, aber als Ellis seinen Eltern erzählte, wer er war, haben sie ihn bewusstlos geprügelt und enterbt. Sie haben ihn auf die Straße gesetzt und aus ihrem Leben verbannt. Ihr seid bei Weitem nicht so schlimm wie sie, aber indem ihr ihn ablehnt, lehnt ihr auch mich ab.«

»Wir dachten, wir tun das Richtige«, sagt mein Vater langsam. »Wir dachten, er wäre nicht ... Ja, zugegeben, Dylan, ja, wir dachten, er wäre nicht gut genug für dich.«

»Und das war er auch nicht!«, zischt Chris aggressiv. »Das haben wir alle gesagt. Wer weiß, wo die schmutzige kleine Siedlungsratte schon überall seinen Schwanz stecken hatte. Wolltest du dir etwa Aids oder so was einfangen und neben Mike im Krankenhaus landen?«

»Raus!«, brüllt mein Vater ihn an.

Chris ist sprachlos. Er dreht sich zu Mum, der fehlen die Worte. Nach ein paar kläglichen Sekunden trabt er aus der Küche.

»Wir dachten einfach, dass sich diese ganze Besessenheit legen würde, wenn wir ein bisschen Abstand zwischen euch bringen könnten.« Mum geht langsam auf mich zu, sieht dann aber etwas in mir, das sie eindeutig verängstigt. Ich möchte nicht, dass sich meine Mutter vor mir fürchtet, aber ich weiß nicht, wie ich sonst schauen soll. »Ich war einfach um deine Sicherheit besorgt, Dylan. Äußerlich würde es dir niemand ansehen ... aber Ellis? Ich hatte Angst, dass du dich in Gefahr bringst, wenn du mit ihm zusammen bist. Du weißt, wie die Leute sein können. Aber vielleicht haben wir uns geirrt.« Sie hält inne und schaut zu meinem Vater. »Ich denke ... ich denke, wir haben uns geirrt.«

Ich zucke mit den Schultern. »Es ist zu spät, Mum. Er ist bereits tot. Aber es gibt eine Sache, die ihr wissen sollt – Ellis war wild entschlossen, mir nie, *niemals* zu erzählen, was Dad vorhatte. Wahrscheinlich wollte er mich vor meiner eigenen Familie schützen. Ausgerechnet der Junge, den ihr angezweifelt und verachtet habt. Er war besser als wir alle zusammen.«

Ich gehe Richtung Flur und Mum greift nach meinem Arm.

»Was hast du vor, Dylan? Bitte, uns war einfach nicht klar, wie tief du für Ellis empfunden hast. Wenn wir ...«

»Wenn ihr was? Dann hättet ihr genau dasselbe getan. Weißt du, was ich dachte, Mum, als ich heute Morgen diese Nachricht am Kühlschrank entdeckt habe? Ich dachte, dass ihr mich vielleicht rauswerfen wollt.«

»Nein! Das würden wir nie tun. Niemals.«

»Spielt keine Rolle. Ich war zu feige, um diesen Schritt zu gehen, aber jetzt habe ich keine Angst mehr. Ich schätze, wenn es etwas gibt, wofür ihr Ellis hassen könnt, dann vielleicht dafür.«

Ich schüttle ihre Hand ab und laufe zur Treppe. Chris sitzt mürrisch auf der untersten Stufe.

»Ich muss hier weg«, sage ich über meine Schulter zu ihnen. »Das ist nicht mehr mein Zuhause.«

20

Die nächsten zwanzig Minuten vergehen wie im Flug.

Dad bleibt unten an der Treppe postiert, er trägt noch immer seinen Arbeitsanzug. Chris lässt in seinem Zimmer Trash Metal laufen, das ist seine Art, nach Aufmerksamkeit zu schreien, weil ihm ausnahmsweise einmal keine zuteilwird. Mum steht draußen im Flur und schaut mir dabei zu, wie ich Klamotten in einen Rucksack schmeiße. Ich weiß, dass sie gern helfen würde – das tun Mütter, wenn ihre Kinder beim Packen pfuschen –, aber ich denke, sie hat inzwischen begriffen, dass ich von dieser Übernachtung nicht nach Hause kommen werde. Als ich meine Zimmertür vor ihrer Nase schließe, weicht sie erschrocken zur Wand zurück.

Ich gehe zum Schreibtisch, ziehe die Schublade auf und löse die Zeichnung ab, die du mir an Mikes Geburtstagsfeier geschenkt hast. Ich will sie mir nicht anschauen. Nicht diese trügerische Perfektion, die du in mir gesehen hast. Ich falte sie zusammen und schiebe sie in die vordere Tasche meines Rucksacks.

Als ich die Treppe hinuntergehe, ist nur noch Dad da. Wir stehen einen Moment lang schweigend dort und hören, wie Metallica Mums Weinen übertönt.

»Ich kann unten bei der Auffahrt warten«, sage ich.

»Das ist noch immer dein Zuhause, Dylan«, antwortet er. »Wenn du möchtest, warte hier.«

Ich würde gerne etwas zu ihm sagen, ihn trösten, ach, ich weiß auch nicht. Ich kann beinahe spüren, wie du mich dazu drängst, El. Aber dein Herz war so groß wie der Ozean, während meines nur eine schäbige kleine Gehwegpfütze ist. Also stehen wir da und warten.

Das fühlt sich nicht nach dem vermeintlich großen Moment an. Ich wurde in diesem Haus geboren, Mum war für das Krankenhaus schon zu weit, Sanitäter brachten mich als wütendes, schreiendes Baby auf dem Küchenboden zur Welt. Ich habe mir an diesem Treppengeländerpfosten den Vorderzahn abgebrochen, als Chris und ich Star Wars spielten. Er war Han und ich Chewie – was eine gewisse Ironie birgt, weil ich eine Woche lang kaum kauen konnte. Dads Büro auf der anderen Seite des Flurs wurde zum Schauplatz jenes berüchtigten »Aufklärungsgesprächs«, Furcht einflößende drei Minuten, die uns beide noch immer verfolgen. Meine Mutter hat mir auf der unteren Stufe geduldig das Schleifenbinden beigebracht und war lächerlich stolz, als mir meine erste gelang. Und unter der Treppe übten Mike und ich küssen. Mike bestand darauf, dass das kein Schwulending war, sondern wir schlichtweg kein Mädchen aus unserer Jahrgangsstufe überzeugen könnten, es uns beizubringen.

Ich habe nie für meinen besten Freund geschwärmt, aber ich erinnere mich noch immer, wie sein warmer, zitternder Mund meinen berührte. Noch Monate später dachte ich jede Nacht daran und berührte die Stelle, wo seine Lippen gelegen hatten. Dieser eine gemeinsame Moment erfüllte mich mit einer Dankbarkeit, die ich nicht verstand.

So viele Erinnerungen, und jede macht mich ein Stück weit aus.

Es klopft. Big Mike steht vor der Tür und sieht megaverlegen aus.

»Hey, Gordon«, sagt er winkend und schließt dann seine Hand.

»Danke, dass du das machst, Michael.«

»Kein Problem. Wir freuen uns immer, wenn er zu uns kommt, Hauptsache, er ist stubenrein.«

Die beiden Väter lächeln sich zu. Um das zu kapieren, muss man wahrscheinlich ein Vater sein.

»Dann komm, Junge. Mike macht gerade Popcorn und hat irgendeinen Film, bei dem ich mir in eurem Alter vor Angst in die Hose geschissen hätte.« Er nimmt mir den Rucksack ab und tritt von der Tür zurück. »Grüß Barbara von mir.«

Ich schaue über die Schulter und frage mich, ob Mum noch auftaucht. Was sie nicht tut.

Wir laufen schweigend zu Big Mikes Geländewagen und ich klettere auf den Beifahrersitz.

»Schnall dich an, Grünschnabel«, sagt er zu mir und dreht den Zündschlüssel um.

Ich weiß nicht, was ich zu Big Mike sagen soll. Wenige Minuten, nachdem ich Mike geschrieben habe, bekam ich schon grünes Licht, dass ich zu den Berringtons kommen und dort bleiben durfte. Schließlich gehöre ich zur Familie. Aber ich weiß auch, dass ich mich aufdränge. Mike muss sich erholen und ich habe ihn die letzten Tage tonnenweise mit meinem elenden Mist zugeschüttet. Ich fühle mich richtig mies deswegen, aber ich weiß nicht, wo ich sonst hinsoll.

Big Mike streckt seine Hand aus und schüttelt meine Schulter. »Alles gut?«

Bäume rauschen vorbei und schlagen jetzt, wo der lange Winter endlich vorbei ist, aus. Das Leben dringt in all das Tote ein. Ich schüttle den Kopf und schaue nach unten.

»Nee«, murmelt Big Mike. »Dumme Frage. Aber du weißt, dass du mit mir oder Carol reden kannst, ja? Über alles. Carol kann dir fantastische Ratschläge geben und ich dir einen fiesen Double-Bacon-Cheeseburger brutzeln, was sogar noch besser als ein guter Ratschlag ist. Stimmt's?«

»Stimmt.«

In ein paar Minuten sind wir zu Hause. So fühlt es sich bei den Berringtons für mich an. So hat es sich immer angefühlt. Ein Zufluchtsort, wenn mein eigentliches Zuhause verwirrend und unerträglich wurde. Big Mike schnappt sich meinen Rucksack und winkt Carol und Mike, die von der offenen Tür zurückwinken. Am liebsten würde ich einfach sitzen bleiben und mir die Augen ausweinen.

Schließlich kommt Mike, lenkt mich mit irgendeinem Gerede über Popcorn und Horrorvideos ab und zieht mich aus dem Auto. Mumzilla wuschelt mir durch die Haare und verkündet, dass es vor dem Popcorn erst Abendessen gibt, was dazu führt, dass Mike sich laut fragt, ob sie in ihrem vorherigen Leben ein Folterknecht der Inquisition war.

»Ja, Michael, ich bin ein blutrünstiger Tyrann, und euch eine halbe Stunde aufs Popcorn warten zu lassen ist meine moderne Version der Folterbank. Jetzt geht und wascht euch die Hände.«

»Sadistin.«

Ich will Mike gerade nachgehen, als Carol mich zu sich ruft.

»Ich habe eben mit deiner Mutter telefoniert.«

»Ist sie in Ordnung?«

»Nein, Schatz. Ich weiß auch nicht, wie das gehen sollte. Hör mal, ich habe keine Ahnung, was heute Abend passiert ist, und es geht mich auch nichts an, aber eins weiß ich sicher: Deine Familie liebt dich.« Big Mike legt mir seine Hände auf die Schultern und Carol hebt mein Kinn hoch, damit ich sie anschaue. »Selbst dein idiotischer Bruder mag dich ziemlich gern. Ich möchte, dass du deine Mutter morgen anrufst, um ihr zu sagen, dass es dir gut geht, es müssen nur ein paar Worte sein. Das ist meine einzige Bedingung.«

»Und wenn du das nicht tust, wird sie dir Beine machen«, fügt Big Mike hinzu.

Also willige ich ein, und ich glaube nicht, dass ich sie anlüge.

Wir essen Mumzillas Spezialgericht: unglaubliche selbst gemachte Pizza mit Spiralpommes. Keiner spricht über das Offensichtliche, obwohl es so ist, als würde ein Elefant um den Essenstisch stapfen und riesige dampfende Haufen hinterlassen. Big Mike erfreut uns mit seinem Vorrat an lahmen Papa-Witzen und wir lachen an den richtigen Stellen, was vor allem daran liegt, dass wir sie schon tausendmal gehört haben.

Nach dem Abendessen gehe ich mit Mike in sein Zimmer, wir schnappen uns unsere Sitzsäcke und stellen uns die Schüsseln mit warmem Popcorn auf den Schoß. Nach einer halben Stunde Serienmördergemetzel hält Mike den Film an.

»Wie sieht's aus?«, fragt er.

»Sieht übel aus.«

Er nickt und lässt die Fernbedienung wie einen Revolver aus einem alten Westernfilm kreiseln. Gerade als er den Film weiterlaufen lassen will, fange ich seinen Blick auf.

»Weißt du, Mike, was mir nach allem, was wir herausgefunden haben, und nach jedem von Els Geheimnissen, die ganze Zeit durch den Kopf geht?«

»Was?«

»Wir. Irgendetwas ist an uns verdorben. Du weißt ja, wie wir uns in Ferrivale gern präsentieren. Was sind wir nicht für eine großartige, moderne und tolerante Gemeinde. Einfach nur liebenswürdig und freundlich und jeder ist willkommen. Also sind wir supernett zu den Schwulen, akzeptieren aber auch diese Kirchengruppe, die ihre »Es heißt Adam und Eva und nicht Adam und Oscar«-Flyer in jeden Briefkasten stecken. Nur können wir nicht mit allem einverstanden sein. Letztendlich müssen wir uns entscheiden. Und ich spreche nicht über die Meinungsfreiheit – lass die Hassredner hassen, lass sie ihre Flyer verteilen –, aber *wir* brauchen eine Vorstellung davon, wofür wir einstehen und was wir ablehnen. Denn wenn wir uns nicht entscheiden, dann lassen wir diese Lücken, von denen die guten Leute verschluckt werden.

Wir alle wollten, dass El etwas ist, was er nie sein konnte. Wir dachten, das wäre irgendwie in Ordnung, was es aber nicht war. Es geht nicht darum, El in irgendeine Vorstellung zu pressen, wie er sein sollte. Toleranz ist an keine Konditionen geknüpft. Sie ist absolut. Sie funktioniert nicht zu deinen Bedingungen, sondern zu *seinen*. Selbst ich habe El am Anfang nicht so akzeptiert, wie er war. Und deshalb fühlen sich solche Menschen wie El abgelehnt und das bringt sie in Gefahr. Und das nur, weil wir als Gemeinde nicht stark genug sind, zu sagen, wo wir stehen. ›Ellis Bell ist einer von uns und wir passen auf ihn auf. Selbst diejenigen von uns, die nie mit ihm befreundet sein werden und denen seine Entscheidungen nicht gefallen, werden zu ihm halten, weil er das Recht hat, das zu sein, was er sein möchte, und hier in dieser Stadt zu leben, wo Toleranz keine oberflächliche Angelegenheit ist, durch die wir uns tugendhaft fühlen. Sie ist real. Sie ist mächtig. Sie beschützt.‹«

Ich weiß nicht, woher diese Worte kommen, aber ich habe den Eindruck, dass sie mir durch und durch gehen.

»Wir sind alle mitverantwortlich«, sage ich. »Trotzdem

muss ich wissen, wer es war, Mike. Wer hat ihn einfach seinem Tod überlassen? Wer hat ihn so sehr gehasst? Diese Fragen bringen mich um.«

Mike nickt. Er nimmt den Anhänger, den du ihm zu seinem Geburtstag geschenkt hast, unter seinem Hemd hervor und streicht über das Schutzsymbol.

»Dylan, ich habe …« Er schaut weg. »Ich wünschte, ich könnte dir helfen.«

»Du hilfst mir doch.« Ich werfe ihm ein Kissen an den Kopf, doch er bleibt ernst. »Du hast mir immer geholfen.«

Irgendwann schauen wir den Film weiter. Als er zu Ende ist, packe ich meine Schlafsachen aus und wir richten das Zustellbett. Mike zieht sich bis auf die Unterhose und das T-Shirt aus und schaltet das Licht aus.

»Brauchst du noch was?«

»Nein«, lüge ich. Denn das, was ich brauche, kann er mir nicht geben.

Als Becks schnuppernd ins Zimmer kommt und sich neben mir zusammenrollt, bin ich noch immer hellwach. Ich streiche mit den Fingern durch sein weißes Bauchfell und er macht sich lang und leckt mir übers Gesicht. Das ist nicht schlimm. Es ist bereits nass.

~ ~ ~

Als ich aufwache, ist Mikes Bett leer und Becks verschwunden. Der Wecker auf der Fensterbank leuchtet mir entgegen: Freitag, 1. Mai, 10:56 Uhr. Es kommt mir unwirklich vor, dass deine Beerdigung erst vier Tage zurückliegt. Ich habe in dieser kurzen Zeit so viel über dich gelernt, El. Und ich frage mich, ob ein viertes Bild mich hier erreichen wird und welches neue Geheimnis es lüftet.

Wenn ich bei Mike länger schlafe, bekomme ich immer ein ganz schlechtes Gewissen, wahrscheinlich weil die Berringtons diese »hop, hop, bewegt euch«-Mentalität ausstrahlen, obwohl noch nie irgendwann jemand etwas gesagt hat. Als ich nach unten komme, lächle ich Mumzilla an und lasse mich auf den »Dylan-Stuhl« sinken. Mir wird aufgetragen, sitzen zu bleiben, Tee zu trinken und Toast zu essen. Hört sich gut an.

»Vergiss unsere Abmachung nicht«, sagte sie, während sie mir aus dem Hinterteil einer Kuh-Teekanne eingießt. »Ruf deine Mutter an.«

Ich nicke. »Wo ist Mike?«

»Mit Becks eine Runde spazieren. Er fühlte sich etwas groggy, deshalb darf er die Schule schwänzen.« Als ich etwas erwidern will, hebt sie die Hand. »Es geht ihm gut, Dylan. Er ist bald wieder auf dem Damm ...«

Ich habe in Büchern schon öfter über »bedeutungsschwere Pausen« gelesen, aber bisher nie selbst eine erlebt. Zwischen mir und Carol baut sich langsam eine fast unerträgliche Spannung auf, und ich habe keine Ahnung, weshalb, aber mich beschleicht das Gefühl, dass es für uns beide gleich unangenehm werden wird, ganz egal, was als Nächstes kommt.

»Es tut mir so leid, Dylan« fängt sie an. »Ich möchte das wirklich nicht sagen müssen.«

Mein Blick klebt auf der Tasse. »Schon okay.«

»Nein. Nein, das ist nicht okay. Kein Stück. Weil wir dich nämlich sehr lieben und uns so leidtut, was du durchmachen musstest. Du weißt, dass du wie ein zweiter Sohn für uns bist, nicht wahr?«

»Ja«, krächze ich. »Ja. Danke.«

Sie greift über den Tisch nach meiner Hand. »Du musst dich nicht bedanken. Ich danke *dir*, Dylan. Danke, dass du der beste Freund bist, den Mike sich wünschen kann. Gott.«

Sie wischt sich mit der Ecke eines Geschirrhandtuchs die Augen. »Dieses Haus ist genauso voll von dir wie von uns. Wenn ich das Essen auf den Tisch stelle, schaue ich noch immer vorsichtshalber runter, falls der kleine Mike und der kleine Dylan zu meinen Füßen Fangen spielen. Deswegen fällt mir das jetzt auch so schwer.«

»Das ist in Ordnung«, versichere ich ihr, weil ich weiß, was jetzt kommt. »Mach dir keine Gedanken.«

Sie holt tief Luft und atmet aus. »Du kannst hier nicht bleiben, Schatz. Ich wünschte, du könntest. Aber Mike, er ist mein kleiner Kerl, verstehst du?« Ich nicke und sie bricht in Tränen aus. Ich stehe von meinem Stuhl auf und drücke sie, so fest ich kann. »Vor ihm liegt noch immer ein langer Weg«, schluchzt sie. »Die letzte Chemo war brutal für ihn, außerdem sollte er ohnehin schon viel weiter sein, aber er …«

»Ich tue ihm nicht gut«, sage ich und richte mich auf. Draußen steht Mikes altes Trampolin, das inzwischen verrostet und von silbernen Spinnweben überzogen ist, sein quietschendes Lachen ist nur mehr eine Erinnerung.

»Du *tust* ihm gut. Natürlich tust du das. Und, Dylan, das alles ist auch für dich sehr belastend. Ich und Big Mike, du weißt, dass wir dich lieben und wir alles, *alles* tun würden, damit es dir besser geht, doch ich höre jeden Abend, wie sich mein Junge in den Schlaf weint und ich … Mike muss für uns im Vordergrund stehen.« Sie schließt die Augen. »Wir können nicht zulassen, dass ihn irgendetwas von seiner Behandlung ablenkt, und ich will einfach …«

»Bitte, Carol, du musst nichts weiter sagen. Ich hätte nicht fragen sollen, ob ich bleiben kann, das war egoistisch.«

»Sei nicht albern, das war überhaupt nicht egoistisch. Du kannst eine Weile bleiben. Bis sich die Dinge mit deinen Eltern geklärt haben oder du irgendwo anders … Und Big

Mike und ich, wir können dir dabei helfen. Wir können mit deinen Eltern sprechen oder etwas zur Miete für eine Wohnung beitragen. Ich weiß auch nicht. Aber wir werden dich nicht im Stich lassen, Dylan, niemals. Nur gerade jetzt ...«

»Schon okay, Carol. Wirklich. Ich überleg mir was. Mach dir bitte keine Gedanken.«

Ich trinke meinen Tee aus und helfe ihr beim Abwasch. Wir sagen nichts weiter, aber ich spüre regelrecht ihr schlechtes Gewissen. Ich hasse das. Und ertrage es nicht. Ich bin wie ein Gift und sie hat recht, ich muss gehen.

Gerade als ich nach oben will, kommt Big Mike schwer atmend zur Haustür rein. Er ist so ziemlich der einzige Vater, den ich kenne, der Lycra tragen kann. Der Blick, den er mir zuwirft, verrät mir, dass er sich fragt, ob Carol und ich schon unsere »Unterhaltung« geführt haben. Ich grinse ihn so sorglos wie möglich an.

»Hey, warst du laufen?«

Er schaut an sich herab.

»Schwulenkneipe.« Er zwinkert mir zu. »Aber erzähl Carol nichts davon.«

Ich lache und will in Mikes Zimmer gehen, aber Big Mike ruft mich zurück.

»Ich bin bei dir zu Hause vorbeigekommen und dein Vater hat mich rüber gewunken.«

»Was hat er gesagt?«

»Nicht viel, Kleiner. Er wollte nur, dass ich dir das gebe. Sagte, es wäre am Morgen angekommen.«

Big Mike reicht mir einen vertrauten braunen Umschlag. Wer auch immer hinter unserem mysteriösen Notizbuchsender steckt, ist eindeutig nicht auf dem Laufenden über meine Unterbringungsvereinbarungen.

»Alles in Ordnung?«

»Ja«, sage ich, »alles gut.«

Ich nehme den Umschlag und rase nach oben. In Mikes Zimmer knipse ich die Deckenlampe an und lasse mich auf seinen Stuhl fallen. Wie lange wird das noch so weitergehen?, frage ich mich. Wie viele braune Umschläge mit einer einzigen gelben Seite, die ein schreckliches Geheimnis enthält, werden noch kommen? Jeder Schritt, den ich mit diesen Seiten gehe, fühlt sich an, als liefe ich auf einer Drehscheibe, einem endlosen, meine Seele zerstörenden Karussell, das mich nur scheinbar fortbewegt, mich aber in Wirklichkeit an derselben Stelle festhält.

Und dann öffne ich den Umschlag, falte das Blatt auseinander und schaue auf die Zeichnung von dir, und ich weiß sofort, dass diese anders ist.

Endlich, El, sind wir am Ziel.

In diesem einen, fürchterlichen Moment weiß ich, was dir im Dezember zugestoßen ist, und das Grauen ist kaum vorstellbar. Und doch ergibt jetzt alles einen Sinn. Warum du dich an Weihnachten vor mir zurückgezogen hast. Warum du dich am Ball so eigenartig verhalten hast. Warum du mir nicht erzählen wolltest, was mit dir los war. Denn mehr als alles andere auf der Welt wolltest du mich davor beschützen. Wenn ich Bescheid gewusst hätte, wäre dein Schmerz auch zu meinem geworden.

Weil du vergewaltigt wurdest.

21

Die Zeichnung: Du liegst nackt im Schulatelier auf dem Boden. Es ist Nacht. Du wirst von deiner Skulptur umgeben: die wunderschöne, geflügelte Harpyie mit einem Körper aus blickdurchlässigem Maschendraht, im Innern eine Spirale aus roten Bändern. Dein Abschlussprojekt ist endlich fertig. Deine Finger greifen durch den Draht, die Bänder sind um deine Handgelenke gewickelt und über deinen Mund geklebt, sie fesseln dich, bringen dich zum Schweigen. Die Details sind so akribisch gezeichnet, dass es schmerzt, sie anzuschauen. Deine Skulptur, dieses schöne Monster, wurde zu einem Gefängnis.

Es war so ein unglaubliches Werk. Ich habe nie verstanden, warum du es nach Weihnachten zerstört hast. Ich dachte, dass du einfach wieder einmal zu hart mit dir warst. Jetzt begreife ich. Darauf waren *überall* seine Spuren.

Vor den Atelierfenstern leuchtet ein kühler Mond. Außer euch ist niemand da, daher hat der gesichtslose Mann, der über dir schwebt und die Skulptur überragt, keine Angst. In Wirklichkeit ist er kleiner als du, schwächer, aber das spielt alles keine Rolle. Das Bild wird von Worten eingekreist, sie winden sich um dein gequältes Gesicht. Worte, die er dir, da bin ich mir sicher, eingepflanzt haben muss: WENN DU ETWAS SAGST, WIRD DIR NIEMAND GLAUBEN.

Dein Gesicht ist schlaff, deine Augen riesig. Gehetzte Öffnungen, die nach mir Ausschau halten und fragen, wo ich bin. Habe ich vielleicht mit Mike Videospiele gespielt? Fernsehen geschaut? Ich weiß es nicht. Kann mich nicht erinnern.
Niemand wird dir glauben.
Aber *ich* hätte dir geglaubt, El. Natürlich hätte ich das. Warum bloß hast du mir nichts gesagt? Weil er in deinen Kopf eingedrungen ist? Weil er dir weisgemacht hat, dass du irgendwie an dem Schuld warst, was dir zugestoßen ist? Du wurdest vergewaltigt, El. Nichts davon war deine Schuld.
Warum habe ich nicht begriffen, was du durchmachen musstest? Warum konnte ich nicht eins und eins zusammenzählen? Jetzt scheint alles so offensichtlich. Aber als du zurückkamst, nachdem du diese Woche im Dezember aus meinem Leben verschwunden warst, war ich einfach so erleichtert, dich wiederzuhaben, dass ich aufgehört habe, nach Antworten zu suchen …
Okay, bleib ruhig. Denk gründlich nach. Was willst du jetzt unternehmen?
Aber ich kann nicht ruhig bleiben. Ich schaffe es kaum, die gelbe Seite festzuhalten. Mir läuft es eiskalt über den Rücken. Mein Mund, meine Kehle und meine Zunge fühlen sich wie ein Stück Tierkadaver an, der in der Sonne brutzelt. Ich bekomme weder Luft noch kann ich schlucken. Ich kann nur dasitzen und auf diese verheerende Verzweiflung in meiner zitternden Hand starren.
Oh Gott, Ellis. Jetzt verstehe ich. Es ist genau, wie Raj sagte, ich war dir so wichtig, dass du diese Dunkelheit nicht über mich bringen wolltest. Und verdammt, das ist die schlimmste Art von Dunkelheit, die ich mir je hätte vorstellen können. Ich möchte weinen und schreien und dagegen wüten. Die

Weihnachtstage ergeben Sinn. Ostern ergibt Sinn. Du warst voller unnötiger Scham und hast dich deshalb vor mir zurückgezogen, das begreife ich jetzt.

Ich habe keine Ahnung, wie lange ich dort erstarrt sitze und in Gedanken schreie, aber plötzlich bewege ich mich langsam und mit Bedacht, hole frische Kleider aus meinem Rucksack und ziehe sie an. Die Schreie in meinem Innern halten die ganze Zeit über an. Sie folgen mir ins Badezimmer, wo ich mir mechanisch die Zähne putze. Sie hallen in meinem Kopf wider, während ich mir kaltes Wasser ins Gesicht spritze und zuschaue, wie die Tropfen vom Spiegel herabstürzen. Sie übertönen beinahe meine Stimme, als ich mit Carol und Big Mike im Wohnzimmer spreche:

»Hey, Leute. Ich gehe mal rüber zu Julia. Vielleicht kann ich ein paar Tage bei ihr bleiben. Richtet ihr Mike aus, dass ich mich später mit ihm treffe?«

»Bist du dir sicher, Schatz?«, fragt Carol.

»Wenn du willst, fahre ich dich«, sagt Big Mike.

Ich schüttle meinen brüllenden Kopf. »Nicht nötig. Ein bisschen frische Luft tut mir gut.«

Draußen kuschle ich mich in meine Jacke, und während ich die Straße hinunterlaufe, zittere ich am ganzen Körper. In meine Gedanken dringt ein George-Ezra-Lied, das du immer mal wieder im Nissan laufen gelassen hast. Ich weiß weder, wie es heißt, noch kenne ich den Text. Warum habe ich nicht mehr auf die Dinge geachtet, die du mochtest? Dafür ist es jetzt zu spät.

Über mir krächzen Vögel. Von knorrigen Zweigen beobachten mich die schwarzen Tiere. Es ist eigenartig. Trotz der Schreie in meinem Schädel und der Übelkeit in meinem Magen fühle ich mich so leicht und beschwingt wie in den allerletzten Sekunden der allerletzten Prüfung einer Schulkarriere. Diesen Tag werden wir nie erleben, Ellis. Wir werden nie dieses schwindelerregende Staunen erleben, wenn man durch die Sicherheitstüren stürmt und folgenlos den Alarm auslöst, uns nie an den signierten Abschlussshirts festhalten, über das Fußballfeld rennen und gegenseitig auffangen, so sehr lachen, dass wir Schluckauf bekommen, und von der kleinen Studentenbude träumen, die auf uns wartet. Näher als diese verrückte Leichtigkeit, die ich jetzt spüre, werden wir dem Ganzen nie kommen.

Mein Handy legt los. Vielleicht ist es Mike oder meine Mutter oder Carol. Ich möchte mit niemandem sprechen. Ich pfeife George Ezra und beobachte die schwarzen Vögel in den Bäumen.

Das einzig Ärgerliche ist, dass ich warten muss. Als ich den Rand des Waldes erreiche, der an die Ferrivale High grenzt, hocke ich mich hin und lege meine Ellbogen auf die Knie. Meine Uhr verrät mir, dass es 12:36 Uhr ist. Drei, vier Stunden, dann bekomme ich endlich meine Antworten.

Von meinem Aussichtspunkt aus beobachte ich die Veränderungen eines Schultages. Das Mittagessen ist vorbei und die Schüler schwärmen nach draußen, wo sie zwanzig Minuten lang Nachrichten verschicken können, Leute ärgern, trösten oder sinnlos ihre Kreise ziehen. Dann drängen sie wieder nach drinnen, nur damit einige kurz darauf wieder ausschwärmen. Ein paar tollen wie Welpen herum und andere wanken den unerträglichen Qualen des Sportunterrichts entgegen. Ich erhasche einen Blick auf Ollie als Torwart, was eine ungewöhnliche Position für ihn ist. Er bewegt sich während des Spiels kaum und kassiert vier Tore, wofür ihm seine Mannschaft den Mittelfinger zeigt. Mr Highfield pfeift sie alle nach drinnen und ich schaue einer Unterrichtsstunde unserer Neuntklässler zu, die darum kämpfen, nicht einzuschlafen, während Mrs Gupta ihnen laut aus *Von Mäusen und Menschen* vorliest. Ich weiß, dass es der Roman von Steinbeck ist, weil Gupta sich immer auf ihr Pult stellt, wenn sie die Lennie-Passagen liest.

Beim letzten Schulgong des Tages bekomme ich einen Kloß im Hals. Ich strecke meine verkrampften Finger und rufe Mike an. Während sich der Anruf aufbaut, strömen die Schüler aus den Toren. Ich glaube, dass ich Gemma und die Komiteemädchen entdecke, vielleicht bilde ich mir das auch nur ein. Es wäre durchaus richtig, vor dem Ende noch einen Blick auf sie zu werfen.

»Dylan«, stößt Mike hervor. »Wo zum Teufel steckst du? Ist alles in Ordnung?«

»Ja, Mann. Ich hoffe, das wird es.«

»Was ...« Ich höre, wie er schluckt. »Was soll das heißen?«

»Ich weiß, wer es war«, erkläre ich ihm. »Derjenige, der El beim Ball verängstigt hat. Derjenige, der ...« Ich kann es nicht aussprechen. Ich will das Bild von dem gelben Blatt nicht in Mikes Kopf setzen, daher sage ich einfach: »Ich weiß, was ihm an Weihnachten zugestoßen ist. Es war jemand von der Schule. Die Person hat ihm etwas sehr Schlimmes angetan, und ich will wissen, warum.«

»Okay«, sagt er leise, »aber, Dylan, du solltest das nicht allein machen ... Dylan?«

»Ich liebe dich, Bitch.«

»Dylan? Dylan! Rede mit mir. Egal, was du vorhast, mach einfach ...«

»Du hast schon genug geholfen, Mike. Carol und Big Mike würden mir nie verzeihen, wenn ich dich da mit reinziehe. Nach dem heutigen Tag könnte es allerdings ein wenig turbulent werden, deshalb wollte ich mich noch einmal bei dir bedanken. Für alles, was du in den vergangenen Wochen für mich getan hast. Und ich wollte dir sagen ...« Ich wische mir mit dem Handrücken über die Augen. »Dass du *immer* mein bester Freund warst, Mike. Selbst als El dazukam, du und ich ...« Ich umklammere mein Handy und zwinge mich, weiterzusprechen. »Du warst wegen Ellis nie meine zweite Wahl, verstehst du? Du warst immer mein Bruder.«

»Dylan, hör mir zu ...«

»Ich muss los.«

»Nein! Dylan!«

Ich beende den Anruf. Dann wische ich schnell durch meine Apps, wähle die aus, die ich brauche, und stehe auf. Ich bahne mir einen Weg durchs Unterholz und trete aufs Spielfeld. Ich werfe einen langen Schatten, der sich wie ein Mantel über Ferrivale High legt.

Irgendein trödelnder Siebtklässler mit halb heraushängendem Hemd kommt in dem Moment, als ich das Hauptgebäude erreiche, aus dem Wissenschaftstrakt. Siebtklässler gehorchen normalerweise den Anweisungen eines Oberstufenschülers, selbst wenn der einen eigenartigen Blick hat.

Ich eile schnell durch die Flure. Ich glaube, es gibt nichts Vergleichbares wie die gespenstische, widerhallende Leere einer Schule um fünf vor vier an einem Freitagnachmittag. Ich jogge an verlassenen Klassenzimmern vorbei und lausche nach den Schritten eines Lehrers oder einem Putzwagen. Ich muss schnell sein. Du hast mir erzählt, dass er sich freitags immer noch länger in der Schule herumtreibt, den Brennofen ausräumt oder Töpferware in den Trockenraum bringt.

Und dort finde ich ihn dann auch.

»Hallo, Mr Denman.«

Dein alter Kunstlehrer macht einen Satz, seine klauenförmige Hand wischt über ein Trockenregal und wirft rote Tonschalen herunter, die zerbrochenen Stücke auf dem Boden sehen wie gefrorenes Blut aus. Schwer atmend dreht er sich zu mir.

»Dylan, was soll das? Du kannst doch nicht einfach so ohne Vorwarnung in ein Zimmer kommen. Schau dir das Chaos an. Wer soll das ...«

»Aufräumen?« Ich zucke mit den Schultern. »Ich weiß nicht.«

Seine Augen huschen von den verstreuten Scherben zu meinem Gesicht. Womöglich entdeckt er dort etwas. Auf jeden Fall lächelt er mich furchtsam an, und ich frage mich, wie ich ihn je attraktiv finden konnte. Langsam gehe ich zu ihm und lege meine Hand auf seinen Arm. Als ich diesen Mann berühre, bekomme ich Gänsehaut, allein in seiner Nähe zu sein genügt schon, trotzdem überwinde ich mich und lehne mich zu ihm, bis meine Lippen ganz nah an seinem Ohr sind.

»Ich habe über Ihr Angebot nachgedacht, Mr Denman.«

»W-was für ein Angebot?«, fragt er.

Ich lehne mich ein Stück zurück und lächle. »Kaffee. Und ein Gespräch. Darüber, wie ich mich fühle? Über Ellis.« In seinem Mundwinkel bilden sich kleine Spuckebläschen. Ich sollte mich fürchten. Was ich nicht tue. »Vielleicht können wir die Getränke mit aufs Dach nehmen?«

Er schluckt schwer. Zögert. »Ja, natürlich. Kaffee. Im Büro habe ich meinen eigenen Vorrat. Spezielle Mischung. Lehrer sind dafür berüchtigt, anderen das Kaffeepulver zu klauen. Den habe ich ruckzuck gebrüht.«

Er quetscht sich an mir vorbei und ich lasse meine Hand über seine schiefen Schultern streichen. Dieser Unfall an Weihnachten? Der hat ihm wirklich zugesetzt. An der Tür schaut Denman zu mir zurück.

»Aber warum das Dach? Du weißt, dass das verboten ist.«

»Dort sind wir ungestört«, sage ich und lehne mich so lässig wie möglich gegen eins der Trockenregale. »El und ich sind dort ständig hochgeschlichen. Ich würde gern irgendwo mit ihnen reden, wo uns niemand belauschen kann. Es gibt nämlich etwas, Mr Denman, das mich schon eine ganze Weile beunruhigt, verstehen Sie? Wegen El. Und dem, was ihm letzten Dezember zugestoßen ist. Ich glaube wirklich, dass es Sie interessieren wird, was ich zu erzählen habe.«

»Natürlich.« Er nickt mir kurz zu. »Natürlich. Das verstehe ich vollkommen. Ich bin gleich wieder zurück.«

Ich folge ihm leise und diskret und von meiner üblichen Dylan-Ungeschicklichkeit fehlt jede Spur. Durch die angelehnte Bürotür bekomme ich mit, was er in meinen Kaffee gibt, dann laufe ich zurück zum Trockenraum, wo ich auf ihn warte. Und obwohl ich nicht genau weiß, was als Nächstes passieren wird, fühle ich mich eigenartig ruhig.

Als Denman zurückkommt, nehme ich die Tasse aus seiner ausgestreckten Hand und achte darauf, dass mein Blick nicht zu lange auf dieser schwarzen, kreiselnden Oberfläche verweilt. Der Trockenraum befindet sich auf der Rückseite des größten Ateliers und ist ewig weit vom Rest der Schule entfernt. Niemand sieht uns, als wir mit unseren dampfenden Tassen in den Händen zur Treppe laufen.

Ich gehe voraus. Auf dem Weg versuche ich die Erinnerungen an das letzte Mal zu verbannen, als ich diese Stufen hinaufgestiegen bin. Du warst damals bei mir und alles in meinem Leben schien mühelos und perfekt. Als ich jetzt gegen die Tür mit den Buchstaben DACHZUGANG drücke, spüre ich vor allem die lauernde Dunkelheit hinter mir.

Die Metalltür geht auf und eine Ladung Tageslicht flutet mir ins Gesicht. Ich atme gierig ein. Die Tür hinter uns fällt krachend zu. Während ich das Flachdach überquere, konzentriere ich mich auf diese eine, strahlende Erinnerung an dich:

Eine karierte Decke auf dem Kies ganz am Rand des Daches. Vor uns der Schauplatz unzähliger Ellis-Bell-Siege, das Fußballfeld, und die sich sanft wiegenden Bäume. Du packst den Picknickkorb aus, ich beschwere mich über das Essen. Was ist dieses Quinoa überhaupt? *Die untergehende Sonne in deinen Haaren, Gold, das sich in einem dunklen und glänzenden Meer kräuselt. Eine Hand, eine Berührung, unsere Lippen fest aufeinandergedrückt, geschlossene Augen, Herzen im selben Takt, der Kirschgeschmack deines Lippenbalsams auf meiner Zunge.*

»*Für immer ist eine lange Zeit, Sprosse.*«

Diese Erinnerung, dieser Widerhall, diese romantische Komödie, spielt sich ausschließlich in meinem Hirn ab. Sie ist für niemanden sonst wichtig oder real oder von irgendeiner Bedeutung, aber ich weiß sie in diesem Moment zu schätzen. Bleib bei mir, El. Ich brauche dich jetzt.

Ich nähere mich dem Rand des Daches und stelle meine Tasse auf die schmale Brüstung. Hinter mir knirscht der Kies. Denman nähert sich.

»Hier waren wir glücklich«, erzähle ich ihm, während mein Blick über die entfernten Bäume schweift. »In der Nacht bevor er starb, waren wir *so* glücklich.«

Und dann greife ich in meine Jacke und hole die Zeichnung aus meiner Innentasche. Ich kenne die Zeichnung auf diesem Blatt, ich muss sie mir nicht noch einmal anschauen. Es ist ein Bild, das in meinem Herzen bleiben wird, solange es schlägt. Ich drehe mich um und strecke es Denman entgegen.

22

»Das letzte Mal, als wir uns getroffen haben, haben Sie mir richtig leidgetan«, erzähle ich ihm. »Da hockten Sie im Schulflur und sind Ihren kostbaren Kohlestiften nachgekrochen. *Armer Mr Denman*, dachte ich. *Was für ein Pech, dass er an Weihnachten in den Unfall mit Fahrerflucht verwickelt war.* Ihre Genesung muss sehr langsam und schmerzvoll gewesen sein, Sir, erst nach mehr als drei Monaten konnten sie wieder zur Schule kommen. Erst heute ist mir aufgefallen, dass El kein einziges Wort des Mitleids für Sie übrighatte, obwohl er vor den Ferien ihr Lieblingsschüler war und sie sein Lieblingslehrer. Ich muss zugeben, manchmal wurde ich fast ein wenig eifersüchtig.«

Der Kunstlehrer ist wie angewurzelt stehen geblieben, von seinem Finger baumelt die Kaffeetasse. Sein Blick klebt regelrecht auf deiner Zeichnung, El. An seinem Hals zuckt ein Nerv und er fährt sich mit der Zunge über die Zähne.

»Ja, El hat gern geflirtet«, fahre ich fort. »*Findest du nicht auch, dass Mr D total süße Ponyfransen hat? Hast du Mr Ds Augen gesehen? In denen würde ich am liebsten ertrinken.* Aber das war's auch schon. Flirtereien. Allerdings haben Sie das, glaube ich, nicht begriffen. Nun ...« Ich zucke mit den Schultern. »Selbst wenn Sie das haben, war es Ihnen egal.«

»Was ist das?« Denman lacht.

»Das ist die Wahrheit. Zumindest so viel davon, wie El ertragen konnte. Sie haben ihn vergewaltigt.«

Er streicht mit dem Finger über die nicht identifizierbare Gestalt, die hinter der Skulptur lauert. »Glaubst du, das beweist irgendwas? Ich meine, ich weiß nicht mal, was das sein soll. Sieh mal«, er wischt sich mit der Hand über den Mund, »dir sollte klar sein, Dylan, dass Ellis immer eine äußerst lebhafte Fantasie hatte. Das war eine wundervolle Sache. Aber ... aber offenbar ist sie mit ihm durchgegangen.«

Ich falte die Zeichnung zusammen und schiebe sie in meine Tasche. »Also behaupten Sie, dass er das erfunden hat?«

»Nun ...« Denman reckt mir sein Kinn entgegen. »Es stimmt nicht, so viel weiß ich. Ich meine, was immer das darstellen soll, es ist nicht real. Und jetzt hör mir mal zu, wenn du auf der Stelle verschwindest, können wir vergessen, dass das jemals passiert ist. Ich werde keinem davon erzählen, was du heute von dir gegeben hast, versprochen.«

Ich starre ihn an. »Aber warum denn nicht, wenn die Zeichnung doch eine Lüge ist? Ich habe Sie gerade eines schweren Verbrechens beschuldigt, Mr Denman. Was bedeutet, dass ich komplett falschliege. *Falls* die Zeichnung eine Lüge ist.«

»Du tust mir leid.« Er versucht sich an einem wackligen Lächeln, das nicht seine Augen erreicht. »Es ist schrecklich, was du durchmachen musstest. Dabei zuzusehen, wie der Junge, den du liebst, ertrinkt. Sich vorwerfen zu müssen, nicht stark genug gewesen zu sein, um ihn zu retten. Das hast du doch gedacht, nicht wahr? All die Schuldgefühle, Dylan, haben zwangsläufig eine Auswirkung.«

Das höre ich mir nicht an. Ich wechsle die Taktik.

»Wissen Sie was, Sir?« Ich schaue ihn ausgiebig von oben bis unten an. »Sie sehen wirklich *schrecklich* aus. Wie sind Sie noch mal dermaßen sensationell ramponiert worden? Sie

haben eine Straße überquert, richtig? Unfall mit Fahrerflucht? Wurde der Fahrer jemals ausfindig gemacht?«
»Dylan, hör mal ...«
»Hör mal? Haben *Sie* zugehört, als El Sie angefleht hat, aufzuhören?« Mir reicht's. Es wird Zeit, diesen Schwachsinn zu beenden. »Sie haben recht, diese Zeichnung beweist nichts. Sie ist zu abstrakt und zu vage, um vor Gericht zu bestehen. Aber den Kaffee, den Sie mir gerade gegeben haben? Was genau ist in Ihrer Spezialmischung, Mr Denman?«
Sein Blick schnellt zu meinem Becher, der auf der niedrigen Brüstung steht.
»Ich denke, die Polizei wird sich für den Inhalt dieser Tasse interessieren, Sie nicht auch?«
Er verschränkt seine Finger, bis die Knöchel spitz und weiß hervortreten. »An diesem Becher gibt es nichts Charakteristisches«, sagt er. »Nichts, was ihn unmittelbar mit mir in Verbindung bringen könnte.«
»Ach, nein?«
Ich fasse in meine Hosentasche, hole mein Handy heraus und halte ihm den Bildschirm entgegen. Darauf blinkt ein roter Kreis und eine Stoppuhr zeigt, dass bisher dreizehn Minuten aufgenommen wurden. »Kurz bevor ich die Schule betrat, habe ich mit der Aufzeichnung begonnen«, erkläre ich ihm. »Die Dateien werden automatisch hochgeladen. Die Aufzeichnung beinhaltet unsere komplette Unterhaltung einschließlich Ihres Kaffeeangebots. Und wenn die Polizei dann den Inhalt der Tasse untersucht? Nun, ich denke, das sollte zumindest für einen Anfangsverdacht der versuchten Vergewaltigung eines Schülers ausreichen. Vielleicht bekommt die Polizei ja dann auch einen Durchsuchungsbeschluss für Ihr Haus. Ich frage mich, was sie dort finden werden.«

Du hast meine Ungeschicklichkeit immer geliebt, El, aber ich glaube, jetzt wärst du sogar noch stolzer auf mich.

»Erzählen Sie mir von Ihrem Unfall«, sage ich. Er schaut mich unverwandt an, seine blauen Augen sind in dem schwindenden Licht so schwarz wie Tinte. »Es war gar kein Unfall mit Fahrerflucht, oder? Ellis kam Sie besuchen. Eine Woche lang hat er versucht, sich von dem zu erholen, was Sie ihm angetan haben, und hat die Welt und alle Menschen, die ihn liebten, ausgeschlossen, aber dann tauchte er ganz langsam wieder auf. El wurde nie wieder vollkommen derselbe. Das ist mir jetzt klar. Irgendetwas wurde ihm in dieser Nacht endgültig genommen, aber Sie konnten ihn nicht verschwinden lassen. Nicht vollständig. Er war zu stark für Sie. Zu mutig und stolz. Er kehrte in die Welt zurück. Zurück zu mir. Aber bevor er das konnte, musste er sich erst etwas von der Kraft zurückholen, die Sie ihm genommen haben.«

Einen Moment lang sieht es so aus, als wolle Denman erneut protestieren. Aber dann wandert sein Blick zurück zur Kaffeetasse und sein Tonfall verändert sich.

»Vor meinem Haus«, sagt er langsam. »Er wartete vor meinem Haus. Am Neujahrstag. Es war noch dunkel draußen. Ich musste die Katze rauslassen, und als ich die Tür öffnete, hat er ...«

»Ich weiß, was er Ihnen angetan hat«, sage ich. »Ich kann es sehen.«

»Er sagte, er würde nicht zur Polizei gehen«, fährt Denman fort. »Weil sie jemandem wie ihm nie glauben würden. Aber er verlangte von mir, dass ich nie mehr an die Ferrivale High zurückzukehre. Und falls ich es dennoch tun würde ...« Er fährt sich mit der gesunden Hand über die gekrümmte Klaue. »Also hielt ich mich so lange wie möglich fern. Und versuchte, seine Wünsche zu respektieren.«

»Sie verdammter Lügner«, fauche ich ihn an. »Sie sind weggeblieben, weil Sie ein Feigling sind.«

»Aber ich musste zurückkommen«, beharrt er. »Das ließ sich zu guter Letzt nicht mehr vermeiden. Wegen meines Vertrages. Selbst wenn ich die Schule wechseln wollte, hätte ich meine Kündigung vorbereiten müssen. Ich musste von etwas leben, Dylan. Ich musste arbeiten.«

»Und Ihr erster Arbeitstag war der Tag des Osterballs. El hat sie bis zur Feier nicht gesehen, weil wir uns den Tag freigenommen hatten, nachdem Ollies Video im Internet auftauchte. Er hatte keine Ahnung, dass Sie wieder zurück waren, bis er sie bei den anderen Lehrern in der Turnhalle entdeckte.«

Plötzlich bin ich wieder bei dir im Auto, als deine perfekten rosafarbenen Lippen zitterten und dein Blick immer wieder zur Turnhallentür zuckte. In diesen Augenblicken hast du es nicht ertragen, von mir berührt zu werden, weil dich meine Berührungen, weil dich jede Berührung an seine erinnerte.

Jetzt verstehe ich endlich. Seit unserem Unfall werde ich auch von Flashbacks heimgesucht. Ich weiß, wie diese Traumatrigger funktionieren. Denmans Anblick war der Auslöser, und obwohl du seit Weihnachten wieder so viel von dir zurückerobert hast, hat dich dieser kurze Blick auf deinen Vergewaltiger zurück in deinen wahr gewordenen Albtraum geworfen. Deine Selbstbeherrschung und deine unglaubliche Fähigkeit, deine Stimmung in eine andere Richtung zu kippen, brachten dich zu mir zurück, aber ich frage mich, wie lange das funktioniert hätte, wenn du noch leben würdest.

»Ich dachte, er hätte sich erholt«, sagt Denman. »Mir vergeben. Aber dieser Blick, den er mir zugeworfen hat? So verängstigt und voller Hass.«

»Aber dabei blieb es nicht, richtig?«, frage ich. »Ellis Blick verriet Ihnen, dass er niemals vergessen oder Ihnen vergeben würde. Und als wir den Ball verließen, folgten sie uns in Ihrem eigenen Auto. Vielleicht dachten Sie ja, Sie könnten mit ihm reden, ihn dazu bringen, die Dinge mit Ihren Augen zu sehen? Aber dann bot Ihnen das Schicksal eine einmalige Gelegenheit. Sie sahen, wie wir von der Straße abkamen. Sie sahen, wie das Auto im See landete. Ihr erster Impuls war, uns zu retten. Sie rannten zum Ufer runter, wateten ins Wasser und zogen mich heraus. Es blieb noch immer genug Zeit, um El zu retten, und Sie waren schon wieder halb beim Auto, als Ihnen klar wurde, was für eine Chance das war. El ertrinkt und Ihre Probleme lösen sich in Luft auf. Sie können weiter als Lehrer in der Schule arbeiten und sind der Held, der wenigstens einen Jungen gerettet hat. Außer, dass Sie dann erklären müssten, aus welchem Grund Sie uns überhaupt gefolgt sind. Was unangenehme Fragen nach sich gezogen hätte. Also standen Sie einfach da und sahen dabei zu, wie das Auto versank und Ihr Geheimnis mit sich nahm.«

»Nein.« Er schüttelt den Kopf. »Ich bin euch nicht gefolgt. Ich habe ihn nicht sterben lassen. Ich bin kein Monster. Ich habe Zeugen. Jeder wird dir bestätigen, dass ich den Ball nicht verlassen habe.«

»Sie waren das«, sage ich. »Das liegt doch auf der Hand. Sie hatten am meisten zu verlieren, wenn El am Leben blieb.«

»Ich schwöre dir, dass ich es nicht war.«

»Ich glaube Ihnen kein Wort.«

Jetzt versucht er, sich herauszureden. Er schwafelt und erzählt mir, dass er seit Monaten unter Depressionen leidet, die bis zu jenem Tag andauerten. Dass sein Partner der vergangen fünf Jahre ihn eine Woche zuvor verlassen hatte. Dass sein Arzt ihm diese bewusstseinsverändernden Medikamente verschrieben habe und er nicht mehr klar denken konnte. Wenn er auf diese Nacht und diese Person zurückblicke, die diese fürchterlichen Dinge getan hat, sehe ihm das im Grunde genommen gar nicht ähnlich.

Er geht mit ausgestreckten Händen fast flehend einen Schritt auf mich zu.

»Du weißt, wie Ellis war, Dylan. Er war immer so provokativ, nicht wahr?«

Ich weiche zurück.

»Immer schäkern, immer flirten.«

Ich will den Mann nicht in meiner Nähe haben.

»Aber weißt du noch etwas?«

Denmans Lippen kräuseln sich. Ihm fällt die Kaffeetasse aus der Hand.

»Tief in seinem Innern *wollte* er das.«

Plötzlich stürzt er mit einem überraschend leichtfüßigen Sprung auf mich zu. Über seine Gesichtszüge hat sich die undurchdringliche Maske aus deiner Zeichnung gelegt. Er schießt an mir vorbei und tritt gegen die Kaffeetasse, die über die Brüstung segelt. Ich reagiere zu spät und kann nur noch dabei zusehen, wie die dunkle Flüssigkeit in einem Bogen durch die Luft schießt. Sekunden später zerbricht das billige Porzellan auf dem Asphalt.

Im nächsten Moment schiebt mich Denman mit seiner gesunden Hand überraschend kraftvoll nach hinten. Ich stoße mit den Fersen gegen die Brüstung. Ich greife nach seinem Gesicht, will ihn kratzen, aber sein Angriff hat mich überrumpelt und ich bekomme kaum Luft. In der Zwischenzeit packt er mit seiner unversehrten Hand nach meinem Handy und lässt es übers Dach hüpfen.

Er stößt mich erneut, die Sohlen meiner Turnschuhe wippen jetzt über dem Abgrund. Mit seiner starken rechten

Hand – die Hand eines Bildhauers, die es gewohnt ist, Ton zu formen – schnappt er mein Shirt, wickelt es um seine Faust und schwenkt mich über die Dachkante. Ich rudere mit den Armen. Hinter mir rauschen die Bäume und eine leichte Brise zerrt an meinen Haaren. Wenn ich jetzt gegen ihn kämpfe, ihn erschrecke oder auf irgendeine Weise kränke, wird er mich ganz sicher fallen lassen.

Sein Gesicht schwebt ausdruckslos und düster vor mir. Ich möchte nicht, dass es das Letzte ist, was ich sehe. Deshalb schließe ich die Augen und spiele in dieser Dunkelheit meine Erinnerungen ab. Nicht die Horrorshow vom See, sondern all die kleinen, wundervollen Momente, die wir geteilt haben: ein Lagerfeuer, eine Buchhandlung, eine Bibliothek, ein Schlafzimmer:

Finger, die die Sommersprossen über meiner Nase nachzeichnen.

»Wer unterschreibt meine Petition als Erstes?«

Als würden sich elektrische Ströme über mein Gesicht bewegen.

»Freunde bis ans Lebensende.«

Der angenehme Duft deiner Finger.

»Bis bald, anbetungswürdiger Sprosse.«

Maoamgeruch.

»Bist du jetzt mein fester Freund, Ellis?«

Ich starre über die Lücke zwischen uns hinweg.

»Er wollte es«, beharrt Denman und dringt in meine Gedanken ein. »Sie tun so, als wollten sie es nicht, aber im Grunde genommen wollen sie es. Ich muss nicht einmal etwas in ihre Getränke mischen. Bei ihm wusste ich sowieso, dass ich das nicht brauche. Sobald ich erst einmal angefangen hätte, würde er sich nicht wehren. Und das hat er auch nicht, weil er *es wollte*.«

»Er wollte es nicht«, keuche ich. »Er hatte Angst. Und war traumatisiert von dem, was Sie ihm angetan haben. Aber er ist später auf Sie losgegangen, nicht wahr? Als er wieder Ellis war, ist er auf sie losgegangen.«

Denman streckt seinen Arm aus und ich lehne noch weiter über der Kante. Auch wenn ich es nicht will, ich muss meine Augen öffnen. Damit ich sehen kann, dass er endlich begreift.

»Ganz gleich, was in jener Nacht am See geschehen ist, will ich, dass Sie wissen, dass Sie Ellis umgebracht haben.«

Hinter Denman bewegt sich etwas. Jemand öffnet vorsichtig die Tür. Ich richte meinen Blick zurück auf seine Augen, fokussiere ihn.

»Sie haben ihm einen Teil seiner Selbst genommen. Und obwohl er mutig und schlau und wunderbar war, konnte er diesen Teil nicht mehr zurück ans Licht holen. Ich will, dass Sie das nie vergessen.«

Denmans Miene bleibt ausdruckslos. Keine Wut, keine Empörung, keine Begierde. Nur die Kälte, die, da bin ich mir sicher, tief in ihm verwurzelt ist.

»Ich bin kein Mörder.« Seine Augen werden wässrig – Mitleid, aber nur für sich selbst. »Ich wollte nie jemandem wehtun. Aber ich habe ein Leben, einen Beruf. Sogar mein Partner ist wieder zu mir zurückgekommen. Ich hab ihm nach dem Unfall leidgetan. Ich kann diese Dinge nicht verlieren, Dylan. Und das werde ich auch nicht.« Er lässt langsam locker. »Ich glaube nicht, dass du diese Datei hochlädst, und selbst wenn du das tust, werde ich sie löschen, bevor irgend-

jemand sie findet. An dem Punkt stehen wir jetzt also. Und weißt du, was alle glauben werden, was heute hier passiert ist?« Während er mich mit Mühe festhält, läuft ihm eine Schweißperle über die Stirn. »Sie werden sagen, dass du gesprungen bist. Warum auch nicht? So ein trauriger, anfälliger kleiner Junge. Ihm blieb doch nichts mehr anderes als das.«
»Es gibt Gerechtigkeit«, sage ich. »Gerechtigkeit für El.«
Um Denmans Hals schlingt sich ein kräftiger Arm und er schreit. Im nächsten Moment lässt er mich los und ich falle nach hinten. Ich greife panisch in die Luft, weil ich leben will, El. Wirklich. Selbst wenn es ohne dich sein muss.

Und dann schnappt jemand meine Hand und ich werde vom Abgrund auf die harten Kieselsteine des Daches gerissen. Ich falle zusammen mit meinem Retter hin und lande auf ihm, wir stoßen uns die Köpfe, dann liegen wir uns gegenüber und atmen schwer.

»Dylan!« Hände in meinen Haaren, Hände, die meinen Kopf umschließen und mich an sich ziehen. »Himmel, Dylan!«

Ineinander verknäult schaue ich Mike in die Augen. Er lacht hysterisch und ich spüre, wie sein Herz gegen meine Brust hämmert.

»Du bescheuerter, *bescheuerter* Arsch«, sagt er. »Warum hast du mir nichts erzählt?«

Wir stehen gemeinsam auf und beobachten, wie die Polizei aufs Flachdach schwärmt. Ein Polizist fährt Mike an, weil ihm gesagt wurde, er solle unten bleiben. Denman liegt inzwischen mit dem Gesicht im Kies, ein kräftiger Wachtmeister dreht ihm die Arme auf den Rücken und legt ihm Handschellen an. Denmans blasses, schweißnasses Gesicht dreht sich zur Seite und der Kunstlehrer schaut mit erstarrtem Gesicht emotionslos zu mir.

Plötzlich erkenne ich den Polizisten, der die Handschellen schließt. Es ist die Hohlbirne aus dem Krankenhaus und von dem Verkehrssicherheitsvortrag in der Aula. Er schaut mich wissend an und nickt mir dann ganz förmlich zu. Ein anderer Polizeibeamter sammelt mein Handy auf, und ich bemerke, dass ich irgendetwas von einem aufgenommenen Geständnis plappere.

Dann kommt ein Trupp Sanitäter zu uns und Mike und ich werden getrennt. Sie führen mich behutsam nach unten zu einem Krankenwagen und ich sitze hinten und beantworte monoton ihre Fragen. Durch die geöffneten Türen sehe ich, wie dein Vergewaltiger zu einem wartenden Auto eskortiert wird. Ich werde ihn nicht anschauen. Er ist zu einem Nichts geworden. Bedeutungslos.

Außerdem gibt es noch eine Frage, die mir gerade wieder im Kopf herumspukt.

Es ist die allerletzte Frage, und ausnahmsweise bin ich mir nicht sicher, ob ich die Antwort wissen will.

23

Wir sitzen im Garten der Berringtons nebeneinander auf unseren alten Schaukeln. Über uns steht der Mond hinter Wolkenfetzen hoch am Himmel.

Vor einer Stunde sind wir vom Polizeirevier zurückgekommen. Nach Denmnas Festnahme haben unsere Eltern uns dort abgeholt und sind während unserer Zeugenaussagen bei uns geblieben. Der Kommissar, der mich befragte, sagte mir, sie hätten die Audiodatei von meinem Handy gesichert und dass sie zusammen mit Els Zeichnung, den Scherben der Kaffeetasse (die wahrscheinlich Spuren von Denmans Betäubungstropfen enthält) und der Tatsache, dass Denman auf frischer Tat erwischt wurde, als er mich angriff, ausreichen sollte, um ihn mit ziemlich großer Sicherheit wegen Vergewaltigung und versuchten Mordes zu verurteilen. Als ich das hörte, hätte es mir eigentlich großartig gehen müssen, aber ich brachte lediglich ein Nicken zustande und bedankte mich bei ihm.

Nachdem wir das Revier verließen, baten mich meine Eltern inständig, mit ihnen nach Hause zu kommen. Ich erklärte ihnen sehr behutsam, dass ich noch nicht so weit sei. Dass ich vielleicht niemals so weit sei. Meine Mutter küsste mich auf die Wange und mein Vater sagte, er verstehe das.

Und jetzt sind wir hier. Nachdem Big Mike und Carol

um uns herumgewuselt sind und wir ihnen hundertmal versichert haben, dass es uns gut geht, sind sie endlich zu Bett gegangen und wir sind allein.

Jetzt sind nur noch Mike und ich da und wir müssen uns der Wahrheit stellen, der keiner von uns ins Auge sehen will.

»Es gibt noch immer Dinge, die nicht passen«, sage ich schließlich. »Warum beispielsweise hat der Notizbuchsender die Seite bis zum Schluss aufgehoben? Zugegeben, die Zeichnung ist sehr abstrakt und er wusste vielleicht nicht, was sie darstellte, doch sie hat darauf hingedeutet, dass El womöglich etwas Schreckliches zugestoßen war. Etwas Schlimmeres als in all den anderen Zeichnungen. Warum hat er die also nicht zuerst geschickt?«

Ich packe die knarzenden Seile, die meine Schaukel mit dem Baum verbinden.

»Als du die Polizei gerufen hast, Mike, was wusstest du da?«

Ich drehe mich zu ihm. Er hat den Kopf auf die Hände gestützt. Seine Schultern zittern. Ich strecke den Arm nach ihm aus, aber er schiebt mich weg. Als er mich endlich anschaut, weiß ich, was er sagen wird. So war das immer zwischen uns, zwischen Mike und mir.

»Ich war das, Dylan. Ich habe Ellis ertrinken lassen. Ich war das.«

Ich weiß, dass es stimmt, aber ich möchte es noch immer nicht wahrhaben.

»Du hattest an dem Tag deine Chemo.« Ich schüttle den Kopf. »Als ich dich vom Ball aus angerufen habe, warst du noch immer im Krankenhaus. Du hast dir die Seele aus dem Leib gekotzt, das ist also völlig unmöglich.«

»Meine Chemo wurde abgesagt«, erklärt er mir. »Irgendein Fehler in der IT des Krankenhauses, weshalb an dem Tag alle laufenden Termine verschoben wurden.«

Plötzlich erinnere ich mich an die Krankenschwester, die meinen Kopf zusammengeklebt hat. Die sanfte Schwester, die sich über einen Cyberangriff beschwerte und dass deshalb alle geplanten Behandlungen ausfallen mussten. Und dann die Unterhaltung mit Mike, in der er eigentlich nie gesagt hat, dass er an der Infusion hing: »*Ja, war ein total verrückter Tag. Ich erzähle dir später alles. Könnte dich zum Schmunzeln bringen oder vielleicht zum Platzen.*« Und dann Carol, die irgendetwas in der Richtung sagte, dass Mike mit seiner Behandlung nicht so weit wäre, wie er sollte, weil der letzte Zyklus verschoben werden musste.

»Nachdem ich mit dir gesprochen hatte, bin ich mit Becks spazieren gegangen«, sagt er und steht langsam auf. »Wir haben den halben Tag in der Chemoabteilung verbracht und umsonst gewartet. Das laugt einen aus, verstehst du? Du wappnest dich, um dich der Chemo zu stellen, und dann schickt irgendein einsamer kleiner Trottel aus seinem Keller einen Virus los und du musst wieder zurück auf Anfang. Wartest. Bangst. Wir kamen erst spät nach Hause und ich brauchte einfach ein wenig Abstand zu meinen Leuten. Die Blicke, das Mitleid, die Samthandschuhe, mit denen ich angefasst wurde ... ich bekam irgendwie keine Luft mehr.«

Ich stelle mir vor, wie er seinen Hoodie überzieht, Becks' Leine vom Haken bei der Tür nimmt ...

Carol fragt, ob er Gesellschaft haben möchte, Big Mike sagt ihm, dass er an seine Handschuhe denken soll. Dann stehen sie in der Einfahrt und Becks zieht an der Leine. Mike wählt einen verschlungenen Pfad durch den Wald, Becks schnüffelt alles ab, Mike schlurft langsam hinterher. Die frische Luft fühlt sich angenehm auf seiner Haut an, nasskalt und echt, ganz anders als die gefilterte klinische Luft des Krankenhauses. Der Hund behält sein ungestümes Tempo bei, er wird nicht müde, und das ist Mike nur recht. Ihm jagen unzählige Gedanken durch den Kopf – die Sorge um seinen besten Freund, die Wut über das hochgeladene Dylan-und-El-Video, der Frust, weil er auf seinem Weg keinen Schritt vorangekommen ist, und die permanente Angst, dass der Weg nicht so lang ist, wie alle immer behaupten.

Er wird müde. Sein Herz ist schwer. Er denkt an seine Unterhaltung mit Dylan. Er lässt sich von der optimistischen Stimmung seines besten Freundes nicht täuschen. Er kennt die McKees und glaubt nicht, dass die Zustimmung zu der Beziehung zwischen Dylan und Ellis von Dauer sein wird. Allmählich stolpert er über den unebenen Waldboden und beschließt, Becks von der Leine zu lassen. Soll der Köter ruhig frei laufen. Gefangen in seinen Ängsten ist ihm nicht klar, wie weit sie bereits durch den Wald gestapft und wie nahe sie der Straße gekommen sind.

Bevor er ihn zurückrufen kann, schießt Becks schon durch die Bäume.

Ein weißer Fleck, ein rasender Komet auf der Straße.

Mike erreicht gerade noch rechtzeitig den Waldrand, um mitzubekommen, wie ein Auto über den Asphalt schlittert. Er steht wie erstarrt da. Tatenlos muss er mitansehen, wie sich der Nissan auf dem Abhang hinunter zum See überschlägt, zerbeult und verzieht. Er kennt das Auto. Er will sich rühren. Aber er kann nicht. Ein verängstigter, winselnder Becks schießt zu ihm zurück und drückt sich gegen seine Beine, während er seine glänzenden Augen schuldbewusst auf ihn richtet. Erst als der Hund ihn in die Finger zwickt, kommt Mike wieder zu sich.

Er rennt los.

»Den Rest kennst du«, sagt er.

»Nein«, erwidere ich leise. »Tue ich nicht.«

»Willst du mich zwingen, es auszusprechen?«

»Ich glaube, das solltest du. Für uns beide.«

»Ich habe dich rausgeholt. Ich habe dich dort rausgezogen und versucht, zurückzugehen. Wirklich, Dylan. Ich habe es versucht. Aber ich konnte nicht.« Das ist der Augenblick, in dem er bricht, brüllt und mit den Händen gegen seine Brust schlägt. »Weil ich schwach bin und müde und abgefuckt! Deshalb war ich nicht stark genug, um ihn zu retten.«

»Warum hast du mir das nicht einfach gesagt?«, schreie ich zurück. »Ich hätte es verstanden.«

»Nein. Nein, das hättest du nicht. Nicht zu dem Zeitpunkt. Weil, willst du die Wahrheit wissen, Dylan? Wenn El auf dem Beifahrersitz gesessen und ich ihn zuerst gerettet hätte, hätte ich noch irgendwo ein letztes Quäntchen Kraft gefunden, um *dich* dort rauszuholen. Ich wäre bei dem Versuch bis zum Äußersten gegangen. Aber ganz ehrlich? Ich habe ihn nicht so sehr geliebt, wie ich dich liebe. Ich konnte das letzte Quäntchen Kraft und den Mut nicht mobilisieren und war nicht bereit, für ihn zu sterben. Das war ich einfach nicht. Und ich wusste, dass du mir nie verzeihen würdest, dass ich ihn zurückgelassen habe.« Er holt tief Luft und redet dann schnell weiter. »Und ich dachte, dass es vielleicht sogar noch schlimmer kommen würde.«

»Was soll das denn heißen?«, frage ich, obwohl ich es nicht wissen will, es aber wissen muss.

»Vielleicht hättest du geglaubt, dass ich ihn mit Absicht zurückgelassen habe. Weil er zu einer Zeit auftauchte, als ich dich am meisten brauchte und er dich mir wegnahm.«

»Das hast du tatsächlich geglaubt?«

»Nein, Dylan. Aber es wäre gut möglich gewesen, dass *du* das glaubst, wenn du gewusst hättest, dass ich ihn nicht gerettet habe. Und ich konnte einfach nicht ertragen, dass du so etwas von mir denkst.«

Er fasst in seinen Mantel und holt dein ledergebundenes Notizbuch heraus.

»Als ich die Martinshörner hörte, kroch ich zurück in den Wald. Zu dem Zeitpunkt konnte ich mich kaum noch auf den Füßen halten, aber ich schaffte es irgendwie. Und dann entdeckte ich das hier, es hatte sich in den Sträuchern verfangen. Ohne groß darüber nachzudenken, nahm ich es, etwas, das ich dir später geben könnte, damit es dich an Ellis erinnert. Aber dann wusste ich nicht, wie ich das anstellen sollte, ohne dass du Verdacht schöpfst. Und dann gab es diesen Moment nach der Beerdigung im Gedenkgarten. Ich konnte es in deinen Augen sehen, Dylan. Du würdest nie ruhen. Du musstest diejenigen finden, die du für Els Tod verantwortlich gemacht hast.«

Er fährt sich mit der Hand übers Gesicht und wirft einen Blick in den sternenlosen Himmel. »Ich habe diesen Hass gespürt, der von dir ausging. Auf deinen Retter. Auf mich. Ich hatte Angst, Dylan. Ich durfte dich nicht verlieren. Nicht jetzt, wo ich dich so sehr brauche.«

»Also hast du beschlossen, das Notizbuch zu benutzen, um andere Menschen zu belasten. Ich dachte, der Notizbuchsender wäre ein Freund, der versucht, mir zu helfen, aber du hast die Seiten benutzt, um mich im Ungewissen zu lassen. Und dann hast du noch, was eigentlich genau? Einfach so getan, als hättest du diesen mysteriösen Unbekannten im Garten gesehen?«

Er nickt. »Das klingt alles so kalkuliert, als hätte ich einen großartigen Plan gehabt, aber das hatte ich nicht, ganz ehrlich. Während dieser verrückten Woche habe ich einfach nur verzweifelt improvisiert und mich an jede Möglichkeit geklammert, um dich von der Wahrheit abzulenken. Und ich wurde jedes Mal, wenn du ihr nahekamst, nur noch verängstigter und beschränkter und verzweifelter. Zuerst wollte ich dir das Ganze ausreden. Ich habe sogar versucht, die Idee mit dem Überlebensschuldsyndrom aufzubauschen. Aber ich habe sofort kapiert, dass du mir das nie abkaufen würdest. ›Ich werde das nicht einfach bleiben lassen, Mike. Ich werde nicht aufhören.‹ Das hast du zu mir gesagt. Also habe ich das Notizbuch benutzt. Es hat mich krank gemacht, das zu tun, und mit jeder Seite, die ich dir geschickt habe, habe ich mich noch ein Stück mehr gehasst.« Er schlägt die Hände vors Gesicht. »Mein Gott, Dylan, ich wusste nicht, was ich tun soll.«

»Aber du hast das Notizbuch gelesen. Beim letzten Bild musst du doch geahnt haben, dass El etwas Schlimmes zugestoßen ist. Warum hast du mir die Seite nicht zuerst geschickt?«

»Ich wusste nicht, was sie bedeutet. Ich wusste nicht einmal, dass dort etwas Reales dargestellt wurde. Aber es war das stärkste Bild aus dem Buch und ich … ich fühlte einfach die Dunkelheit darin, Dylan. Ich wollte dir diese Dunkelheit nicht zeigen, es sei denn, ich müsste.« Er schüttelt den Kopf. »Aber dann gestern Abend, als du gesagt hast, dass wir alle verantwortlich sind. Das stimmt. Wir sind wirklich alle auf unsere Art verantwortlich. Wir haben El abgelehnt oder uns gewünscht, er wäre anders, oder wollten, dass er unseren Vorstellungen entspricht. Und damit versuche ich nicht, mich aus meiner Verantwortung zu stehlen. Denman und ich haben ihn am meisten verletzt. Aber dann hast du gestern Abend wieder gesagt, dass du die Wahrheit wissen müsstest. Dass dich die Unklarheit umbringen würde. Und das tat es, Dylan, das konnte ich sehen. Falls dir das letzte Bild einen Hinweis gäbe, hatte ich kein Recht, es dir vorzuenthalten. Also habe ich dir die Seite geschickt. Gott, ich war so verdammt dumm!«

»Aber du hast es schon immer gewusst.« Ich nicke. »Als

du im Hinchcliffes gesagt hat, es würde nicht an mir liegen, dass El an Weihnachten neben der Spur war. Du hattest sein Notizbuch gelesen. Du hast vermutet, dass ihm etwas zugestoßen war.«

Ich stehe von der Schaukel auf und gehe zu ihm. Er zuckt unter meiner Berührung zusammen.

»Ich hatte solche Angst«, sagt er. »Solche Angst. Und ich habe mich geschämt. Also habe ich diese irren Sachen gemacht, die ich nie für möglich gehalten hätte, weil ich panische Angst hatte, meinen Freund zu verlieren. Meinen Freund, der neben mir im Krankenhaus sitzt und mich zum Lachen bringt. Meinen Freund, der mir den Rücken streichelt, wenn ich mir die Seele aus dem Leib kotze. Meinen Freund, der mich an jedem neuen Tag rettet und es nicht einmal weiß. Ich durfte dich nicht verlieren. Deshalb habe ich dich betrogen, Dylan, und es ...« Ihm bricht die Stimme. »Es tut mir furchtbar leid.«

»Ich weiß.«

»Dylan ...« Er schluchzt jetzt, sein Gesicht ist tränenüberströmt, sein kranker Körper wird durchgeschüttelt. »Ich kann dich nicht so lieben, wie Ellis dich geliebt hat, Dylan, aber ich *liebe* dich. Sehr sogar. Du bist mein Bruder, mein bester Freund. Aber nachdem, was ich getan habe, weiß ich auch, dass es zwischen uns nie mehr so sein wird wie früher. Und ich kann das akzeptieren. Das kann ich wirklich. Ich hoffe nur ...« Er presst seine Hände zusammen. »Bitte, Dylan. *Bitte* hass mich nicht.«

»Mike?«

Ich warte, bis er sich zu mir umdreht.

Und dann zögere ich nicht länger.

Ich ziehe meinen besten Freund zu mir und drücke ihn ganz fest.

HEUTE:
Montag, 15. Juli

Es ist noch immer das erste Jahr nach El, aber seit seinem Tod sind drei Monate vergangen. Ich stehe am Kiesstrand und füttere eine schwer dysfunktionale Entenfamilie mit altem Brot. Der Vater stolziert umher und der ältere Bruder scheint ein Krümel klauender Idiot zu sein, doch die Mutter wuselt trotzdem noch um ihn herum. Der Jüngste macht inzwischen am Ufer sein eigenes Ding. Ich frage mich, ob er auf Entenkumpel steht, aber das würde diesen albernen Vergleich wahrscheinlich überstrapazieren.

Ich schaue runter und wische mir die Krümel von Ellis' altem gelben Shirt. Ich habe mit meiner Therapeutin über die Idee gesprochen, es zu vakuumieren, damit Els Geruch lebendig bleibt, aber ich habe beschlossen, dass man solche Dinge nicht festhalten kann. Vielleicht werde ich mich ein Leben lang an seinen Geruch erinnern, vielleicht wird er mit der Zeit verblassen oder ich werde in sechzig Jahren vielleicht in der Großdruckabteilung der Bücherei herumlungern, während zwei Jungen Arm in Arm lachend an mir vorbeischlendern, und dann plötzlich wieder eine Spur davon in der Nase haben. Wer weiß?

Eine weitere Therapieentscheidung: Ich helfe Julia, sein Zimmer zusammenzupacken. Sie sagte mir, dass ich nehmen könne, was ich wolle, und ich habe ein, zwei Bilder ausgewählt, und *die* werde ich so gut wie möglich konservieren. Nicht nur, weil es Erinnerungen sind, sondern auch weil ich sie Menschen zeigen möchte, die ich liebe, und Menschen, die ich in Zukunft lieben werde, und dann werde ich ihnen erzählen: *So war er. So war mein Ellis.*

Die Enten zerstreuen sich und ich knie mich hin und ziehe den Reißverschluss meines Rucksacks auf. Das ist das letzte Mal, dass ich mit ihm rede, zumindest eine gewisse Zeit lang. Das ist die Abmachung, die ich mit Dr. Rosenthal getroffen habe. Und los geht's:

Ich glaube, du hättest sie gemocht, El. Sie ist ruhig und hört zu und sitzt mit mir auf dem Boden, während wir uns unterhalten. Manchmal teilen wir sogar eine Packung Maoam. Aber bleib auf dem Teppich, wir reden nicht nur über dich. Wir reden darüber, wie es in meiner Mietwohnung läuft und dass Mum und Dad jeden Donnerstag auf eine Tasse Tee und einen Plausch vorbeikommen. Wir belassen es bei einmal pro Woche, weil es schwer ist, Vertrauen wiederaufzubauen, und kleine Schritte am besten sind. Bis letzten Monat hatte ich ohnehin alle Hände voll mit nachgeschriebenen Aufsätzen und Prüfungsvorbereitungen zu tun, da blieb mir kaum Zeit, jemanden zu treffen.

Mr Morris war unglaublich. Ich glaube, dass er fast einen Herzinfarkt bekam, als ich ihn in der Schule anrief und fragte, ob ich vielleicht versuchen dürfe, für meine Abschlussprüfungen wieder auf die Spur zu kommen. Mr Robarts war zurückhaltend, besonders nach meinem Aula-Showdown, aber – und jetzt lachst du dich sicher gleich schlapp – es war die Grand-High-Dementorin höchstpersönlich, die mich verteidigt hat. Yep, Miss Harper zog für mich in die Schlacht, nahm es mit allen auf, die sich ihr in den Weg stellten, und vernichtete jeden Gegner mit einem einzigen Blick. Ich denke, sie hat das für dich getan, El, aber ich bin ihr trotzdem dankbar.

Also ja, im September Uni, *wenn* ich meine Prüfungen bestehe. Und ich ziehe in ein Studentenwohnheim. Ich denke nicht, dass ich mir allein eine Wohnung leisten könnte, außerdem will ich mein neues Leben nicht als seltsamer Eigenbrötler beginnen, so lerne ich keine Freunde kennen oder habe einen Einfluss auf Menschen. Und ich will neue Leute kennenlernen, El. Das tue ich wirklich. Daher überlege ich, bei einer Theatergruppe mitzumachen (ich weiß, garantiert stolpere ich über einen Speerträger oder so), und ich werde mich bei der LGBTG+-Gemeinschaft anmelden. Ich frage mich, ob der Speerträger auch so schnuckelig und Tollpatsch-freundlich ist wie du. Man darf ja wohl noch träumen, oder?

Nur eine Sache wird mein erstes Semester an der Uni unterbrechen. Irgendwann im Oktober werde ich als Zeuge bei Denmans Verhandlungen aussagen müssen. Er hat nicht gestanden. Das hatte ich auch nicht erwartet. Ein Monster macht es seinen Opfern nicht leicht. Aber das spielt keine Rolle – die Polizei hat mehr als genug Beweise gegen ihn, und seit er festgenommen wurde, haben sich andere Schüler mit ihren Geschichten gemeldet. Jugendliche aus Ferrivale High und aus der Schule, in der er davor unterrichtet hat. Ihre Zeugenaussagen haben die Strafverfolgung gestärkt, aber noch wichtiger ist wahrscheinlich, dass sie jetzt Hilfe bekommen, um das zu bewältigen, was ihnen passiert ist.

Also, El, ich möchte, dass du eins weißt: Auch wenn ich mit großen Schritten voranschreite, lasse ich dich nicht zurück. Ich glaube, mir würde das überhaupt nicht gelingen, selbst wenn ich es versuchen würde, und Dr. Rosenthal meint das auch. Du wirst mich immer begleiten. Meine erste Liebe, vielleicht meine beste, womöglich meine einzige, wer weiß das schon. Einen Platz in meinem Herzen hast du auf jeden Fall eingenommen, an dem du auch für immer als mein kühner, starker Ellis unauslöschlich bleiben wirst. Du hast mich verändert, du hast mich mutiger und besser gemacht, als ich das je für möglich gehalten hätte. Allein deshalb werde ich dich nie vergessen.

Ich hocke mich einen Moment lang neben dich, mein Kopf lehnt an dir. Es ist fast so weit. Ach ja, noch eine Sache, die dich sicher zum Schmunzeln bringt: Chris hat sich als bi geoutet. Tja, sieht so aus, als warst du mit deinem Schwulenradar auf der richtigen Spur. Er ist ganz frisch mit seinem neuen Freund Zac, dem Fußpfleger aus Mums Lieblingsschönheitssalon, zusammen. Und auch wenn ich das echt nur ungern zugebe, El, aber die beiden sind eigentlich ganz süß.

Hinter mir höre ich, wie George Ezra »Pretty Shining People« singt. Ich drehe mich um und lächle zu Mike und Ollie nach oben, Mike schleppt den alten Ghettoblaster seines Vaters ans Ufer. Ollie lächelt mich verlegen an. Ich weiß auch nicht. Klar, er hat Scheiße gebaut, aber wir sind alle nur Menschen und wir bauen alle ständig Scheiße und verletzen andere. Jedenfalls haben wir miteinander gesprochen, und auch wenn wir nie beste Freunde werden, will ich diesen ganzen Hass nicht mit mir herumschleppen. Und das kommt nicht von Dr. Rosenthal, sondern ist meine eigene bescheidene, brillante Erkenntnis.

Dasselbe gilt für Mike. Ihm geht es übrigens gut. Mit der Chemo ist er endlich durch, und kurz bevor ich mich nach Bristol aufmache, beginnt für ihn von Neuem sein Abschlussjahr. Er plant schon ein paar Wochenendbesuche, und ich musste ihm versprechen, in der LGBTQ+-Gemeinschaft ein Heteromädchen zu finden, die auf Fußballer mit raspelkurzen Haaren steht. Ich beobachte, wie er den Abhang herunterhüpft und dabei mit Ollie plaudert, und schicke ein Gebet zum Himmel, was auch immer das bringen mag. Ich weiß inzwischen, dass es keine Garantien gibt, aber es gibt Hoffnung, richtig? Das ist der einzige Joker, den das Universum uns an die Hand gibt.

»Hey, Stricher«, sagt er und gibt mir einen Klaps auf den Kopf.

»Ich muss schon sagen, Mike, das ist ein bisschen homophob«, erklärt Ollie.

»Ach, krieg dich mal wieder ein. Nur weil du jetzt ein stolzer Schwuler bist, heißt das noch lange nicht, dass du über Dylans und meine vollkommen harmlosen Spitznamen bestimmen kannst.«

Er schubst Ollie mit der Hüfte und singt mit George. Ich kneife die Augen zusammen. Mikes Gesang hat etwas von quietschender Kreide auf der Schultafel. Der ist wirklich speziell. Ich gebe Ollie einen Fistbump und frage, ob Mumzilla und Big Mike auf Position sind.

»Sie stehen auf ihren Plätzen. Ich hab Dad erzählt, dass das total illegal ist, und er war richtig aufgeregt. Mum hat gesagt, sie würde im Auto warten, falls wir schnell flüchten müssten.«

»Bist du dir wirklich sicher? Es ist das ganze Geld, das Gemma dir vom Osterball gegeben hat, Mike.«

»Falsch: vom Idiotenball. Und ja, ich kann mir keine bessere Art vorstellen, es auszugeben.«

»Ganz deiner Meinung«, sagt Ollie.

»Also gut.«

Ich hebe deine Urne aus meinem Rucksack und reiche sie Ollie. Er hält sie wie eine Reliquie, was sie wohl auch ist.

»Ich werde auf ihn aufpassen, Dylan.«

Mike und ich schauen dabei zu, wie er wieder den Abhang zu seinem geparkten Auto zurückklettert.

»Er ist kein schlechter Kerl«, sagt Mike.

»Er ist ein ausgesprochener Idiot.« Ich lächle. »Aber stimmt, er ist in Ordnung.«

Wir diskutieren nicht groß über unseren nächsten Schritt, denn die psychische Verbindung zwischen den Unglaublichen Dödelbrüdern bewahrheitet sich wieder und wir setzen uns gleichzeitig im Schneidersitz auf die Wiese und warten. Auf der anderen Seite des Sees tauchen die letzten Sonnenstrahlen ins Wasser. Die McKee-Entenfamilie gleitet zum Waldrand und der kleine Entenbruder hält sich natürlich ein wenig abseits. Es ist ganz friedlich hier. Familien packen ihre Picknicksachen zusammen und machen sich auf den Heimweg. Mike lehnt sich gegen mich und ich wühle eine gelbe Seite aus meiner Tasche, falte sie auseinander und halte sie ins Sonnenlicht. Ich bin weder verlegen noch schäme ich mich. So hast du mich gesehen, El, ein Hüter, der im Schlaf über dich wacht.

»Er war ziemlich erstaunlich, nicht wahr?«, sagt Mike.

»Das war er.« Ich verlagere ein wenig mein Gewicht und lege einen Arm um meinen besten Freund. »Er hat einmal gesagt, dass die Kunst eine wundervolle Lüge ist, die wir uns erzählen, damit wir die Wahrheit ertragen. Aber El hatte nicht immer recht. Er erkannte die Wahrheit besser als jeder andere.«

Die Sonne geht unter.

Ich greife nach Mikes Hand.

Und im nächsten Augenblick steht der Himmel in Flammen. Du würdest das, was wir gerade sehen, auf unzählige schöne Arten und Weisen beschreiben, El, und jede Farbnuance im Farbenspiel jeder Feuerwerksrakete ausmachen, und ich meine fast, dich zu hören, obwohl es nicht dasselbe ist, denn mein imaginärer El wird nie mit dem echten mithalten können. Daher stütze ich mich einfach auf den Händen ab, schaue zu und frage mich, welches fantastische, traumhaft schöne Auflodern deines ist. Ich habe Julia erzählt, was wir vorhaben, und sie sagte, sie wolle von ihrem Balkon in Mount Pleasant zuschauen. Bestimmt lächelt und weint sie jetzt, wo wir deine Asche in ein funkelndes Feuerwerk verwandeln, und der Junge, den ich liebte, zum letzten Mal brüllt und knallt und schillert.

Mike steht auf und tätschelt mir die Schulter, er lässt mir einen Moment, bis der Himmel wieder dunkel wird.

Es wird Zeit, weiterzugehen. Denn das hättest du dir für mich gewünscht. Und das wünsche ich mir auch für mich. Inzwischen habe ich gelernt, dass es keine wirklichen Abschiede gibt. Ich werde immer wieder zu dir zurückkehren und dir immer für die Wahrheiten dankbar sein, die du mir gezeigt hast.

Dann nehme ich meinen leeren Rucksack und gehe mit Mike in den Wald.

DAMALS:
Mittwoch, 1. April
(Der Abend vor dem Osterball)

Das Picknick

»Ich habe übrigens mit Ollie Reynolds gesprochen«, sage ich und schenke El ein verschmitztes Grinsen, »und er meint, dass die meisten Leute George Ezra kein bisschen cool finden.«

El wirft den Kopf nach hinten und atmet tief durch die Nase ein. Seine Nasenlöcher weiten sich, als hätte ihn der Fallwind von Mr Robarts berüchtigten Fürzen erwischt. Unser Schulleiter müsste ehrlich gesagt dringend mal seinen Darm untersuchen lassen.

»Ollie hat keine Ahnung.« El versucht zu lächeln, aber sein Blick wandert von mir weg.

»Hey«, sage ich und rutsche auf den Knien durch den Kies nach vorn. Ich zucke zusammen. Ich finde das Dach für ein Picknick noch immer seltsam, aber schätzungsweise ist das typisch mein Freund. »Ist was?«

Er grinst und streicht mir über die Wange. »Wenn du da bist, Sprosse, ist immer etwas. Jedenfalls hat dieser Banause Reynolds unrecht. George ist unheimlich cool, und zwar, weil ich das sage.«

»Und du bist genau wer? Der Schiedsmann Ihrer Majestät, was Coolness betrifft?«

»Kannst du dir einen besseren Anwärter vorstellen?«

Das kann ich ehrlich gesagt nicht, also halte ich den Mund.

»Coolness liegt im Auge des Betrachters. George ist cool. Die Waden des englischen Männervolleyballteams sind cool. Dylan McKee ist *sehr* cool. Spricht der Schiedsmann. Und jetzt halt den Mund und hilf mir, die Sachen auszupacken.«

Ich hocke mich neben ihn und wir holen die Vorräte aus diesem riesigen Picknickweidekorb. Nach der vierten verdächtig grünen Packung lasse ich mich auf die karierte Decke fallen.

»Gibt es auch irgendetwas, das *nicht* naturbelassen ist?«

»Tut mir leid, Sprosse, ich habe die Verpflegung in der Hoffnung ausgesucht, dich nicht die Treppen hinunterrollen zu müssen. Wir sollten ja eigentlich gar nicht hier oben sein, und ich bin mir nicht sicher, ob ich dich unbemerkt evakuieren könnte, falls du mitten beim Burgermampfen einen Herzinfarkt bekommst.«

»Okay, aber Quinoa?« Ich strecke angewidert meine Zunge raus und El nimmt sie zwischen Daumen und Zeigefinger. »Waf if die-ef Quinoa übe-haupt?«

Er lässt meine Zunge los und küsst mich auf die Nase. »Manche Dinge müssen ein Geheimnis bleiben. Lege Quinoa bei den Fragen über Loch Ness und der Beliebtheit der *Fluch-der-Karibik*-Filme ab.« El sitzt im Schneidersitz und richtet mir dieses lächerliche Gartenlandschafts-Sandwich her, das er mir in den Mund steckt, bevor ich protestieren kann. Ich gebe es nur ungern zu, aber es schmeckt eigentlich ziemlich gut.

»So.« Er lächelt. »Der Osterball.«

»Auf keinen Fall!« Ich funkle ihn an. Und dann, falls ich mich nicht deutlich genug ausgedrückt habe: »Auf *gar* keinen Fall.«

El schmollt. Er tanzt unheimlich gern. Wenn ich so tanzen

könnte wie er, würde ich auch unheimlich gern tanzen, aber ich kann es nicht, also mag ich nicht.

»Und wenn ...?«

Ich halte meinen halb aufgegessenen Grünzeugburger hoch. »Ellis, es gibt ungelogen keine Bestechung, die du dir ausdenken könntest, um mich davon zu überzeugen, am von Mike und mir schon vor Langem so getauften Idiotenball teilzunehmen.«

»Und wenn wir unsere Fahrstunde vom Supermarktparkplatz wiederholen?«

Das ist verführerisch, aber ... »Nein. Ich habe noch immer einen blauen Fleck vom Schaltknüppel am Hintern.«

»Und wenn ich dich an deinen Lieblingsstellen kraule? Eine Stunde lang.«

Ich öffne den Mund und schließe ihn wieder. Mist. Er kann das gut. Aber ...

»Keine Chance. Außerdem bin ich dort unten nicht mehr so kraulbedürftig.«

»Und wenn ich ...?«

Er lehnt sich zu mir und flüstert in mein Ohr.

Ich lasse mein Sandwich fallen.

»Du bist eine äußerst teuflische Verführerin, Ellis Maximillian Bell.«

»Ich weiß.«

Hinterher sagt El, ich hätte geschummelt. Obwohl ich zugelassen hätte, mich von einem Meister auf dem absoluten Höhepunkt seiner Macht beglücken zu lassen (was ich tatsächlich nicht bestreiten kann), verspreche ich immer noch nicht, morgen mit ihm zum Ball zu gehen. Ich erkläre ihm, dass er ein geschickter Liebhaber, aber ein miserabler Verhandler sei. Er hätte sich meine Zustimmung zusichern lassen sollen, bevor er mir eine Kostprobe seines Könnens gab. Falls er seine Argumente bezüglich des Idiotenballs noch einmal darlegen wolle, nun, dann würde ich jedes neue Angebot von ihm natürlich erneut erwägen. Er lacht und schmiegt seinen Kopf in meine Armbeuge. So bleiben wir eine ganze Weile liegen. Während El mich verzauberte, dachte ich einmal, ich hätte die Tür zum Dach quietschen hören, aber jetzt ist es ruhig. Wahrscheinlich sind wir unentdeckt geblieben, zumindest hat niemand aufgeschrien, weil dort oben auf dem Dach zwei Oberstufenschüler miteinander rummachen. Über uns kreisen träge ein paar schwarze Vögel, die ihre Augen auf meinen Unkrautburger heften. Wir ignorieren ihr Krächzen und wenden uns unserem zweiten Lieblingsthema zu: Pläne für den Sommer und die Uni.

Diese Unterhaltung führen wir alle paar Stunden. Er erzählt mir von den Konzerten, die er im Juli unbedingt besuchen will, und ich ihm von der Comic Con im August. Wir besprechen seine Idee für ein Wandbild in unserem kleinen Wohnzimmer in Bristol und er möchte meine Meinung zu den Farben für unser Schlafzimmer wissen. »Fürs Schlafzimmer bist du der Experte«, sage ich und er grinst. Ich versuche, während dieser Unterhaltungen ganz locker zu bleiben, aber jedes Mal wenn ich an unsere gemeinsame Zukunft denke ... yep, dann macht mein Magen einen Satz. Daher liege ich wie ein verzaubertes Kind auf den piksenden Kieselsteinen und lausche diesen faszinierenden Geschichten aus der Zukunft.

Plötzlich rolle ich mich zur Seite und küsse ihn fest.

»Wow! Wofür war das denn?«

»Für für immer«, sage ich.

Seine Augen wandern von mir weg. »Für immer ist eine lange Zeit, Sprosse.«

Ich nehme sein Kinn und ziehe ihn zu mir zurück.

»Werde ich dir etwa schon zu viel?«

»Auf keinen Fall.«

»Dann werden wir für immer zusammen sein«, sage ich und breite meine eigenen Zukunftsgeschichten aus. Er kuschelt sich an mich und hört zu. »Es waren einmal zwei junge Männer, Ellis und Sprosse, und sie passten so gut zusammen, dass niemand sie trennen konnte. Sie lebten und studierten gemeinsam und nach der Uni zogen sie fort und fanden in einer großen Stadt einen Flecken für sich ganz allein. Sie lernten neue Freunde kennen und feierten viel. Aber sie arbeiteten auch viel. Und obwohl die beiden sich vollkommen genügten, beschlossen sie nach ein paar Jahren, dass sie vielleicht Platz für ein paar Knirpse hätten.« Ich schaue ihn an, denn wir haben noch nie über Kinder gesprochen, aber als er auf diese zufriedene, träge Weise lächelt, fahre ich fort. »Eines Tages beschließen Ellis und Sprosse und ihre kleinen Knirpse, dass ihre Liebe so verdammt groß und gewaltig ...«

»Schhhh«, sagt er. »Vor den Kindern wird nicht geflucht.«

»Entschuldigung. Aber sie sind alle der Meinung: *Wir möchten der ganzen Welt zeigen, wie besonders unsere Familie ist.* Daher laden sie ihre ganzen Verwandten und Freunde ...«

»Tante Julia«, seufzt er. »Und wir kaufen ihr ein wunderschönes Kleid.«

»Und vielleicht sogar Chris.« Ich nicke.

»Wenn's sein muss.«

»Aber bevor wir die Einladungen verschicken ...«

»Die von mir designt wurden und auf denen die Handabdrücke der kleinen Rasselbande wie Schmetterlinge flattern.«

»Wer erzählt hier die Geschichte, Ellis?«

»Entschuldige, Prof. Bitte fahr fort.«

»So ist es schon besser. Bevor wir also diese superniedlichen Einladungen verschicken, steigt Dylan in sein Auto, kein besonderes Auto, denn er hat ja nur das Gehalt eines Geschichtslehrers ...«

»Aber dann bin ich doch schon ein berühmter Künstler mit Ausstellungen im Prado und im Metropolitan, und deshalb kaufe ich dir einen Bentley und ... Entschuldige, mach weiter«, sagt er kichernd.

»Na gut. Ich steige also in meinen Bentley und fahre den ganzen langen Weg über Land bis zu diesem perfekten kleinen Dorf, wo Mr Michael Berrington mit seiner wunderschönen Frau Anne-Marie und ihren Kindern Klein Mike und Noch Kleiner Mike wohnen (denn wir wissen, dass die Berringtons nicht besonders gut darin sind, sich andere Namen für Jungs auszudenken als Mike). Ich gehe mit Mike in den Pub, und weißt du was? Es geht ihm total gut. Gesünder denn je. Genau genommen ist er inzwischen Kapitän der Englischen Nationalmannschaft.« El küsst mich wieder und drückt mir die Hand. »Und ich frage ihn, ob er mein Trauzeuge sein will.«

»Der *beste* Trauzeuge überhaupt.« El nickt.

»Und dann kommt unser Tag. Wir sind irgendwo im Ausland an diesem wunderschönen Strand und aus der Ferne hört man leise die Glöckchen und das Meckern von Ziegen. Und der Pfarrer, der Spanier oder irgendwas anderes ist, bringt uns unbeabsichtigt zum Lachen, weil er zu den Bergen zeigt und ›Hörrt nur, diese munteren Zicken!‹ sagt, am Ende aber auf Gemma Argyle, dein Blumenmädchen, zeigt.«

»Kommt, verdammt noch mal, nicht in die Tüte!«, protestiert El.

»Schhh«, sage ich, »die Kinder.«

»Entschuldigt, Klein Sprosse und Klein Julia. Aber Gemma ist auf keinen Fall dabei.«

»Okay, keine Gemma. Nur wir und die Menschen, die wir lieben. Und dann sagt der Pfarrer zu dir: ›Sie dürfen den Bräutigam küssen.‹ Und er sagt zu mir: ›Sie dürfen den Bräutigam küssen.‹ Und wir küssen uns und alle klatschen, und dann tanzen wir, denn das hast du mir die letzten zehn Jahre über beigebracht.«

»Zu was tanzen wir?«

»Zu was wohl?«

El drückt mich fest. »George.«

»Und die Jahre vergehen«, fahre ich fort, »und die Kinder werden größer und entwickeln sich zu diesen erstaunlichen Menschen, die uns stolz machen. Schon bald sind nur wir beide wieder in unserem kleinen Haus. Ich habe mein Arbeitszimmer und du hast dein Atelier, und am Ende eines jeden Tages machen wir es uns auf der karierten Decke gemütlich und reden über all die Dinge, die noch vor uns liegen. Und wenn einmal mehr hinter uns liegt als vor uns, reden wir über all unsere Erinnerungen und lachen und weinen gemeinsam.

»Dylan?«

»Ja?«

»Du weinst schon jetzt.«

Ich wackle an seinem Kinn. »Du auch.«

»Ich mag deine Geschichte. Sie macht mich glücklich. *Du* machst mich glücklich, Sprosse. Aber wie geht sie aus?«

»Also«, sage ich, »es waren einmal diese beiden alten Männer. Keiner kannte den Namen des Attraktiveren, er wurde von allen nur ›Sprosse‹ genannt. Au! Zwick mich nicht. Ich kann nichts dafür, dass die Geschichte dich ein klein wenig unattraktiver findet als mich. Jedenfalls lebten sie ihr ganzes

Leben lang zusammen, und die Nachbarn erzählten sich, wie unglaublich es ist, dass in grauer Vorzeit, als die beiden Männer noch Jungen waren, einer von ihnen zu große Angst hatte, um zuzugeben, wer er wirklich war. ›Stellt euch nur einmal so eine Welt vor‹, sagten sie und schüttelten mit den Köpfen. Es brauchte den mutigen, freundlichen, wunderbaren, aber ein klein wenig unattraktiveren Jungen, um ihm den Weg zu weisen. Und Sprosse vergaß nie, seinem Freund, seinem Partner, seinem Liebhaber dafür zu danken, dass er dieses leuchtende Vorbild gewesen war.«

»Und dann?«

»Und dann ... Wer weiß? Eines Tages entdeckten die Nachbarn, dass das Haus leer stand und die beiden alten Männer verschwunden waren. Und sie wurden nie wieder gesehen. Sie schlenderten einfach Hand in Hand zusammen davon.«

Ellis schaut mich an und ich schaue Ellis an.

»So enden keine richtigen Geschichten, Dylan.«

»Aber das sollten sie«, sage ich leise. »Das sollten sie.«

»Oberflächliches Verständnis von gutwilligen Menschen ist frustrierender als absolutes Unverständnis von böswilligen Menschen. Halbherzige Akzeptanz viel irreführender als offene Ablehnung.«

Martin Luther King jr.

Manche Wunden
kann nur Liebe heilen ...

ALLE LIEFERBAREN TITEL, INFORMATIONEN UND SPECIALS
FINDEN SIE ONLINE

Auch als eBook   www.dtv.de   dtv

Zwei Teenager auf der Suche nach den kleinen und großen Geheimnissen des Universums

ALLE LIEFERBAREN TITEL, INFORMATIONEN UND SPECIALS FINDEN SIE ONLINE

Auch als eBook   www.dtv.de dtv